Vom gleichen Autor erschienen außerdem
als Heyne-Taschenbücher

Die Rollbahn · Band 497
Das Herz der 6. Armee · Band 564
Sie fielen vom Himmel · Band 582
Der Himmel über Kasakstan · Band 600
Natascha · Band 615
Strafbataillon 999 · Band 633
Dr. med. Erika Werner · Band 667
Liebe auf heißem Sand · Band 717
Liebesnächte in der Taiga · Band 729
Der rostende Ruhm · Band 740
Entmündigt · Band 776
Zum Nachtisch wilde Früchte · Band 788
Der letzte Karpatenwolf · Band 807
Die Tochter des Teufels · Band 827
Der Arzt von Stalingrad · Band 847
Das geschenkte Gesicht · Band 851
Privatklinik · Band 914
Ich beantrage Todesstrafe · Band 927
Auf nassen Straßen · Band 938
Agenten lieben gefährlich · Band 962
Zerstörter Traum vom Ruhm · Band 987
Agenten kennen kein Pardon · Band 999
Der Mann, der sein Leben vergaß · Band 5020
Fronttheater · Band 5030
Der Wüstendoktor · Band 5048
Ein toter Taucher nimmt kein Gold · Band 5053
Die Drohung · Band 5069
Eine Urwaldgöttin darf nicht weinen · Band 5080
Wen die schwarze Göttin ruft · Band 5105
Ein Komet fällt vom Himmel · Band 5119
Straße in die Hölle · Band 5145
Ein Mann wie ein Erdbeben · Band 5154
Diagnose · Band 5155
Ein Sommer mit Danica · Band 5168
Aus dem Nichts ein neues Leben · Band 5186
Des Sieges bittere Tränen · Band 5210
Die Nacht des schwarzen Zaubers · Band 5229
Alarm! – Das Weiberschiff · Band 5231
Bittersüßes 7. Jahr · Band 5240
Engel der Vergessenen · Band 5251
Die Verdammten der Taiga · Band 5304
Das Teufelsweib · Band 5350
Im Tal der bittersüßen Träume · Band 5388
Liebe ist stärker als der Tod · Band 5436
Haie an Bord · Band 5490
Niemand lebt von seinen Träumen · Band 5561
Das Doppelspiel · Band 5621

HEINZ G. KONSALIK

VIELE MÜTTER
HEISSEN ANITA

Roman

WILHELM HEYNE VERLAG
MÜNCHEN

HEYNE-BUCH Nr. 5086
im Wilhelm Heyne Verlag, München

11. Auflage

Genehmigte, bearbeitete Taschenbuchausgabe
Copyright © 1974 by Hestia-Verlag, Bayreuth
Printed in Germany 1980
Umschlagfoto: Photo Media, New York
Umschlaggestaltung: Atelier Heinrichs, München
Gesamtherstellung: Ebner Ulm

ISBN 3-453-00440-X

I

Juan schlief noch. Er lag auf seinem harten Pritschenlager, die Beine etwas angewinkelt, mit einer zerschlissenen Decke bedeckt.

Der Morgen kroch fahl durch die blinden Fenster. Draußen, hinter der Bohlentür, in der weiten Küche, klapperte schon die Mutter mit den breiten Futterschüsseln und heizte mit Reisig und Holzkloben den selbstgemauerten breiten Herd. Sie hüstelte dabei, denn sie war eine alte Frau und etwas schwach auf den Beinen, seitdem die Wassersucht sie vor einigen Jahren ergriffen hatte.

Anita Torrico stellte den Kessel mit Wasser auf die Flammen und wischte sich die rauhen Hände an der Schürze ab. Pedro, der ältere Sohn, war schon an der Arbeit. Im Kleinviehschuppen girrte die lockende Stimme einer Frau. Das ist Elvira, Pedros Frau, dachte Anita und ging zum Herd zurück. Das Wasser war schon heiß und dampfte.

Der Morgen ging auf wie alle Morgen über der Sierra Morena. Erst war es ein fahler, streifiger Himmel, dann brach urplötzlich die Sonne durch, und man wußte, daß es August war, denn sie brannte und versengte die Felder. Die Sonne! Diese unbarmherzige Sonne! Und dann kamen die Winde, rauh für einen Sommer, und bliesen die Körner aus den Ähren. Und der Bauer stand hilflos dabei und konnte nichts als beten . . . bitten um einen Segen des Himmels, daß ihm eine Handvoll blieb, sich zu nähren.

Mit einer großen, selbstgeschnitzten Holzkelle rührte Anita den Brei um. Hinter ihr, hinter der Bohlentür, hörte sie ein Gähnen und das Knistern des Strohsackes. Das war Juan . . . endlich war er aufgewacht. Immer, wenn die Arbeit schon halb getan war, knisterte sein Strohsack, und er kam heraus, verschlafen, mit wirren, schwarzen, langen Haaren, zart, feingliedrig, fast ein Mädchen, so ganz anders als sein Bruder Pedro, der wie ein Baum war, ganz wie der Vater, den ein Baum vor zehn Jahren bei einem Blitzschlag zerquetschte.

»Schon wach?« sagte Anita, während sie weiterrührte und sich nicht umwandte, als die Tür knarrte. »Dein Bruder mistet schon den Stall!«

Juan Torrico gähnte. Er reckte den schmalen Körper und fuhr sich mit den Händen durch die Haare. Sein Mund war hübsch, die Lippen hatten den Schwung eines weiblichen Mundes, und seine langen Finger waren dünn und zart, als könnten sie nie das Seil eines Pferdes oder den Bolzen eines Pfluges halten.

»Ich habe so schön geträumt«, sagte er leise und ging zur Mutter hin und umarmte sie von hinten und küßte ihre grauen Haare. »Ich habe geträumt, daß ich in Madrid wäre, in der großen, schönen Stadt. Und man hatte in einem großen Saale viele Standbilder aufgestellt, und unter jedem stand ein Name: Juan Torrico. Da habe ich gelacht und war so glücklich, Mutter . . .«

Er war ihre ganze Sorge, dieser junge, hübsche Juan, in dessen schmalem Gesicht sie sich widerspiegelte, aus dessen zarten Gliedern ihr Ebenbild wiederkehrte — die kleine, hübsche Anita Segura, die vor dreißig Jahren der starke Bauer Pedro Torrico aus Conquista mit sich nahm in sein Haus. Wie Juan hatte sie als Mädchen das Lied und den Tanz mehr geliebt als die Härte des Lebens, und sie war im Leben doch zu einer guten Bäuerin geworden, sie hatte drei Kinder geboren und aus der Hütte des Pedro Torrico ein Haus gemacht, das das beste im ganzen Umkreis war. Ab und zu leistete sich der alte Pedro auch ein Pfeifchen des strengen Granadatabaks, dessen Rauch dann die Hütte durchzog, fast ebenso beißend wie der Ofenqualm. Aber Pedro war glücklich, und Anita war es auch, wenn sie sah, daß ihr Mann oder die Kinder sich freuten.

»Die Schweine müssen gefüttert werden«, sagte Anita und schob Juan den großen Trog hin. »Dein Bruder wartet schon auf dich! Waschen und essen kannst du nachher. Nimm den Trog.«

Und Juan sagte nichts mehr, sondern ergriff den Kleiebrei und schleppte ihn aus der Hütte hinaus in die Morgensonne.

Juan blinzelte in das Licht und setzte den Trog auf einem Holzstapel ab.

Ein lauter Ruf riß ihn aus seinen Gedanken empor. Pedro stand in der Tür des Stalles und warf die Gabel Mist auf einen Haufen. Sein Gesicht glänzte von Schweiß. Unter der braunen Haut seiner Arme spannten sich die Muskeln. Er war wirklich groß und stark, stark wie ein Bulle, mit kurzen, braunen Haaren, einem faltigen Gesicht trotz seiner siebenundzwanzig Jahre und einem kleinen, schmalen Schnurrbart über der etwas aufgeworfenen Lippe. Es war geballtes Leben in ihm, neben dem der junge Bruder wie ein Kind wirkte.

»Sollen die Schweine verhungern?« brüllte Pedro über den Hof. Der Kopf Anitas erschien am Küchenfenster, aber sie sagte nichts, sondern sah Pedro nur an. Der senkte den Blick und stocherte wild in dem rauchenden Mist herum. »Bring den Trog, Juan«, sagte er etwas leiser, aber seine Stimme grollte noch immer.

Und Juan brachte den Trog. Er stellte ihn auf den Rand der Schweinekaten und ließ die Kleie in die Freßschalen laufen. Sein Atem flog dabei, denn es war schwer, den großen Trog emporzuheben. Aber er tat es, verbissen, weil der Bruder in der Tür stand und ihn beobachtete. Er wußte, daß er es falsch tat, aber er tat es trotzdem, um zu zeigen, daß er doch zu etwas nütze war auf diesem Hof, den er haßte, auch wenn er seine Heimat war.

Pedro brummte etwas vor sich hin und ging zu seiner Frau hinüber.

Sie war eine junge Frau von zweiundzwanzig Jahren, aus guter Familie mit einigem Landbesitz bei Puertollano, und sie hatten sich kennengelernt, als Pedro einmal einen größeren Posten Getreide in die Stadt brachte und den Jahrmarkt besuchte. Sie liebten sich, sie heirateten, und sie zog mit in die Einsamkeit von Solana del Pino, getrieben von der Leidenschaft ihres Blutes, die sie an diesen großen starken Mann band. Er war ihr Herr; was er sagte und bestimmte, das duldete kein Nachdenken ... aber sie leitete den groben Klotz in ihrer stillen, liebenden, fraulichen Art und veredelte seine Rauheit in den heißen Nächten, die sie in der Kammer ganz allein für sich hatten.

Anita stand im Stall und nahm Juan die Gabel aus der Hand, mit der er das Stroh in den Kuhboxen verteilte. Das Vieh hatte er auf den Hof getrieben, wo es schreiend stand und auf den Abtrieb auf die kärglichen Weiden wartete.

»Laß das, Juan«, sagte sie und schob den Sohn zur Seite, selbst das Stroh verteilend. »Geh mit den Kühen auf die Wiesen. Du kannst sie über Mittag draußen lassen, wenn es nicht zu heiß wird. Und sieh zu, ob du im Dorf bei Granja neue Seile bekommst. Ricardo Granja hat die besten Kuhseile in der ganzen Umgebung.« Und als er ihr die Gabel aus der Hand nehmen wollte, rief sie: »Laß das, Juan! Und geh schon . . .!«

Als er den Stall verließ, traf er auf Pedro, der eintreten wollte. Sie grüßten sich nicht — sie schoben sich aneinander vorbei, ohne daß einer dem anderen die Tür freigab. Und dann nahm Pedro der Mutter die Gabel aus der Hand und verteilte das Stroh, und Anita ließ es ohne Gegenwehr geschehen . . .

Juan Torrico ging auf die Weiden. Er trieb die Kühe vor sich her und kletterte den Hang hinab, auf dem das Haus lag. In einer Senke, in der Nähe des Rio Montoro, breiteten sich die Wiesen aus. Sie waren braun von der unbarmherzigen Sonne, das Gras war hart, wie versengt, ohne Kraft . . . aber die Kühe rupften es mit ihrer rauhen Zunge und drückten sich dann in den Schatten einiger Pinien, wo sie sich ächzend hinwarfen und das kärgliche Mahl wiederkäuten.

Juan lag in einer Ecke der Weide unter einem Busch und hatte die Knie angezogen. Ein kleiner Block Papier stützte sich an seine Schenkel, und auf dem Papier waren wunderliche Figuren mit einem Bleistift gezeichnet . . . Pferde und Kühe und Menschen . . . die Mutter, wie sie am Herd stand, der Bruder, wie er dick und breit einen Stier wegführte, die schöne Schwägerin, wie sie in der Sonne auf einer Bank saß und Mandoline spielte — die einzige Musik, die an gütigen Abenden das Dunkel und die Dumpfheit des Hauses erleuchtete.

Er schloß die Augen und lauschte auf das Rauschen der Pinien. Ein Wind wehte über die Santa Madrona. Ein heißer Wind . . . aber er war voller Musik, und deshalb war er schön.

Ein paar Blätter fielen auf sein Gesicht. Er lächelte und schob sie mit dem Handrücken zur Seite. Aber das Rieseln ließ nicht nach, und er richtete sich auf, den wunderlichen Strauch zu betrachten. Erschreckt zuckte er empor. Ein Mädchen stand hinter ihm und streute die Blätter mit lachendem Mund über ihn.

Verwirrt erhob er sich und klopfte den Staub ungelenk von seinem Rock und der vielfach gestopften Hose. Dann wagte er wieder einen Blick und sah, daß das Mädchen sehr hübsch war, daß es schwarze Locken hatte, einen schlanken, biegsamen, jungen Leib und schöne Beine, die ein weiter Seidenrock halb verdeckte.

»Ich habe Sie gestört?« fragte sie ihn, und ihre helle, so kindliche Stimme riß ihn vollends empor. »Ich sah Sie liegen, und Sie hörten meinen Schritt nicht. Haben Sie geschlafen? Ich wollte Sie nur etwas fragen . . .«

»Ich habe geträumt«, sagte Juan linkisch. Er sah zu Boden, denn ihre Augen waren auch schwarz, und sie hatten einen Glanz, der ihn verwirrte. »Was wollten Sie mich fragen?« sagte er leise.

»Ich möchte zu der Familie Torrico.«

Juan zuckte zusammen. Sie wollte in das alte Haus? Sie fragte nach dem Namen seiner Familie?

»Ich bin Juan Torrico«, sagte er stockend.

»Welch ein Zufall!« Sie klatschte in beide Hände und freute sich. »Dann kann ich es Ihnen ja sagen. Mein Vater schickt mich.«

»Ihr Vater?«

»Ja. Ricardo Granja. Er wollte von Pedro Torrico — es ist Ihr Bruder? — er wollte von ihm einen Karren voll Äpfel. Es ist Dürre in der ganzen Umgebung, und man will von einem Obsthändler Früchte haben. Mein Vater hat gehört, daß Pedro Torrico einer der wenigen Bauern ist, der noch Obst auf den Bäumen hat.«

»Pedro ist ein fleißiger Mann.« Juan nickte. »Er ist ein guter Bauer. Er wird Ihnen den Karren voll geben.«

»Wollen Sie es ihm sagen?« Das Mädchen lächelte ihn an. »Ich könnte mir den Weg sparen . . .«

»Ich werde es Pedro sagen«, meinte er stockend. Dann wagte er doch, aufzublicken, und sah in ihre schwarzen Augen, deren Blick ihn wie eine Flamme durchzog. »Ich wollte heute nachmittag zu Ihrem Vater kommen und einige Kuhstricke kaufen. Wie gut, daß Sie gekommen sind, daß wir uns trafen, daß Sie mich fragten . . .« Er schwieg wieder aus Verlegenheit, zuviel von dem zu sagen, was er im Augenblick in seinem Inneren empfand. »Haben Sie Zeit bis zum Mittag?«

Sie zögerte. Sie blickte ihn an, abschätzend, wie er dachte.

»Ist es noch weit bis zu Ihrem Haus?« fragte das Mädchen.

»Vielleicht zwei Stunden.«

»Dann kann ich bleiben.« Sie lachte und setzte sich in das staubige Gras. Juan sah es mit Entsetzen und wollte sie daran hindern, aber in der Bewegung stockte er und schämte sich. Der schöne Seidenrock, dachte er nur. Sie macht sich schmutzig, und ich bin schuld, weil ich gefragt habe ... Das Mädchen strich sich die schwarzen Locken aus der Stirn. »Wenn ich bis zum Hof gemußt hätte, wäre ich auch vor Nachmittag nicht nach Hause gekommen. Mein Vater ist nämlich sehr streng«, sagte sie und nickte dabei mit dem kleinen, schmalen, schönen Kopf. »Er hält nichts von den freien Sitten, wie sie im Norden Spaniens sind.«

»Ich habe den Norden nie gesehen.« Juan ließ sich an ihrer Seite nieder und verbarg seine schadhaften Schuhe unter den Oberschenkeln, indem er die Beine kreuzte, wie es die Orientalen tun. »Ich kenne auch den Süden nicht, den Westen oder den Osten — ich kenne nur das Dorf und die Hügel und den Fluß und die Pinien und die Herden und die Felder und die Sonne und den Wind.«

»Dann kennen Sie die ganze Welt«, sagte das Mädchen leise.

»Aber die Welt ist doch so groß.« Er steckte seinen Skizzenblock in das offene Hemd auf die Brust und knöpfte es zu, als müsse er ein Geheimnis verstecken. Dann beugte er sich zu dem Mädchen vor: »Ich möchte so gerne Madrid sehen ...«

»Madrid?« Sie hob die dichten Augenbrauen. »Ich war schon einmal in Madrid.«

»Sie waren in Madrid?« Juans Körper zuckte. »Sie ist schön, diese Stadt, nicht wahr? Groß, breit, und die Menschen sind so vornehm, und sie können in ein Haus gehen, wo bewegliche und sprechende Bilder auf einer Leinwand sind. Film nennen sie es ... Haben Sie auch schon einen Film gesehen?«

»Mehr als einen!« Das Mädchen strich sich über den Seidenrock. »Sie haben das alles noch nicht gesehen?«

»Nein.« Juans Herz schlug heftig — wie ein Krampf war es in seiner Brust. »Ich bin nie aus diesen Hügeln herausgekommen.«

»Wie schade!« Das Mädchen sah Juan mit großen, traurigen Augen an. Ein armer Junge, dachte sie, und Mitleid durchzog sie. Wie schön er aussieht, wie klug seine Stirn ist, wie schmal und weich sein Mund, wie tief und unergründlich seine braunen Augen. »Sie sind wohl sehr traurig, Juan?« sagte sie leise.

Er nickte leicht — es war nur eine Andeutung von einem Nicken. Er schämte sich wieder, daß er so arm und armselig war, und daß ein Mädchen mit ihm Mitleid hatte, statt ihn zu bewundern, wie sie seinen Bruder Pedro bewunderten, wenn er einen Stier bei den Hörnern nahm und in die Knie drückte, daß er wutbrüllend willenlos wurde.

»Ich möchte ein Künstler werden«, sagte er still.

»Ein Künstler? Was ist das?«

»Sie kennen keinen Künstler?« fragte er erstaunt.

»Nein, Herr Torrico.«

»Ich habe einmal gelesen, daß sich die Männer Künstler nennen, die Leinwand mit bunten Bildern bemalen oder aus Stein Bildwerke hauen. Ich habe in den Illustrierten solche Werke gesehen. Sie waren wundervoll.« Er sah das Mädchen von der Seite an und senkte die Stimme, als wolle und müsse er ein großes Geheimnis verraten, an dem seine ganze Seele hing. »Ich habe auch schon in Stein gehauen . . .«

»Seit drei Jahren studiere ich«, sagte Juan und umklammerte mit beiden Armen seine Knie. »Ich habe Schreiben und Lesen gelernt, und ich habe mir aus dem Dorf ab und zu Bücher geholt und sie gelesen! Bücher über Maler und Bildhauer, die dem Pfarrer oder dem Rechtsanwalt gehörten. Dort habe ich viel gesehen, und ich habe es abgezeichnet. Erst, als ich anfing mit zehn Jahren, da gefiel mir nichts, was ich zeichnete. Aber dann, als ich die Bücher hatte, da habe ich geübt . . . erst nur Linien oder Kreise oder einfache Dinge wie ein Haus und einen Baum und einen Berg. Dann habe ich Tiere gezeichnet . . . Die Kühe auf der Weide und die Hühner auf dem Hof zu Hause. Als ich zum erstenmal einen Menschen malte, habe ich gelacht . . . doch dann war alles schwerer, als ich dachte. Es ist schwer, einen Menschen zu malen . . .«

Das Mädchen war sehr erstaunt und wandte das Gesicht voll zu Juan. In ihrem Blick lag etwas wie Verwunderung über diesen Jungen, der Sehnsucht nach Madrid hatte, noch nie einen Film sah und heimlich in diesen rauhen Bergen Figuren aus den Steinen schlug.

»Und was sagt Ihre Mutter dazu?« fragte sie, nur um etwas zu fragen und die plötzlich zwischen ihnen liegende Stille auszufüllen. Und es war eine Frage, die tief in die Seele Juans griff und ihn zusammensinken ließ.

»Nichts.«

»Nichts? Und Pedro, Ihr Bruder?«

»Er schimpft, weil ich keine Lust habe, den Stall auszumisten. Ich schaue lieber den Vögeln nach, wie sie um die Bergkuppe kreisen . . .« Er beugte sich vor, und seine Augen leuchteten.

Das Mädchen Granja sah auf seine Hände, die feingliedrig

und jetzt ein wenig schmutzig in seinem Schoß lagen. Sie wußte darauf nichts zu sagen, denn sie dachte viel, was sie nicht sagen konnte, weil es unschicklich war, einem Mann mehr zu sagen, als er wissen wollte. Sie dachte an den Vater, der reich und dick in Solana del Pino hinter der breiten Theke stand und das einzige Kaufhaus im weiten Umkreis hatte. Er war sehr reich geworden, hatte einen Wagen, mit dem er oft nach Puertollano fuhr, ein schönes Haus an einem blühenden Hang, und Pilar Granja, die Mutter, war eine vornehme Frau mit schwarzen Mantillen und seidenen Kleidern voller Spitzen, die man auf der Straße voll Ehrfurcht grüßte und der man den Weg freigab, wenn sie einmal in eine dichtere Menge treten sollte.

»Ich muß jetzt gehen«, sagte sie und erhob sich. Ihr Seidenrock raschelte. Die nackten Beine waren braun, und Juan sah sie nahe vor sich, als sie jetzt vor ihm stand. Er blickte an ihnen empor, an dem Leib, der kleinen Brust, dem festen Hals und dem schönen, schmalen Gesicht mit den schwarzen Locken.

»Sie müssen wirklich gehen?« fragte er leise.

»Es ist gleich Mittag.«

»Und darf ich mitkommen?«

»Wenn Sie zu meinem Vater wollen . . .«

»Ja . . . wegen der Kuhstricke.«

»Ach ja . . . wegen der Kuhstricke . . .«

Juan erhob sich. Er war glücklich, an ihrer Seite gehen zu dürfen und ihr Gesicht sehen zu können und ihren Atem zu hören, der die kleine Brust sich heben und senken ließ.

Eine Weile gingen sie stumm nebeneinander her.

»Ich habe zuletzt einen Hasen aus dem Stein gehauen«, sagte Juan nach einer Weile.

»Einen Hasen?« Das Mädchen lachte leise. »Er muß schön aussehen. Ich möchte ihn gerne sehen . . .«

Da erschrak Juan sehr und schwieg wieder. Sie will ihn sehen . . . wo soll ich ihn ihr zeigen? Soll ich sie in die kleine Höhle führen, in der ich die Steine liegen habe und den Hammer und den einfachen Meißel, den mir die Zigeuner für einen Sack Äpfel aus der Stadt mitbrachten?

Seit zwei Jahren hatte er die Höhle vor allen Blicken verschlossen, und wenn er hier vor der Eingangsspalte auf einem der großen Verschlußsteine saß und in seinem Block die Entwürfe zeichnete, war es ihm, als durchränne ihn eine andere Kraft, deren Wurzel ihm nicht erkennbar war.

Er sah das Mädchen an seiner Seite groß an, als wolle er abschätzen, ob sie es wert war, sein großes Geheimnis zu sehen. Dann nickte er schnell.

»Ich werde Ihnen den Hasen zeigen«, sagte er. »Dann müssen wir uns aber wiedersehen . . .«

»Wenn es Vater nicht erfährt, geht es bestimmt.«

»Ich werde Ihnen noch mehr zeigen als einen Hasen aus Stein. Ich habe einen Kopf gehauen — den Kopf meiner Mutter. Und ein Lamm habe ich auch und einen Adler, den ich beobachtete, wie er auf der Erde saß und eine Maus zerriß.«

»Wie schrecklich!« Das Mädchen Granja blieb stehen. »Und Sie haben den Adler nicht verjagt?«

»Nein, warum denn?«

»Weil er die Maus zerriß.«

»Es war sein Mahl.«

»Aber er hat doch die Maus getötet! Er ist ein Mörder!«

Juans Lippen waren schmal. »Wir essen doch auch Fleisch von getöteten Kühen und Lämmern. Dann sind wir alle Mörder.«

Da schwieg das Mädchen Granja. Juan aber ging weiter, und er freute sich, daß sie nachkam und sich beeilte, an seine Seite zu kommen.

»Es war schön, ihm zuzusehen«, sagte er. »Er saß da in seiner ganzen unberührten Majestät, der spitze Schnabel leuchtete gelb in der Sonne, und seine Augen waren rot.«

»Rot?«

»Ja. Ich habe noch nie einen so schönen Vogel gesehen. Ich habe ihn gezeichnet und dann in Stein gehauen.«

»Und ich werde ihn sehen, den Vogel mit den roten Augen?«

»Ja.« Juan stockte. »Wenn Sie es wollen . . .«

»Ich will es«, sagte sie fest.

»Dann freue ich mich schon darauf«, entgegnete er still.

Sie bogen in ein Tal ein und sahen das Dorf liegen.

Das Mädchen Granja blieb stehen und klopfte noch einmal den Seidenrock ab, als könne er noch Spuren haben von der Wiese. »Gehen Sie bitte voraus, oder warten Sie hier, bis ich in der Stadt bin«, sagte sie dabei zu Juan. »Es ist nicht gut, wenn ein junges Mädchen allein mit einem jungen Mann von den Bergen zurückkommt.«

Er blieb stehen und drückte zaghaft die schmale Hand, die ihm das Mädchen reichte.

»Wann kann ich Sie wiedersehen?« fragte er schüchtern.

»Wiedersehen?«

»Ja, wegen des steinernen Hasen und des Adlers.«

»Ach ja.« Das Mädchen fuhr sich nachdenklich durch die Locken. »Können Sie übermorgen mittag?«

»Ich habe jeden Tag Zeit genug. Ich werde wieder an der Wiese sein und unter der Pinie liegen und in den Himmel starren.« Er lächelte leicht. »Werden Sie wieder Blätter über mein Gesicht streuen?«

»Vielleicht . . .«

»Ich werde warten . . .«

Und dann rannte das Mädchen fort, den Hügel hinab zum Dorf. Ihr Rock schlug um ihre schlanken Beine, er flatterte hinter ihr wie eine bunte Fahne, und ihre schwarzen Haare flogen, als winkten sie ihm zu, sie nicht zu vergessen.

Inmitten des Dorfes, nahe der kleinen Kapelle, war der Laden des Ricardo Granja. Sein Wohnhaus klebte an einem grünen Hügel, den er mit einem eigenen Brunnen und einer Benzinpumpe grün und fruchtbar erhielt — ein Beweis seines Reichtums, vor dem die Bauern den Rücken krümmten.

Als Juan eintrat, blickte ein dicker Mann kurz auf und legte die Zeitung zur Seite. Kurz musterte er den Eintretenden, und sein Interesse schwand aus den kühlen Augen. Er strich sich über seinen Schnauzbart und nickte.

»Was soll's?« fragte er.

»Meine Mutter schickt mich«, antwortete Juan und sah sich um. »Ich soll einige Kuhstricke holen. Ich bin Juan Torrico.«

»Torrico?« Ricardo Granja hob die Augenbrauen. »Und wer bezahlt?«

»Die Mutter, Herr Granja.«

»Und womit, he?«

»Vielleicht mit Obst? Oder vielleicht brauchen Sie etwas anderes. Ich weiß es nicht. Die Mutter hat mich nur geschickt, die Stricke zu holen.«

»Und wann kommt der Karren mit Obst?«

»Welcher Karren?« fragte Juan vorsichtig, denn er dachte an das Mädchen.

»War meine Tochter nicht bei dir?«

»Ihre Tochter?« Juan sah zu Boden. »Ich war bei den Kühen und bin eben erst gekommen. Sie wird einen anderen Weg genommen haben.«

»Sicherlich.« Ricardo Granja rollte die Stricke zusammen und gab sie Juan. »Und sage deinem Bruder, daß ich auf den Karren warte. Ich habe Concha nicht umsonst geschickt.«

Der Kopf Juans zuckte empor. »Concha?« fragte er leise.

Granja nickte unwillig. »Meine Tochter . . .«

»Ach so. Leben Sie wohl . . .«

Er verließ den Laden und stand benommen auf der Straße in der Sonne. Er fühlte die Hitze nicht mehr, er sah nicht den Staub.

Sie heißt Concha, dachte er. Concha Granja.

Das ist wie ein Lied . . . wie eine nächtliche Melodie. Concha Granja — so könnte ein Gemälde heißen, eine Skulptur, ein unsterbliches Werk.

Er ging langsam, denn er hatte Zeit, so viel, viel Zeit. Und er dachte an Concha und ging langsam, um lange in ihrer Nähe zu sein.

Dann war er in den Bergen, und die heiße, zwischen den Felsen gestaute Luft legte sich auf seine Brust. Er atmete schwer und blieb stehen, lehnte sich an einen Vorsprung und faßte an sein Herz. Es zuckte und drückte in der Brust, daß er den Zeichenblock aus dem Hemd nahm und in die Tasche steckte. Aber es wurde nicht besser, der Atem war schwer.

Ich liebe sie, dachte er. Und mein Herz hält es nicht aus. Das nie gefragte, selten glückliche Herz des Bauern Juan. Und er ging weiter, langsam, mühsam, sich mehr schleppend, und dachte mit Zittern an die Stunde, in der Concha in seiner geheimnisvollen Höhle stand . . .

*

Einmal im Monat kam aus Mestanza der alte Landarzt, der Dr. Osura, auf den Hof und untersuchte Anita. »Mein hübsches Mädchen«, sagte er immer, »jetzt wollen wir deine Beine wieder schlank wie die eines Rehes machen.« Und er zapfte ihr das Wasser ab, daß sie für einige Zeit Ruhe hatte. Ja, er war sehr

15

lustig, der Dr. Osura, und er behandelte Juan auch wie einen erwachsenen Mann, lobte seine Zeichnungen und meinte, daß aus ihm etwas werden könne, wenn er fleißig an sich arbeitete. »Quält ihn nicht, und laßt ihn so, wie er ist. Er ist wie junger Wein — er muß erst gären und sich läutern. Wartet ab, was aus ihm wird ... ein guter Wein muß lange liegen, bis er reif ist.«

Und Anita handelte nach diesen Worten des weisen Dr. Osura. Sie ließ Juan gewähren und schützte ihn vor Pedro.

Ja, so war das Leben auf dem Hof der Torricos. Still, verbissen, schwer und manchmal ein wenig lustig.

Juan war aus Solana del Pino zurückgekehrt und hatte die zusammengebundenen Kuhstricke der Mutter abgegeben.

Nach dem Essen ging Juan in seine Stube und setzte sich ans Fenster. Er holte seinen Zeichenblock aus der Tasche, spitzte den Bleistift mit einem alten Küchenmesser und sah dann hinaus über die Hügel und die durstenden Pinien, über die braunen Felder und die sandigen Wege und dachte an das schmale Gesicht Concha Granjas.

Er wollte sie zeichnen, mit ihren schwarzen, etwas geschlitzten Augen, dem zarten Gesicht, den langen, schwarzen Locken und dem roten, kleinen Mund, der so herrlich lachen konnte. Erst wollte er sie zeichnen, um sich das Bild einzuprägen, und dann wollte er sie aus dem Granit der Felsen von Santa Madrona hauen, aus dem Granit, der hart war wie Eisen und weich werden würde in der Form dieses schönen, mädchenhaften Gesichtes.

Als Anita fertig war, ging sie in die Kammer Juans und sah ihn am Fenster sitzen und zeichnen. Sie stellte sich hinter ihn und schaute über seine Schulter auf das Bild.

»Ein Mädchen?« sagte sie erstaunt. »Seit wann zeichnest du Mädchen?«

»Seit heute, Mutter.« Juan blickte zu ihr auf. Er sah ihr altes, runzeliges, verarbeitetes Gesicht. »Gefällt es dir?«

Anita sah das Bild noch einmal an und zwinkerte mit den Augen. »Wer ist es denn, Juan?«

»Concha.«

»Ich kenne keine Concha.« Anita schüttelte den Kopf und wischte sich die Hände an der Schürze ab, ehe sie den Block in die rauhen Hände nahm und näher an die Augen führte. »Wo hast du sie gesehen?«

»Sie kam heute an der Weide vorbei und fragte mich. Es ist die Tochter von Ricardo Granja . . .«

»Von dem Händler in Solana?«

»Ja, Mutter.«

»Na, na.« Sie wiegte den Kopf und legte den Block auf die Fensterbank. »Es ist nicht gut, Juan«, sagte sie, »wenn ein armer Bauer die Tochter eines Reichen ansieht.«

»Ich bin kein Bauer!« rief Juan und sprang auf. »Ich will ein Künstler werden.«

Anita richtete den umgestürzten Stuhl auf. »Ricardo Granja ist ein großer Mann«, sagte sie einfach. »Er wird dir verbieten, seine Tochter anzusehen und sie zu zeichnen. Und er tut gut daran. Wir sind arme Leute, Juan, und dürfen das nie vergessen.« Sie sah den Sohn mit mütterlicher Weisheit an. »Du hast dich verliebt, Juan?«

»Nein!« sagte er trotzig.

Anita ergriff die Hand des Sohnes und hielt sie fest, als müsse sie ihn vor einer Gefahr zurückhalten. »Es wird Unglück geben«, meinte sie still, denn sie konnte nicht böse sein, wenn sie in das schmale Gesicht Juans sah. »Dein Bruder bringt viel Obst in Granjas Laden, wir leben von seinem Geld. Wenn er uns böse wird, müssen wir sehr hungern, Juan.«

»Er wird nicht böse sein«, schrie er auf und entriß der Mutter seine Hand. Dann ergriff er das Blatt Papier, riß es aus dem Block und zerfetzte es in seinen Händen. Er rannte aus der Kammer, über den Hof und hinein in die Berge, und Anita bückte sich, sammelte die Fetzen auf und trug sie in die Küche, wo sie sie im Herd verbrannte.

Kurz darauf kam Pedro aus den Gärten zurück und sah sich um.

»Wo ist Juan?« knurrte er.

»Er will die Kühe holen«, antwortete Anita und hantierte an einem Kessel.

»Ich sah ihn vorhin wegrennen.« Pedro blickte die Mutter an. Seine Augenbrauen waren zusammengezogen. »Hat es Streit zwischen euch gegeben?«

»Streit? Es gibt nie Streit zwischen Juan und mir.«

Pedro brummte eine Antwort und ging aus dem Haus. Er schlug hinter der Scheune einen Bogen und ging in der Richtung weiter, die er den Bruder hatte laufen sehen. In den Hügeln sah

17

er ihn endlich im Gras liegen, und er fühlte, wie der Zorn in ihm aufstieg und übermächtig wurde.

»Steh auf!« brüllte Pedro, und er ergriff Juan an der alten Jacke und riß ihn aus dem Gras empor, wie man einen Hund am Fell hinter den Ohren packt und emporhebt. »Was hast du mit der Mutter gehabt?« zischte er.

»Nichts.«

Da fühlte Juan, wie ihn sein Bruder schlug. Aber es tat nicht weh — er spürte nur den Druck der Schläge, und er wand sich unter ihnen und stieß Pedro mit beiden Fäusten vor die Brust.

»Laß mich!« schrie er wild. »Laß mich, Pedro! Du schlägst mich ja tot! Pedro!!« Er fiel wimmernd zur Erde und wand sich im Gras wie ein Wurm, den man zertreten hat. Jetzt erst fühlte er den Schmerz stechend durch den ganzen Körper ziehen, und er schrie auf, grell, tierisch, mit einer Kraft in der Stimme, die Pedro zusammenfahren ließ.

»Steh auf!« herrschte er Juan an. »Laß das Schreien!«

»Du schlägst mich wieder!« wimmerte Juan und blieb liegen.

Da hob ihn Pedro wieder hoch und stellte ihn auf die Beine. »Nein! Ich schlage dich nicht mehr«, sagte er. »Aber du sollst wissen, daß ich dich hasse.«

»Das weiß ich, Pedro. Du bist ein guter Bauer und ich nur ein fauler Esser. Du hast es so oft gesagt.« Juan wischte sich über den Mund und sah, daß sein Handrücken rot wurde. Er blutete aus dem Mund und fuhr sich mit der Zunge über die Lippen, um sein Blut abzulecken. »Soll ich fortgehen von euch?«

»Fortgehen! Wohin denn?« Pedro war verblüfft über diese Rede und gab Juan sein Taschentuch, damit er das Gesicht abputzen konnte. »Solange die Mutter lebt, kannst du nicht weg. Sie würde uns um die Erde hetzen, um dich zu finden.«

Juan blickte zu Boden und faltete die Hände.

»Soll ich denn sterben?« fragte er leise.

Ein Frieren kroch durch Pedros Körper. Er biß die Zähne aufeinander und erkannte plötzlich, daß dieser arme, geschlagene Mensch vor ihm, der Junge, der aus dem Mund blutete, sein Bruder war. Und es war sein Blut, das aus dem Mund lief.

Er nahm den Kopf Juans und bog ihn nach hinten. Dann wischte er ihm das Blut von den Lippen und drückte das Taschentuch dagegen.

»Komm nach Hause, Junge«, sagte er langsam, als wäre das

Sprechen plötzlich schwer geworden. »Leg dich ins Bett — du bist krank . . .«

»Aber ich muß doch die Kühe von der Weide holen . . .«

»Laß das!« schrie Pedro barsch. »Geh nach Hause! Ich hole die Kühe schon . . .«

Damit wandte er sich ab und ging hinein in die Berge, den Weiden entgegen. Juan sah ihm nach, dem großen, starken Mann, und es war kein Groll in seinem Herzen, kein Haß, sondern nur die Hilflosigkeit einer Kreatur, die nicht weiß, was sie auf dieser Erde, die ihm feindlich ist, noch soll.

Pedro fuhr zum Obstmarkt und lud einige Körbe ab, die er mit Not gefüllt hatte. Der Erlös war hoch, denn in der Stadt waren Früchte in diesen heißen Tagen sehr gefragt, und so freute sich Pedro sehr, der Mutter ein Paar Hausschuhe kaufen zu können und seiner Elvira ein dünnes, seidenes Unterkleid, von dem sie seit einem Jahr schwärmte, weil sie es als Bild einmal in einer Zeitung gesehen hatte.

Dann ging er durch die heißen Straßen, besah sich die Auslagen der Geschäfte und blieb vor einem Papiergeschäft stehen, wo Hefte und Blocks und andere ihm unbekannte Schreibwaren ausgestellt waren. Auch lagen Farbkästen im Fenster, Tuben, Pinsel und wunderliche Bretter mit kleinen Einbuchtungen, an denen der fremde Name Palette stand.

Als er den Laden betreten hatte und eine junge Verkäuferin auf ihn zukam, wußte er nicht mehr, was er eigentlich kaufen wollte. Etwas für Juan . . . ja, aber wie sagte man zu all den Dingen, die ein Maler braucht?

Er stotterte erst ein wenig, ehe man ihn verstand, und dann lächelte das Mädchen und nickte.

»Etwas für einen Maler, Señor? Einen Pinsel? Oder einen Farbkasten? Sollen es Wasserfarben, Tempera oder Öl sein? Oder ein Zeichenblock und Kohle?« Sie sah Pedro groß an. »Es ist nicht für Sie?«

»Nein, nein . . . für meinen Bruder Juan.« Pedro bemerkte, daß er schwitzte, und schämte sich seiner Ungelenkheit. »Er zeichnet gern, und er will ein großer Maler werden. Was braucht man dazu?«

Die Verkäuferin, gewohnt, daß viele Bauern ihr Schreibzeug in der Stadt holten, dachte ein wenig nach.

19

»Kaufen Sie ihm erst einen großen Skizzenblock, Señor«, meinte sie. »Dazu Kohlestifte, Zeichenstifte in verschiedenen Härten, vielleicht auch einen Wasserfarbkasten und einen Satz Pinsel mit echtem Biberhaar. Das wird Ihren Bruder freuen, Señor. Und wenn Sie dann wieder einmal nach Puertollano kommen, werden Sie bestimmt wissen, was er noch braucht.«

Und Pedro kaufte alles, was die Verkäuferin ihm sagte. Er zahlte die hohe Summe und sah mit Erschrecken, daß er Elvira doch kein seidenes Unterkleid kaufen konnte, sondern nur ein Paar dünne Strümpfe, die sie anziehen würde, wenn sie sonntags zur Kapelle wanderten, um Gott für die vergangene Woche zu danken und für die kommenden Tage um seinen Segen zu bitten. Die Pantoffeln für die Mutter aber blieben noch übrig, und so war Pedro froh und lustig, sein großes Paket im Wagen verstauen zu können und rasselnd über den Markt zu fahren

Es war schon spät, als er in den Hof einfuhr und Elvira ihm beim Abschirren des Pferdes half. Sie begrüßte ihn mit einem Kuß und sah neugierig in den Wagen, was er ihr mitgebracht hatte. Aber Pedro hielt sie lachend zurück und schob den Wagen in den Schuppen, wo er die Pakete herausnahm und unter den Arm klemmte. Nur das große für Juan ließ er in dem Wagen und schloß hinter sich sorgfältig die Tür.

Pedro Torrico betrat die Küche und begrüßte die Mutter mit einem Kuß auf das strohige Haar. Dann schob er ihr ein Päckchen hin und lachte, als sie ihn entsetzt anstarrte.

»Du hast mir etwas aus der Stadt mitgebracht?« rief sie. »Pedro, das sollst du doch nicht! Ich bin eine alte Frau und brauche nichts mehr.« Aber sie wickelte das Päckchen doch aus, und ihre Augen glänzten, als sie die schönen Pantoffeln sah. »Viel zu teuer sind sie«, murrte sie, aber man merkte es ihrer Stimme an, daß sie es nur sagte, um ihre Rührung zu verbergen. Auch zog sie sofort die alten Schuhe aus und schlüpfte in den weichen Filz, und während des Essens blickte sie verstohlen an sich hinunter und bewegte die Beine, um die Pantoffeln zu sehen.

Juan schwieg. Als sein Bruder ins Zimmer trat, zog er sich in die Ecke am Herd zurück und freute sich still und innerlich über das Glück der Mutter. Er fühlte etwas wie Dank und Verzeihung gegen den schweren Mann, der ihn gestern blutig schlug, aber er zeigte es nicht, sondern sah die Mutter an, in deren Runzeln das Glück lag.

Und wieder wurde es Nacht, Juan ging in seine Kammer, Elvira hüpfte nach oben, nur Pedro ging noch einmal über den Hof und in den Schuppen und nahm aus dem Wagen das lange Paket für Juan.

Er sah sich mehrmals um, ehe er aus dem Schatten des Schuppens trat und um das Haus herum an das Fenster Juans ging. Es war geöffnet, und Juan lag schon auf seinem Strohsack, eine Kerze neben sich auf einen Stuhl geklebt. Er sah den Schatten an seinem Fenster und richtete sich auf.

»Wer ist da?« fragte er leise.

»Pedro.« Die Stimme des Bruders war flüsternd.

»Pedro?« Juan setzte sich erschreckt. »Was willst du?«

»Ich möchte dir etwas geben, Juan.« Der große Bruder schob das Paket durchs Fenster und legte es auf der Fensterbank nieder. »Ich weiß nicht, ob es richtig ist . . . ich habe davon keine Ahnung . . . aber . . .«, er stockte, ». . . vielleicht freut es dich ein wenig . . .«

Dann war der Schatten vom Fenster weg, und der Nachthimmel sah fahl in die Kammer. Der Himmel, über den einige Wolken zogen, die ersten Wolken seit Wochen, die einen kurzen Regen ahnen ließen.

Juan erhob sich langsam und ging zum Fenster. Er betrachtete das Paket Pedros ängstlich, als enthielte es Gift oder eine Kapsel mit Sprengstoff. Dann ergriff er es, befühlte es, und seine Augen wurden weit und voller Unglauben. Er rannte mit ihm zu dem Bett, riß die Papierhülle fort und betrachtete mit bebendem Körper den Zeichenblock, die Kohlestifte, den Farbkasten und die Pinsel. Er griff in die Pinselhaare und ließ sie durch die Finger schnellen, er klappte den Farbkasten auf und zu, er befühlte den Block und schmierte sich mit den Kohlestiften die Hände voll.

Dann rannte er an das Fenster zurück und beugte sich hinaus. Aber der Bruder war längst fort und oben in seiner Kammer.

Juan wartete am nächsten Tag wieder unter der Pinie.

Plötzlich fielen Blätter auf seinen Nacken.

»Sie sind gekommen, Concha«, sagte er glücklich und lächelte leicht.

»Sie kennen meinen Namen?« Das Mädchen hielt die rechte

Hand hinter dem Rücken und gab ihm die linke. Sie schien etwas verbergen zu wollen und war ein bißchen verlegen.

»Ja, von Ihrem Vater, Concha.«

Sie sahen sich eine Weile an und wußten nicht, was sie sagen sollten. Plötzlich streckte Concha den rechten Arm vor und gab Juan ein weißes Paket.

»Ich war in der Stadt«, sagte sie dabei. »Vater und Mutter nahmen mich mit. Da habe ich Ihnen etwas gekauft. Ich glaube, Sie können es gebrauchen . . .«

»Concha . . .« Juan hatte das Päckchen ergriffen und rang mit Worten, die er nicht aussprechen konnte. »Concha . . . Sie haben in der Stadt an mich gedacht . . .«

»Ja«, entgegnete sie leise.

»Und Sie haben Geld für mich ausgegeben.« Juan wickelte das Papier auf. Ein Buch kam zum Vorschein mit einem großen, bunten Titelbild. ›Die Bildhauerkunst der Völker‹ stand darüber. Ein Bildbuch mit den größten Werken berühmter Bildhauer.

Juan sah es an, als könne er nicht glauben, daß es ihm gehörte, daß es überhaupt so etwas gab und in seinen Händen lag. Stumm blätterte er in dem Buch herum, sah die Bildwerke Praxiteles', Schlüters, Michelangelos, Rodins, und eine Welle heißen Glücks überspülte ihn und riß ihn mit sich fort.

Er ergriff die Hand Conchas, und dieser Griff war hart, weil sich seine Seele in ihm klammerte.

»Concha«, sagte er leise. »Warum haben Sie das getan?«

»Gefällt es Ihnen?« wich sie seinem Blick, seinen Händen aus, weil sie fühlte, daß diese Augen so tief in sie drangen, daß sie sie nie wieder vergessen konnte. Er ist schön, fühlte sie, er ist ein kluger Junge, er ist viel zu klug, um hier in den Bergen zu leben. Und er weiß gar nicht, wie klug er ist.

»Sie wollten mir den steinernen Hasen zeigen«, sagte sie zurückhaltend.

Juan nickte. Er nahm ihre Hand, und sie ließ sie ihm. So, Hand in Hand, gingen sie den Weg in die Berge hinein und wanderten eine Zeit stumm nebeneinander durch die Sonne, die heute weniger heiß auf die in der nassen Nacht aufgeatmete Erde schien.

Als sie dann in der Höhle standen und Concha die behauenen Steine sah, den Tisch mit den einfachen Werkzeugen und die

Zeichnungen, die Juan allein als Modelle dienten, da legte sie still den Arm um Juans Schulter und schwieg, weil sie nicht wußte, was sie jetzt noch sagen sollte.

»Ich werde auch Sie in Stein hauen«, sagte er und legte seinen Kopf auf ihren nackten Arm. Das Fühlen ihrer samtweichen, heißen Haut machte ihn selig. »Aber erst werde ich Sie malen, Concha, bunt, so, wie Sie aussehen.« Und weil sie ihn zweifelnd anschaute, führte er sie wieder hinaus aus der Höhle und setzte sie auf den Stein, der ihm vorhin als Sitz diente. »Kommen Sie«, rief er. »Ich werde eine Skizze von Ihnen machen.«

Er nahm seinen Zeichenblock und den Farbkasten, drehte Concha den Rücken zu, damit sie nicht sah, wie er wieder in den Wassertopf spuckte, um die Pinsel anzufeuchten, und dann kniete er vor ihr nieder und sah sie groß und lange an.

»Sie sind das Schönste, was ich je gesehen habe«, sagte er leise. Und Concha wurde rot und senkte den Kopf.

So malte er sie ... mit gesenktem, gerötetem Kopf, den Mund zu einem leichten Lächeln geöffnet, die Augen halb geschlossen, als habe sie gerade etwas Ergreifendes gehört ... sein Pinsel flog über das weiße Papier, und es war nicht seine Hand, die das Bildnis malte, sondern das hohe Unbegreifliche, das seinen Körper durchzog.

Er sah nicht, wie sie sich erhob und hinter ihn trat. Sie beugte sich über seine Schulter vor, und als er ihren Atem an seinem Ohr und seiner Wange spürte, begann sein Pinsel zu zittern, und die Linien der Locken wurden noch krauser und wilder.

»Ich bin es«, sagte Concha erstaunt. »Ich bin es wirklich, Juan. Oh, wie schön das ist ...«

Sie beugte sich weit über seine Schulter und küßte ihn auf den Mund. Da ließ er den Block fallen und ergriff ihren Kopf, drückte ihn an seine Lippen und umfing ihren Körper wie ein Ertrinkender, der sich an seinen Retter klammert.

»Bleib, Concha«, stammelte er. »Bleib bei mir ... ich brauche einen Menschen, der mich liebt ... der mich versteht ...«

Das Mädchen aber riß sich los und rannte den Berg hinab, über die Straße, und verschwand mit flatternden Kleidern im Tal. Ihr Gesicht glühte. Was habe ich getan, schrie es in ihr. Ich habe ihn geküßt, und er hat mich geküßt. Das ist doch verboten!

Juan saß ernst auf dem Stein vor seiner Höhle und malte das Bild Conchas weiter. Er glaubte, daß sie aus Scham von ihm fortgelaufen sei, daß sein Kuß zu wild war und sie erschrecken ließ. Er nahm sich vor, in den nächsten Tagen ins Dorf zu gehen und zu versuchen, sich bei Concha zu entschuldigen.

Ich liebe sie, dachte er. Mein Gott, ich liebe sie. Aber ich kann es ihr nicht sagen. Niemand darf es wissen. Man wird mich auslachen . . . der Bauer und die reiche Concha.

Er klappte den Zeichenblock zusammen und versteckte das ganze Malzeug in der Höhle.

Ich werde es der Mutter sagen, dachte er, indem er die Höhle mit den Steinen verschloß. Ich muß es der Mutter sagen — sie ist die einzige, die mich versteht.

Sinnend ging er den Berg hinab und trieb die Herde zusammen.

Und er beneidete die Tiere, die fraßen und schliefen und nichts anderes kannten als fressen und schlafen . . .

*

In der Nacht geschah etwas, was die Familie Torrico mit Entsetzen erfüllte.

Aus der Kammer Juans gellte ein Schrei, dem ein lautes Wimmern folgte. Anita fuhr von ihrem Lager auf und vergaß, in die schönen Pantoffeln zu fahren. Barfuß tappte sie durch die Küche und riß die Tür auf. Auch Pedro stürzte die Treppe hinunter und rannte in die Kammer, wo Anita schon vor dem Bett Juans kniete und seinen Körper umklammert hielt.

»Was ist?« schrie Pedro und stützte Juan den Rücken. Sein Gesicht war blau angelaufen, die Augen quollen aus den Höhlen. Die Brust, die schwache, schmale Brust, wand sich wie in einem Krampf.

»Er bekommt keine Luft!« wimmerte Anita und klopfte dem wehrlosen Juan auf die Brust. »Er erstickt uns. Pedro . . . er erstickt . . .«

Der große Bruder rannte aus dem Zimmer und stürzte zu dem Kessel, in dem das Wasser für den nächsten Morgen war. Er steckte ein Handtuch hinein, rief Elvira, die mit offenen Haaren an der Treppe erschien, zu, sie solle ein zweites Handtuch ins Wasser stecken, und rannte zurück in die Kammer und wickelte Juan das kalte, nasse Handtuch um die Brust, um ihn durch den Schock wieder zum Atmen zu bringen.

Die Mutter kniete neben Juan und weinte. Sie streichelte seine Haare, stammelte leise Kosenamen und küßte die schmalen, langen Hände, als müßte durch sie und ihre Küsse die Kraft zu neuem Leben in seinen Körper dringen.

Pedro legte den Körper seines Bruders zurück. Er massierte seine Brust, drückte den knochigen Brustkorb und riß die Arme wie bei einem Ertrinkenden auf und nieder. Elvira brachte das zweite Handtuch und warf es über Juan. Er schien die Besinnung verloren zu haben und lag wie ein Toter auf seinem zerschlissenen Strohsack.

Über eine Stunde arbeitete der große Bruder. Anita kniete unterdessen vor dem kleinen Hausaltar in der Küche und betete die uralten Bitten, die aus der Tiefe ihres Gedächtnisses plötzlich wieder lebendig wurden und ihr Trost und Hoffnung gaben. Dann hörte sie, wie Pedro leise sprach, und sie rannte in die Kammer zurück.

Juan lag ruhig und schlief. Sein Gesicht war fahl, aber das Blaue, das schrecklich Blaue war aus ihm gewichen. Die Augen, erst weit aufgerissen, starr und voll Entsetzen, waren geschlossen. Die schmale Brust atmete wieder, nur die Lippen waren noch blau und sahen aus, als seien sie zusammengeschrumpft.

»Er lebt«, stammelte Anita. »Oh, er lebt!« Sie sank am Bett nieder und küßte Juans Gesicht, sie betastete ihn, als habe sie ihn schon verloren gehabt, und die Tränen, die aus ihren alten Augen über die Runzeln rannen, tropften auf Juans Stirn.

»Juan ist sehr krank«, sagte Pedro leise. »Ich weiß nicht, was das ist ... aber wenn er keine Luft mehr bekommt, ist es schlimm. Ich werde mit ihm morgen zu Dr. Osura fahren.«

*

Es traf sich gut, daß Dr. Osura gerade heute in Mestanza seine Praxis hielt, so brauchte Pedro nur den halben Weg zu machen und half Juan vom Bock des Wagens.

Juan hatte den Weg über nichts gesagt. Er wußte nicht, was in der Nacht mit ihm geschehen war. Als Pedro und die Mutter es ihm am Morgen erzählten, hatte er nur genickt und in sich hineingesehen. Das ist die Liebe, hatte er gedacht, sie drückt mir das Herz ab. Ich liebe ja zum erstenmal.

Jetzt saß er bei Dr. Osura in dem großen Wartezimmer, umgeben von anderen Kranken, die ihn nicht beachteten.

Endlich traten Juan und Pedro ins Zimmer. Der große Bruder mit wichtiger Miene, sich fühlend als der Vertreter des Vaters, Juan still wie immer, ein bißchen scheu und ergeben in sein Schicksal. Ehrfürchtig sah sich Pedro im Raume um, bestaunte die vielen Bücher mit den goldenen Rücken in dem schweren, geschnitzten, aber wurmstichigen Bücherschrank an der Wand, die blitzenden Instrumente in den Glaskästen und das Sofa mit der Gummimatte und dem weißen Tuch darüber, das aussah, als warte es auf eine gefährliche Operation. Er sah den Eimer für die Binden und Abfälle, sah in einer Ecke eine Schale mit Blut stehen, und der schwere, große Mann fuhr zusammen und wurde blaß.

Als er zu sprechen begann, senkte er die Stimme, denn er hatte irgendwo einmal gehört, daß man bei einem Arzt leise sein müsse. Dr. Osura neigte den Kopf vor, und ein Lächeln stahl sich in seine Runzeln. Meine lieben, guten Bauern, dachte er. Wie hilflos sie sind, wenn sie in eine ihnen fremde Welt kommen. Und ich war auch nur ein Kuhjunge, bevor ich nach Granada wanderte und mit Melonenverkauf und Zeitungtragen in jahrelanger Mühe einen Landarzt aus mir machte.

Pedro sprach stockend und stützte Juan, als habe er Angst, daß der Bruder umfiel.

Dr. Osura sah Juan groß an. Merkwürdig, dachte er. Und der Junge sieht aus, als habe er nie einen Anfall gehabt. So, wie er jetzt dasteht, kenne ich ihn seit Jahren. Schmächtig, blaß, mit tiefliegenden Augen, in denen das rätselhafte Feuer glimmt, über das ich so oft nachgedacht habe.

»Wie hast du gemerkt, daß du keine Luft mehr bekamst?« fragte er Juan. »Setzte sie plötzlich aus, oder blieb sie langsam weg? Hast du gemerkt, daß es vom Herzen kam?«

»Nein.« Juan begann, sich auf einen Wink des Bruders auszukleiden. Er hatte schon das saubere Hemd, das ihm die Mutter aus der Lade gegeben hatte, über den Kopf gezogen und legte beide Hände auf die schmale Brust. »Ich habe gar nichts gemerkt. Plötzlich war ich fort, weit fort — es war Nacht um mich. Mehr weiß ich nicht.«

»Hm. Das ist nicht viel.« Dr. Osura nahm vom Tisch einen dünnen Gummischlauch und steckte sich die beiden blitzenden, gebogenen Nickelenden in die Ohren. Mit einer runden Scheibe tastete er die Brust und den Rücken Juans ab. Es war eines der üblichen Membranstethoskope, wie sie jeder Arzt besitzt, aber für Pedro war es ein Wunderding, denn er war noch nie bei einem Arzt gewesen. Er lachte, als Dr. Osura nach dem Abhorchen Juan mit dem Perkussionshammer auf die Kniescheibe schlug, um seine Reflexe zu kontrollieren, und staunte mit offenem Mund, als der Arzt mit dem Augenspiegel einen Lichtstrahl in Juans Augen schoß und dann mit den Schultern zuckte.

»Hm«, sagte Dr. Osura wieder und legte den Spiegel zur Seite. Und zu Pedro gewandt, meinte er: »Geh einmal hinaus, du langes Laster.«

Pedro sprang von seinem Stuhl auf und ließ den Hut fallen, den er die ganze Zeit zwischen den Fingern gedreht hatte.

»Werden Sie ihn jetzt operieren?« rief er ängstlich. »Ob wir vorher doch nicht lieber die Mutter fragen?«

»Mach, daß du rauskommst!« sagte Dr. Osura grob, doch in seinen Augen lag ein Lächeln. Pedro bückte sich, ergriff den Hut, zerknüllte ihn zwischen den Fingern und verließ schnell das Operationszimmer. Draußen, im Wartezimmer, war er allein.

Ächzend ging er zu seinem Stuhl zurück und hockte sich nieder. Er schwitzte vor Erregung und Angst um Juan. Seine Finger kneteten den Hut zu einer unförmigen Masse, und er sah es nicht. Er starrte auf die Tür, auf diese weiße, glatte Tür, und er kam sich grenzenlos elend vor. Juan, dachte er bloß. Juan — ich habe nie gewußt, wie sehr ich an dir hänge. Santa Maria, laß ihm nichts Böses geschehen . . .

Dr. Osura sagte zunächst nichts, als Pedro aus dem Zimmer gegangen war. Er setzte sich auf das gummiüberzogene Sofa und blickte Juan lange an. Der Junge hielt diesem forschenden Blick stand.

»Du hast etwas«, sagte Dr. Osura einfach.

»Nein.«

»Doch!« Der Arzt schüttelte den Kopf. »Es hat keinen Sinn, mich zu belügen, wie du alle um dich herum belügst. Ich habe

27

mit dem Spiegel tief in deine Augen und damit in deine Seele geblickt, und ich bin ein alter Mann und kenne mich in den Seelen der Menschen aus.« Er beugte sich zu Juan vor, und seine Stimme war väterlich gütig. »Willst du mir nicht sagen, was du hast?«

»Ich habe nichts!« Juans Lippen waren fest zusammengepreßt, als er diese Antwort gab. Dr. Osura lächelte und zog Juan an der Hand neben sich auf das Sofa.

»Ich habe Pedro hinausgeschickt, weil ich mit dir darüber sprechen wollte. Auch deine Mutter soll es nicht wissen — nur ich allein, Juan. Vielleicht kann ich dir helfen.«

Juan schüttelte den Kopf. »Mir kann niemand helfen«, sagte er starrköpfig.

»Siehst du — es ist also doch etwas!« Dr. Osura faltete die Hände und legte sie auf seine spitzen Knie. »Dein Herz ist nicht stark, Juan — ich will es dir ehrlich sagen. Es erträgt keine Aufregungen und große seelische Belastungen. Als du gestern keine Luft mehr bekamst, war es dein Herz, das aussetzte und kein Blut mehr durch die Lungen pumpte. Sieh einmal her, Juan . . .« Und er zeigte ihm die Abbildung eines Herzens.

»Und das ist alles«, sagte Juan leise. »Das ist also das große Geheimnis des Lebens?«

Dr. Osura nickte. »Ist es nicht ein Wunder, daß du lebst durch die fünf Liter Blut, die dieses Herz durch die vielen Adern pumpt?«

»Und nur, weil es durch diese Adern läuft, kann man lieben?«

Der Kopf des Arztes zuckte empor. Er ergriff Juans Oberkörper und riß ihn herum.

»Ist es das, mein Junge? Bist du verliebt?«

»Ja, Dr. Osura.«

»Und wer ist es?«

»Concha Granja . . .«

Dr. Osura pfiff durch die Zähne und fuhr sich mit beiden Händen durch die weißen Haare. Diese Gebärde war wie ein Ausdruck der Verzweiflung. Concha, dachte er, Concha und Juan Torrico! Wie gemein doch das Leben manchmal sein kann.

»Liebt sie dich denn auch?« fragte er, nur um etwas zu sagen.

»Ich habe ein Bild von ihr gemacht«, sagte Juan ein wenig trotzig.

Der Arzt sah Juan verwundert an. »Du hast Concha gezeichnet?«

»Gemalt, Dr. Osura. Pedro brachte mir aus der Stadt schöne Wasserfarben mit. Mit ihnen habe ich das Gesicht Conchas gemalt. Es ist ein schönes Bild geworden.«

»Du mußt mir das Bild einmal zeigen«, sagte Dr. Osura. »Du hast doch noch mehr gezeichnet, nicht wahr? Man spricht doch darüber, daß du auch schön in Stein hauen sollst?«

Juan nickte. »Ja. Ich tue es lieber als malen. Es ist wunderbar, wenn aus dem toten, harten Stein ein Gesicht oder eine Figur entsteht.«

»Du mußt mir diese Sachen einmal bringen, Juan.« Dr. Osura schrieb ein Rezept aus, ein einfaches Kräftigungsmittel und kleine weiße Pillen, die er nehmen sollte, wenn sich wieder Krämpfe einstellen sollten. »Vielleicht kann ich dir helfen!«

Juan erhob sich mit einem Ruck. Hoffnung glomm in seinen Augen auf. »Sie können mir helfen, Dr. Osura?«

»Vielleicht.«

»Aber die Sachen sind zu schwer, um sie Ihnen zu bringen.«

»Dann fahren wir eben mit meinem Wagen hin.«

»Zu der Höhle?« Dr. Osura war klug genug, nicht zu fragen, wieso es eine Höhle war. Er nickte nur.

»Ja.«

»Die Höhle kennt keiner«, sagte Juan leise.

»Und ich darf sie auch nicht sehen?«

»Wenn Sie mir versprechen, nichts zu verraten . . .«

Dr. Osura reichte Juan die Hand hin. »Ich verspreche es dir, Juan.«

Sie gaben sich die Hände, und es war ein stillschweigendes Verständnis zwischen ihnen, das Juan froh und mutig machte und voll Hoffnung auf die Zukunft.

Draußen, auf der Straße, half der von einem Druck erlöste Pedro seinem Bruder auf den Bock des Wagens und schwang sich selbst dann hinauf. »Es ist also nichts Schlimmes?« fragte er, und als Juan den Kopf schüttelte, pfiff Pedro in die Luft.

Juan ist nichts geschehen, dachte er dabei, und dieser Gedanke war es, der ihn so lustig werden ließ. Er hat ein schwaches Herz

... das ist nicht schlimm, das kann man heilen ... Juchhei — die
Sonne scheint, und die Felder blühen wieder, was will man noch
mehr auf der Welt ...

*

Juan hatte kaum den Raum verlassen, als Dr. Osura zu dem
Hörer seines Telefons griff und ein Ferngespräch mit Madrid
anmeldete. Dabei überlegte er, was er eigentlich sagen wollte,
wenn der Gerufene sich melden würde, denn was er zu sagen
hatte, war so ungewöhnlich, daß es bestimmter Worte bedurfte,
um es zu erklären.

In Madrid saß ein dicker, älterer Mann in einem geschnitzten
Sessel und wunderte sich, wer ihn aus Castilla verlangen konnte. Als er den Namen Dr. Osura hörte, lachte er breit und hieb
mit der flachen Hand auf den Tisch.

»Osura!« rief er. »Amigo mio — welch eine Überraschung.
Zwei, nein drei Jahre habe ich nichts mehr von dir gehört! Altes
Haus, wie geht es?«

Fredo Campillo freute sich wirklich. Osura hatte mit ihm in
Granada studiert — er Kunstgeschichte, Osura Medizin. Beide
waren sie arm gewesen und lebten von Gelegenheitsarbeiten
zwischen den Vorlesungen, aßen gemeinsam in einer kleinen
Wirtschaft das von den Gästen übriggelassene Essen hinten in
der Küche und tranken gutes, reines Wasser dazu. Heute war
Fredo Campillo Direktor der spanischen Kunstgalerie in Madrid, und Dr. Osura hatte eine gute Landpraxis. Ab und zu sah
man sich, tauschte Erinnerungen aus, betrank sich an schwerem
Tarragona und hörte dann wieder Jahre nichts voneinander.

Dr. Osura lächelte, als er die Stimme Campillos hörte. Auch
er erinnerte sich mancher Erlebnisse, doch dann schob er die
Vergangenheit mit einer Handbewegung zurück und preßte den
Hörer an den Kopf.

»Campillo«, sagte er gedehnt. »Was hältst du von Bildhauerei?«

»He!« Fredo Campillo schüttelte den Kopf, als habe er einen
Gehörfehler. »Ist wohl dein neuester Streich, was? Steine klopfen aus Langeweile! Und dann die Kunsthändler wahnsinnig
machen, was? Und jetzt mich? Ne, mein Junge, das ist nichts!
Da hast du kein Glück! Wenn du Bildhauer spielst, werde ich

30

morgen meinen Museumsdienern den Blinddarm herausnehmen!«

Dr. Osura belachte den Vergleich gebührend, denn es kam ihm darauf an, Campillo bei guter Laune zu halten.

»Nicht ich will Steine behauen, sondern ich kenne hier einen sehr begabten jungen Mann, der es verdient, gefördert zu werden.«

»Schon faul!« Campillo brannte sich eine Zigarre an und blies den Rauch in die Hörmuschel. »Riechst du's?« fragte er. »Unsere alte Marke aus Habana. Ach so, der Junge. Also, Osura, wenn der Bursche etwas kann, setzt er sich allein durch. Kann er nichts, braucht er Protektion. Aber da bin ich nicht der richtige Mann! Ich suche — wenn ich schon suchen soll — die wahren Talente, die Künstler, die in der Stille reifen!«

»Um das, was du sagtest, auch wahrzumachen, müßtest du erst in die Stille kommen!« knurrte Dr. Osura. »In Madrid wirst du keine Naturtalente finden, sondern nur die Jünger einer mehr oder weniger spleenigen Boheme! Nein, Fredo — hier, in der Santa Madrona, in Solana del Pino, dem Nest, das keiner kennt, lebt ein Junge, neunzehn Jahre alt, der nach meinem Ermessen nur eine Plattform braucht, um einer der großen Zukünftigen zu werden.« Er stockte und wußte nicht, ob er es sagen durfte. »Weißt du«, meinte er langsam, »als Arzt hat man da einen anderen Blick. Der Junge verbirgt in seinen Augen etwas, das nur erweckt zu werden braucht.«

Campillo gähnte. Dr. Osura hörte es und ärgerte sich. »Und warum sagst du mir das alles?« fragte der Museumsdirektor.

»Damit du einmal deinen massigen Körper nach Solana del Pino bewegst!« Dr. Osura trommelte mit den Fingern auf die Tischplatte. »Fredo, ich sage dir — es lohnt sich. Ich will dir Geizhals sogar das Fahrgeld ersetzen. Nur komme, Fredo, ich bitte dich darum bei unserer Freundschaft . . .«

Fredo Campillo überlegte etwas. Er schaute auf seinen Kalender, der groß und mit vielen Bemerkungen und Terminen auf dem Schreibtisch lag.

»Wenn es überhaupt geht, dann ist es Freitag in acht Tagen.«

»Sehr gut, Fredo!« rief Dr. Osura erleichtert. Freude schwang in seiner Stimme mit.

»Aber gnade dir Gott, wenn ich umsonst gekommen bin!«

Dr. Osura lachte. Etwas von der Freude, ein gutes Werk getan zu haben, machte ihn übermütig und wieder jung.

»Wenn es umsonst war, Fredo«, rief er lustig, »dann können wir das in alter Weise austragen. Duell mit Tarragona, bis einer unter den Tisch rollt . . .«

Er legte den Hörer auf und strich sich über die Augen.

Würde es Juan schaffen? War er ein ungewecktes Genie, einer jener Künstler, die ein Land in seiner Geschichte nur einmal oder zweimal hervorbringt? Würde Juan Torrico der Kritik des skeptischen Campillo standhalten? War es der richtige Weg, den er vorbereitet hatte, den armen Bauernjungen aus dem Dunkel emporzureißen?

*

Lustig kamen Pedro und Juan Torrico mit ihrem Wagen zu Hause an, und sie sahen voll Erstaunen, daß das Haus abgeschlossen war und still, einfach verlassen. Das Vieh war auf den Weiden, die Hühner liefen im Drahtstall gackernd und hungrig herum, und so sehr sie auch riefen, von Anita und Elvira war nichts zu sehen.

»Sie sind sicherlich auf den Feldern!« schimpfte Pedro, und sein Gesicht verlor die Fröhlichkeit und wurde wieder hart und zerfurcht. »Und ich habe ihnen gesagt, daß ich früh genug zurückkomme! Die Mutter auf dem Feld . . . ich werde mit Elvira schimpfen . . .«

Er sprang vom Bock und schirrte das Pferd ab. »Paß auf den Gaul auf«, rief er Juan zu, der sich unschlüssig, was nun geschehen sollte, an den Karren lehnte. »Ich gehe auf die Felder!«

Juan schaute dem großen Bruder nach, wie er mit großen, ausgreifenden Schritten hinter den Hügeln verschwand.

Er ging zu den geschlossenen Fenstern und schaute in die blinden Scheiben. Etwas verschwommen sah er sein Gesicht. Es war eingefallen, die Backenknochen standen weit heraus, so, wie es bei Schwindsüchtigen ist. Ich muß einen Spiegel haben, dachte er plötzlich. Ich will mein eigenes Gesicht malen, ich will es in Granit schlagen, diese dünnen, kantigen Züge eines jungen Menschen voll Hoffnung und voll Zukunft.

Er stand so noch und sah sich in der blinden Scheibe an, als hinter ihm, im Fenster verzerrt, ein anderer Kopf erschien. Erst glaubte er, eine Täuschung sei es . . . er sah Locken und einen Kopf, der ihm bekannt vorkam, der Concha sein konnte . . . Er mußte lächeln und wischte sich über die Augen — aber als er sie wieder öffnete, war das Bild noch immer in der blinden Scheibe, und da erst drehte er sich mit einem wilden Ruck herum und sah sie vor sich stehen, die Hände schamhaft in den Taschen ihres Seidenrockes versteckt und den Blick zu Boden gesenkt.

Da sie sich nicht immer so stumm gegenüberstehen konnten, riß Juan sich zusammen und reichte ihr die Hand hin. »Guten Tag, Concha.«

»Guten Tag, Juan.«

»Es ist schön, daß du gekommen bist . . .«

»Ja? Freust du dich?« Sie wagte einen zaghaften Blick zu ihm. »Ich wollte zu Pedro. Der Vater läßt fragen, wann der Karren mit dem Obst käme. Wenn es weiter regnet, will er ihn nur zum halben Preis nehmen, denn dann gäbe es in der Stadt genug.« Sie sah sich um. »Aber Pedro ist nicht da?« stellte sie fest.

»Ja — er ist nicht da. Niemand ist da, Concha. Ich bin ganz allein . . .«

»So, du bist allein . . .«

Und wieder schwiegen sie, als hätten sie damit alles gesagt, was sie zu sagen hatten.

Juan stand vor ihr und nagte an der Unterlippe. »Ich habe das Bild bald fertig«, sagte er. »Wäre ich nicht in der Stadt gewesen, hätte ich es fertig bekommen.«

»Du warst in Puertollano?«

»Nein, in Mestanza. Bei Dr. Osura.«

Sie blickte ihn etwas ängstlich an. »Bist du krank, Juan?«

Er fühlte, wie er errötete, und er zwang sich, es nicht zu tun. »Nein«, wich er ihrer Frage aus, »Dr. Osura zeigte mir nur, wie ein menschliches Herz aussieht. Hast du schon einmal ein Herz gesehen?«

»Nein, Juan.«

»Es sieht merkwürdig aus. Mit Kammern und Klappen und dicken Adern.« Er stockte und sagte dann mutig: »Dr. Osura hat mir auch die Kammer gezeigt, wo im Herzen die Liebe ist . . .«

Jetzt überzog sich ihr Gesicht mit feiner Röte, und sie spielte mit den Fingern, als sei es das schönste Spiel, das es gäbe.

»Hast du sie dir genau besehen?« fragte sie leise.

»Ja, Concha. Dr. Osura sagte auch, daß in dieser Kammer ein Bild entsteht von dem Menschen, den man so liebt. Ein Bild aus dem Herzblut, Concha.«

Sie nickte leicht. »Ich glaube es dir, Juan«, flüsterte sie.

»Das ist schön«, sagte er glücklich.

Er setzte sich neben Concha auf die Bank und zeichnete mit der Spitze seines rechten Schuhs Kreise und Winkel in den Staub.

Sie sprachen dann wenig miteinander — sie gingen hinaus in die Berge, der Kuppe des glänzenden Rebollero entgegen. Sie gingen wie Fremde nebeneinanderher, denn sie hatten Angst, noch mehr über das zu sprechen, was ihnen auf der Zunge lag und aus ihren Augen glänzte, wenn sie sich verstohlen ansahen. Als sie durch die Hügel gingen und der Weg steinig wurde, faßte er sie unter und spürte das Zittern ihrer Haut an seinem Arm. Dann lagen sie in einer Bodenwelle im hohen, harten Gras und schauten in den wolkenlosen, lichtblauen Himmel.

»Lieben wir uns, Concha?« fragte er leise.

Sie nickte und strich mit der Hand über sein Gesicht.

»Ja, Juan.«

»Man wird uns anfeinden und uns zu trennen versuchen.« Juan richtete sich leicht auf. »Aber wir gehören zueinander, Concha — ich fühle es . . .«

»Ja, Juan . . .«

Und er küßte sie, und es war ein anderer Kuß als der vor der Höhle. Er war stark und fordernd, und in seinen Augen leuchtete ein Feuer auf, der schmächtige Körper straffte sich, er fühlte Mut in sich, den er bisher nicht gekannt hatte.

*

Zwei Tage später stand Juan am Ausgang von Solana del Pino und wartete auf den Wagen Dr. Osuras.

Endlich klapperte ein alter Wagen den Weg hinauf, und am ehrfürchtigen Grüßen der Bauern sah Juan, daß es Dr. Osura sein mußte.

Mit einem knirschenden Laut hielt der Wagen vor Juan, und Dr. Osura beugte sich aus dem Fenster.

»Guten Tag, Juan!« rief er.

»Guten Tag, Dr. Osura!«

Der Arzt stieß die Tür auf. »Komm, steig ein . . .«

Langsam fuhren sie durch die Berge. Juan dirigierte den alten Ford über die steinigen Wege, er schwankte und hüpfte, aber er kam vorwärts und folgte den Spuren der Ochsen- und Eselskarren, die um die Berge herum den Mist auf die Felder schafften.

Zwei Seitentäler vor dem mächtigen Rebollero ließ Juan halten und zeigte auf einen Abhang, der in halber Höhe von einem Plateau unterbrochen wurde.

»Dort«, sagte er. »Wo es steil wird. Kommen Sie, Dr. Osura.«

Bevor sie in die Höhle traten, sah Juan den Arzt noch einmal kritisch an.

»Sie wollen mir wirklich helfen?« fragte er unsicher.

Dr. Osura wischte sich den Schweiß von der Stirn. »Ja, Juan. Ich habe einen Freund in Madrid, der etwas von Steinbildern versteht . . .«

»In Madrid?«

»Ja. Er ist dort ein bekannter Mann, ein Museumsdirektor, und wenn er sagt, es ist gut, dann wirst du einmal bekannt sein, Juan.«

Juan wandte sich ab. Seine Augen glänzten. »Kommen Sie«, sagte er. »Ich gehe vor und zünde das Licht an.«

Stumm stand Dr. Osura vor den Werken aus Stein. Auf einem Tisch, selbst gezimmert aus Knüppelholz, und einigen Regalen standen sie . . . der Adler, der die Maus unter seinen Fängen zerriß . . . mächtig waren die Krallen, gespreizt die Flügel, als jage noch der Wind durch die Federn. Das Kaninchen stand da, die Kühe, die Pferde, die Schafe, und auf dem Tisch stand ein großer dunkler Granitblock, roh behauen, halb begonnen, aber Dr. Osura sah in ihm schon die asketischen Züge Juans.

Stumm stand er vor den Werken. Er verstand nicht viel von der Kunst, aber er fühlte, daß er hier in das Geheimnis des kommenden Großen blickte. »Es ist unglaublich«, murmelte er nur und nahm die Steine in die Hand . . . ein springendes Pferd, eine windzerzauste Pinie, einen sterbenden Vogel, dessen offener Schnabel noch den Schrei in sich trug, und eine Kuh, die wiederkäuend auf einer Wiese lag. Dann fuhr er mit der Hand

35

über die Risse und Flächen des großen Granitblocks, der Juans Züge trug. Seine Hand zitterte dabei.

»Das bist du?« fragte er.

»Ja.«

»Und wann wirst du es fertig haben?«

»Vielleicht in zwei Wochen.«

Als er wieder draußen in der Sonne stand, schien sie in sein faltiges, ergriffenes Gesicht. Juan sah ihn ein wenig scheu von der Seite an und wartete auf das Urteil.

»Gefällt es Ihnen?« fragte er, als Dr. Osura schwieg.

»Ja, sehr. Es war schön.« Die Stimme des Arztes war mühsam ruhig. »Ich werde es meinem Freunde schreiben. Er wird dir helfen.«

In Juans Augen glänzte es auf. »Ist das wahr?« rief er laut. »Dann habe ich drei Jahre nicht umsonst heimlich mit den Steinen gekämpft!«

»Nein, das hast du nicht . . .«

*

Einen Tag später war die Fiesta in Solana del Pino.

Das Dorf war bunt von Bändern und Girlanden, leuchtenden Kleidern und lustigen Menschen.

Auch Anita Torrico mit ihren beiden Söhnen war auf dem Festplatz und saß dick und lustig an den langen Tischen, trank ihren Rotwein und freute sich über Pedro und Juan, die auf dem Holzpodest mit den Töchtern der Nachbarn tanzten.

Ricardo Granja hatte einen sandigen Platz außerhalb des Dorfes mit hohen Bretterzäunen abgrenzen lassen und Bänke dahintergestellt, und auf diesem freien Platz sollte ein Stierkampf stattfinden, so wie es die großen Städte im Süden und Südosten veranstalteten. Comorra, ein reicher Bauer am Montoro, hatte einen kräftigen Bullen mit langen, spitzen und leicht gebogenen Hörnern gestiftet, ein Prachtstier, der jetzt in seiner hölzernen Box stand und mißtrauisch das Treiben um sich herum musterte.

Auch Pedro und Juan traten einmal an die Box heran und sahen sich die Bullen an.

»Ich melde mich«, sagte Pedro lachend. »Den reiße ich an den Hörnern nieder!«

»Die Mutter wird es nicht erlauben.« Juans Gesicht war vom Wein gerötet.

Pedro reckte seine mächtige Gestalt. »Die Mutter! Sie wird stolz sein, wenn der Stier im Staub liegt! Die Torricos haben nie nein gesagt ... auch unser Vater nicht, Juan!« Und plötzlich zuckte es in Pedro hoch. »Kommst du mit in die Arena, Juan?« fragte er.

»Ich?« Juan sah seinen Bruder erstaunt an. »Was soll denn ich in der Arena?«

»Den Pikadero spielen. Du sollst den Stier reizen mit roten Tüchern und spitzen Lanzenstichen.«

Juan schüttelte den Kopf. »Nein, Pedro«, sagte er leise. »Der Stier hat mir nichts getan. Ich sehe nicht gern Blut.«

»Aber du wirst doch dabei sein, wenn ich ihn niedersteche und Elvira mir das Band gibt?«

»Ja, Pedro.«

Als der Nachmittag kam und die Bauern durch Essen, Wein und Tanz übermütig wurden, bliesen drei Trompeten zum Stierkampf.

»Wer wagt es?!« schrie Granja. Und es stürzten sechs junge Burschen in die Arena, den Degen in der Hand und lange, rote Tücher um den linken Arm. Auch Pedro war unter ihnen, und Elvira schrie auf und klammerte sich an Anita fest. »Pedro!« sagte sie ängstlich.

»Laß ihn!« Anitas Augen glänzten. »Er ist wie sein Vater!« Sie klatschte in die Hände und sah sich um, ob auch jeder sähe, daß es ihr Sohn war, der dort stand.

Sie war stolz.

Der Bulle stürmte heran, seine Augen glotzten auf das Rot der Tücher, die langen, spitzen Hörner waren fast auf den Boden gesenkt.

So stob er heran, Kraft und Wut in einem.

Nur einer stand noch im Staub der Arena.

Pedro.

Anita war aufgesprungen und warf die Arme in die Luft.

»Pedro!« schrie sie. »Pedro! Gib es ihm!« Der uralte Stolz des Spaniers auf den Torero überwältigte sie. Ihr Sohn! Ihr Pedro! Sie umklammerte die hölzerne Brüstung und beugte sich vor. In ihren Augen lag der Triumph der glücklichen Mutter.

Pedro stand ruhig, als der Stier auf ihn losstürzte. Dann,

nahe vor seinen Hörnern, sprang er zur Seite und ließ ihn an sich vorbeirennen. Dabei stach er ihn kurz in den Rücken. Der Bulle brüllte auf und wendete. Seine Augen waren rot vor Wut.

Die Bauern tobten. Sie klatschten, sie trampelten, sie riefen den Namen Pedros im Chor. Und wieder kam der Stier ... wild, mit der entfesselten Kraft seiner Natur ... er stürzte auf Pedro zu, der wieder zur Seite sprang und den Degen hob. Doch bei diesem Sprung stieß er an einen Stein ... er stolperte, er fiel ... und der Stier hatte sich schon herumgedreht und die Hörner gesenkt.

Ein Schrei gellte durch das Dorf. Anita hob die Fäuste.

»Pedro!« schrie sie wie irrsinnig. »Pedro ... der Stier!«

Doch da war plötzlich ein anderer Mann in der Arena, ein schmächtiger Jüngling in blauen Hosen und einem weißen, leuchtenden Hemd. Er trat näher und stellte sich an Pedros Seite, riß das rote Tuch aus dem Staub und wirbelte es vor den Augen des Stieres hin und her.

Anitas Augen waren starr und leblos. »Juan«, flüsterte sie. »Juan ... Mutter Gottes, steh ihm bei ...«

Der Stier war einen Augenblick verwirrt — dann wandte er sich seinem neuen Feind zu und rannte brüllend auf Juans Tuch. Der riß es zur Seite, sprang mit weitem Satz von dem Bullen fort und warf einen großen Stein, den man erst jetzt in seiner Hand sah, dem Tier mit großer Wucht zwischen die Augen.

Einen Augenblick war Pedro durch das Auftauchen Juans wie gelähmt ... dann schnellte er aus dem Staub empor, ergriff den entfallenen Degen und rannte dem Stier nach, der Juan vor sich her hetzte.

Juan lief ... er schlug Haken und schwenkte das rote Tuch. Als er sah, daß Pedro wieder stand, lächelte er und winkte ihm zu. Die Bauern schrien, sie hieben mit den Fäusten gegen die Latten der Brüstung ... Ricárdo Granja warf seinen Hut und eine Handvoll Silbergeld Juan vor die Füße und schrie wie ein Irrer. Nur Concha saß starr und bleich zwischen Pilar und dem Vater und starrte auf den rennenden Juan.

Der Stier blieb einen Augenblick stehen. Er sah sich um und blickte in das kalte Auge Pedros. Und ehe er sich herumwerfen konnte, stieß der Degen blitzend zu ... er fuhr durch den Körper genau in das Herz des Bullen. Noch einmal brüllte er, ein

38

Zittern durchlief seinen mächtigen Leib, Blut stürzte ihm aus dem Maul ... dann sank er in die Knie und fiel zur Seite um.

Der Knauf des Degens ragte golden in die grelle Sonne.

Schwitzend und glücklich riß Pedro seinen Bruder in die Arme und küßte ihn. Und während die Blumen auf sie niederregneten, während Ricardo Granja Pedro das Band des Toreros und Juan den Beutel mit Silbergeld gab, saß Anita an der Arena und weinte.

»Meine Jungen«, sagte sie glücklich. »Das hätte ihr Vater sehen sollen ...«

Und sie hakte sich nachher bei ihnen unter und trank mit ihnen bis in die Nacht hinein, tanzte mit Pedro einen Ehrentanz und war außer Atem, als sie wieder saß.

Juan aber stand unter den jungen Burschen und zeichnete sie. Sein Herz schlug ihm in der Kehle, wie es bei allen ist, die glücklich sind ...

*

In der ganzen folgenden Woche lag Juan im Bett. Ein Herzanfall, der so plötzlich kam, daß er die Pillen Dr. Osuras nicht mehr aus der Tasche nehmen und schlucken konnte, warf ihn in der Küche in die Arme der Mutter.

Anita fing den nach Luft Ringenden auf und trug ihn — woher sie die Kraft nahm, den Jungen zu tragen, wußte sie nachher nicht mehr — in seine Kammer. Dort gab sie ihm die Tabletten mit etwas Wasser, und der Herzkrampf ließ nach. Röchelnd und gelblich-blaß lag Juan auf den Kissen und hatte die Hände zu Fäusten geballt, als wolle er sich im letzten Augenblick bezwingen, der rätselhaften, niederschmetternden Macht in seinem Herzen nicht nachzugeben.

Als es Juan nach vier Tagen besser ging, saß er im Bett, durch Kissen im Rücken gestützt, und zeichnete wieder. Er probierte die Kohle aus, die Pedro mitgebracht hatte, malte den Kopf der Mutter und wischte mit dem Daumen in Ermangelung eines Wischschwammes über die dicken Kohlelinien, bis sie die richtige Tönung hatten und die Zeichnung plastisch werden ließen. Am Abend zeigte er dann der ganzen Familie seine Werke, und man lobte ihn, und vor allem Pedro war es, der begeistert war und Juan einen Künstler nannte, der den Namen der Torricos einmal in die Welt tragen würde.

Dann war Juan wirklich erfreut, denn er sah, daß er von Liebe umgeben war und daß man ihm nicht böse war, weil er krank den Rhythmus des Lebens unterbrach. Und diese Freude, die ihm Anita und sein Bruder gaben, trug viel dazu bei, ihn schneller kräftiger werden zu lassen, als es alle ahnten. —

In dieser Woche aber geschah es auch, daß Fredo Campillo, der sich des Anrufes Dr. Osuras nicht mehr erinnerte und nach bestimmter Frist nur durch seinen großen Terminkalender daran erinnert werden würde, nach Puertollano zu fahren, ein Päckchen erhielt und verwundert war, daß es von seinem Freund Dr. Osura kam.

Lieber Fredo!
Damit es Dich reizt, wirklich in einer Woche zu mir zu kommen, lege ich Dir eine Mappe des jungen Künstlers bei, der seine Entdeckung Dir verdanken wird. Ich verstehe nichts von solchen Dingen — ich sehe nur, daß sie schön, herrlich, einzigartig sind. Ich habe viele gemalte Kühe und Vögel gesehen, manchen Mädchenkopf in Öl und anderen Farben, ich weiß nicht einmal, wie sie heißen. Aber ich fühle, daß in diesen Blättern des Juan Torrico etwas mehr liegt als nur die Zeichnung der Natur. Es ist Seele darin, Erleben der Welt und der Atem jenes Unbegreiflichen, was wir Genie nennen.
Betrachte Dir die Blätter gut, und merke Dir den Namen, der auf dich wartet: Juan Torrico.

Dein Emilio Osura.

Campillo schüttelte den dicken Kopf und klappte die Mappe auf.

Das erste Bild war die flüchtige Bleistiftskizze einer Wiese mit den Bergen der Sierra Morena im Hintergrund und grasenden Kühen. Es war nur ein festgehaltener Gedanke, das sah Campillo sofort — aber was ihn bestach, das war der Strich des Bleistiftes, dieser sichere, naturhafte, völlig ungekünstelte Strich, der die Dinge mit äußerster Vereinfachung erfaßte. Die Kunst des Zeichnens ist Weglassen, heißt ein guter Lehrsatz. Es war klar, daß der junge Bauer Juan Torrico diesen Satz nicht kannte — und doch handelte er unbewußt danach und schuf eine Skizze, die Campillo auf den ersten Blick erfaßte und interessierte.

Schnell blätterte er die Zeichnungen durch. Es war eigentlich immer das gleiche Motiv. Aber immer waren sie anders, immer aus einer anderen Schau, immer neu trotz ihrer Wiederkehr ... es war die Hand eines kommenden Großen, die sich nur im Strich geübt zu haben schien und nie zum wirklichen Ernst des Könnens bereit gewesen war. Erschrocken aber war Campillo, als er das letzte Blatt vor sich sah — das Porträt Concha Granjas.

Fredo Campillo brauchte nicht mehr nachzudenken — er griff nach seinem Telefon und rief Puertollano an. Mit einem zweiten Apparat rief er seine Abteilungsleiter und die Herren der staatlichen spanischen Kunstakademie an und bat sie, sofort zu ihm zu kommen. »Ich habe etwas vor mir liegen«, sagte er erregt, »was Sie und ich noch nie gesehen haben ...« Dann war Puertollano da, und Campillo schrie in den Apparat:

»Emilio? Ja? Ich habe die Mappe! Ich habe sie eben durchgesehen.«

»Und sie gefällt dir?« fragte Dr. Osura. Er hielt den Atem an. Jetzt kommt es, fühlte er.

»Darüber reden wir besser unter vier Augen. Ich komme schon Anfang nächster Woche zu dir.«

Er hängte ein. Aber Dr. Osura wußte genug. Glücklich legte er den Hörer zurück ...

*

In dieser Woche, in der Juan krank zu Bett lag, war Concha dreimal bei den Herden an der Weide und wartete an der Pinie, unter der Juan immer zu träumen pflegte. Aber er kam nicht.

Am sechsten Tag der Ungewißheit ging Concha zu dem Hof der Torricos. Sie hatte sich etwas ausgedacht, um einen Grund zu haben. Der Vater brauchte ein schönes Schild für die Tür seines Ladens, und sie wollte fragen, ob Juan nicht ein solches malen könne. Obgleich sie wußte, daß er es ablehnen würde, freute sie sich, einen so guten Gedanken gehabt zu haben.

Als sie durch die Gärten dem Hause entgegenkam, sah sie Juan auf der Bank in der Sonne sitzen.

Da lief sie das letzte Stück, als könne sie die wenigen Schritte nicht mehr warten, seine Stimme zu hören.

»Juan!« rief sie laut, indem sie lief.

Juan zuckte auf und stand schwankend vor seiner Bank.

»Du«, sagte er. Nur du, aber in diesem Wort lag die Welt, die er erträumte.

»Du bist krank?« fragte sie besorgt.

»Wenn du bei mir bist, nicht mehr, Concha.«

»Ich war dreimal unten bei der Weide, Juan. Ich habe gewartet. Und ich war bei deiner Höhle. Aber du kamst nicht. Da bin ich zu dir gekommen. Ich hatte solche Angst um dich.«

Juan hatte die Hände Conchas ergriffen und hielt sie fest umklammert, während er sprach.

»Es war wieder das Herz«, sagte er und versuchte ein Lächeln, das Conchas Sorge um ihn vertreiben sollte. »Nicht schlimm, Conchita. Ich habe so viel an dich gedacht und habe gewartet, daß du einmal kommst. Nun bist du da, und ich weiß, daß ich wieder gesund bin.«

»Das ist schön, Juan.« Sie küßte sein Ohrläppchen.

Dann schwiegen sie wieder und sahen sich an. Ihre Liebe war wortlos, in ihren Augen lag die Welt, in der sie glücklich waren, die große, unendliche Welt ihrer Sehnsucht.

»Dr. Osura hat mir versprochen, mir zu helfen«, sagte Juan endlich. »Er hat meine Zeichnungen mitgenommen, auch das Bild, das ich von dir gemalt habe. Er will mir helfen. Er hat einen Freund in Madrid.«

»Das wäre wunderbar, Juan, wenn Dr. Osura dir helfen würde«, sagte Concha. »Denk einmal, wenn du nach Madrid kommst, in die große Stadt am Manzanares. Dann steht dir die Welt offen, Juan.« Und leiser fügte sie hinzu: »Aber die kleine Concha aus Solana wirst du vergessen, wenn du ein großer Mann geworden bist.«

»Ich werde dich nie vergessen, Concha.« Er küßte sie auf die schwarzen Augen. »Ich werde arbeiten, um dich zu gewinnen.«

»Aber ich gehöre doch zu dir, Juan.«

»Heimlich. Doch vor allen Menschen will ich dich als mein zeigen. Vor deinem Vater, deiner Mutter und auch vor meinem Bruder und meiner Mutter. Sie alle werden dagegen sein, aber wenn ich einmal aus dieser Hütte hier heraus bin und die Welt gesehen habe, wenn Dr. Osura mir die Tür öffnet, die ins wirkliche, ins gelebte Leben führt, dann gibt es kein Nein mehr auf dieser Welt, das uns trennen könnte.«

Sie standen von der Bank auf und gingen ein Stück vom Haus fort in Richtung auf die Ställe. Anita sah es von ihrem

42

Waschfaß aus und schlurfte an das Fenster, das sie leise schloß. Juan sollte nicht sehen, daß es vorhin offen gewesen war und sie alles mitgehört hatte, aber sie beschloß in diesen Minuten, mit allen zu sprechen, die in das Leben Juans eingegriffen hatten. Mit Concha, mit Dr. Osura, mit Ricardo Granja und mit dem unbekannten Freund Dr. Osuras in Madrid, der ihr Juan entführen sollte. Ja, das wollte sie tun.

*

Der Montag war schnell gekommen.

Er begann mit Regen. Für die Landleute war es ein Segen — für Fredo Campillo bedeutete er schlechte Laune, denn nichts konnte ihn mehr erregen, als wenn sein blitzender amerikanischer Wagen durch tiefe Pfützen fuhr und der Dreck bis an die Seitenscheiben hochspritzte. Denn die Straßen im Hochland waren sehr schlecht und glichen einem ausgedehnten Morast. Er schimpfte auch weidlich und verlor die Lust, den Wunderknaben, wie er Juan nannte, zu betrachten. In Puertollano, wo er rastete, begoß er seinen Ärger mit einigen Gläsern Wein, die seine Laune zwar besserten, aber sein Interesse an Kunstgegenständen noch mehr zum Erlöschen brachten.

Juan war schon seit dem frühen Morgen in seiner Höhle. Im strömenden Regen war er in die Berge gelaufen, und Anita ahnte, was dieser Tag bringen würde. Sie wickelte sich, kaum daß Juan in den Bergen und den Nebelwolken verschwunden war, in ihren großen Schal und keuchte mit ihren dicken Beinen dem Sohne nach, nicht wissend, was sie eigentlich wollte und wie das alles enden sollte.

Juan hatte eine alte Pferdedecke, die ziemlich durchlöchert war, um sich gehängt, wie ein Südamerikaner seinen Poncho, den ärmellosen Mantel, trägt, und rannte durch das Unwetter. Auch er zitterte vor dieser Begegnung und verfluchte innerlich den Himmel, der es regnen ließ.

Er wälzte die Steine von dem Höhleneingang weg und setzte sich an seinen Tisch. Die Öllampe brannte trüb. Sie rußte sehr und verpestete die Luft. Ab und zu ging er an den Spalt und schaute hinaus auf den Weg, den die Wolken vernebelten und der Regen aufweichte. Er sah nur nach Solana del Pino hin, nicht rückwärts, woher er gekommen war. Dort hockte die alte

Anita hinter einem Felsvorsprung, im Regen, der ihr den Schal durchnäßte und die Kleider an den Körper klebte. Aber sie stellte sich nicht unter, sie suchte keinen Schutz — sie starrte auf die Höhle, die vor ihr lag und in der ihr Sohn wartete.

Juan sah aus dem Spalt, als er durch das monotone Rauschen des Regens das Brummen der Motoren vernahm. Da erfaßte ihn eine große Angst, ein Fieber, das plötzlich heiß durch seinen Körper jagte.

Seine Pferdedecke wehte um seinen Körper. Das Haar hing ihm naß in die Stirn. So stand er oben vor der Höhle und wartete, bis die beiden Männer emporgestiegen waren.

Als erster hielt Dr. Osura an und wandte sich zu dem großen, dicken Herrn, der hinter ihm ging. Aus ihren Hüten liefen kleine Bäche Wasser über die Schultern und Mäntel hinunter an die Hosenbeine, die völlig durchnäßt waren.

»Das ist er«, sagte Dr. Osura leise.

Campillo hob den Kopf und sah die Gestalt in der flatternden Decke am Felsen stehen. »Dieser Indianer da?« fragte er.

»Ja. Juan Torrico.«

»Hm.« Campillo ging an Dr. Osura vorbei und kam die letzten Schritte näher. Er ging auf Juan zu, der an den Felsen gepreßt ihm entgegensah, ohne sich zu bewegen oder ihm entgegenzugehen.

So sieht mein Schicksal aus, dachte er ernüchtert. Ein dicker Mann mit durchweichten Kleidern.

Campillo sah ihn an. Ihre Blicke kreuzten sich. Es war ein stummes, aber scharfes Duell, als wenn zwei Florettklingen hell aufeinanderklingen. Dann hob Campillo die Hand und reichte sie Juan hin. »Ich freue mich, Sie zu sehen, Señor Torrico«, sagte er laut.

»Ich freue mich auch.« Juan nahm die Hand und verbeugte sich. Campillo sah sich während dieser Verbeugung kurz um und fühlte, wie ein Frösteln über seinen Rücken lief. Ein Genie wächst in der Stille, dachte er dabei. Aber diese Stille, diese Einsamkeit, dieses Asketentum ist schon unheimlich.

»Dr. Osura hat Ihnen schon gesagt, warum wir kommen?« versuchte er eine Unterhaltung.

»Ja.«

Juan gab dem Arzt die Hand und sah ihn hilfesuchend an.

»Señor Torrico wird dir seine Bildwerke zeigen, Fredo«, kam

44

ihm Dr. Osura zu Hilfe. »Und er möchte wissen, ob sie es wert sind, gefördert zu werden.«

»Ja«, sagte Juan schüchtern. Dann ging er durch den Spalt und blickte zurück. »Bitte, kommen Sie mir nach«, rief er.

Und Fredo Campillo betrat die geheime Werkstatt Juans.

Der steinerne Adler stand auf dem Tisch. Auf dem Regal hoben sich aus dem begrenzten Schein der alten Lampe die anderen Werke ab. Aber beherrschend, in der Mitte des dumpfen Raumes, stand aus dunklem Granit der schmale, wie ein Büßer wirkende Kopf Juan Torricos, ein Gesicht, gezeichnet von innerem Leid, ein Kopf wie aus der Frühzeit des Christentums, dem nur die Dornenkrone fehlte, die er im Folterkeller eines Nero bekommen hatte. Ein Kopf voll Leben, ein Antlitz, das aus dem rauhen Granit emporwuchs wie eine schreiende Klage gegen etwas, was nicht greifbar ist.

Fredo Campillo stand eine Zeitlang stumm vor diesem Kopf. Er umging ihn, er fuhr mit den Fingern über die Linien des Gesichtes, und dann hob er den alten, zerbrochenen Meißel auf und den Hammer, der daneben lag.

»Damit haben Sie es gemacht?« fragte er Juan, ohne sich nach ihm umzuwenden. Dr. Osura stand hinter ihm und hatte ihm beide Hände auf die Schulter gelegt. Mut, sollte das heißen, nur Mut, Juan — du wirst bestehen ... Campillo betrachtete den Meißel. »Mit diesem Werkzeug?«

»Ja.«

»Und sonst haben Sie nichts gehabt?«

»Nein. Nichts.«

Campillo fuhr plötzlich herum und schrie Juan laut an. »Belügen Sie mich nicht!«

»Ich lüge nicht«, stammelte Juan und verkrampfte die Hände zur Faust. »Warum sollte ich lügen?«

»Wo· ist das andere Werkzeug?« schrie Campillo. »Der Zirkel, der Stichel, der Flachmeißel, der Schleifer? Heraus mit der Sprache: Wo haben Sie es?!«

»Ich habe nichts«, stotterte Juan. Er sah sich nach Dr. Osura um, der das Benehmen seines Freundes nicht verstand und wütend war.

»Er hat wirklich nur diesen Meißel«, sagte er laut und herzlich.

Campillo nickte. Er sah Juan groß an, als habe er noch nie

45

einen solchen Menschen gesehen, und in seinen Augen lag so
tiefe Verwunderung, daß selbst Juan zusammenzuckte.

»Ich glaube es ja«, sagte Campillo leise. »Ich glaube es ja,
Emilio. Ich ... ich ...« Er wandte sich wieder um und ging zu
den Figuren auf dem Regal. Er sprach nicht aus, was er sagen
wollte — er scheute sich davor, das Gefühl des Unglaubens auf
die Lippen zu heben.

Dr. Osura und Fredo Campillo blieben nicht lange in der
Höhle. Beladen mit steinernen Figuren sah sie Anita bald aus
der Höhle kommen und hinuntergehen zu den beiden Wagen.
Dann kehrten sie zurück, und dann erschien auch Juan, und er
lächelte. Dieses Lächeln schnitt Anita in das Herz.

Die fremden Männer hatten gesiegt.

Jetzt trugen sie einen großen, dunklen Stein zu dreien hinunter und legten ihn in den schönen Wagen des fremden Herrn.
Juan gab ihnen die Hand, sie sprachen noch ein wenig, ja, sie
würden gleich abfahren — und sie stand noch immer hinter dem
Stein und sah zu.

Da wandte sie sich ab, ging geduckt den Weg zurück und
schlug, so eilig es ihre alten Beine konnten, einen Bogen, erreichte die Straße nach Solana del Pino und hockte sich hier an
den Wegrand, als sei sie ein Bündel Kleider, das der Regen in
die Gosse gespült hat.

Sie stand nicht lange an der Straße, als die beiden Wagen aus
dem Nebel auftauchten und langsam durch den Morast der
Straße schlichen. Voran der Wagen Dr. Osuras, der klappernde
Ford. Anita trat einen Schritt vor — sie stand im Kot des Weges, den Schal um Kopf und Schulter. Ihre Hände waren vorge-
streckt, als wolle sie betteln — die Handflächen waren wie Scha-
len, bittend, flehend fast, und in ihrer grenzenlosen Armut und
Bescheidenheit erschütternd. So stand sie da, und Dr. Osura
hielt mit einem so plötzlichen Ruck, daß Campillo alle Mühe
hatte, nicht von hinten auf ihn aufzufahren.

»Anita?!« rief Dr. Osura und sprang aus dem Wagen. »Mein
Gott, was machen Sie denn hier? Wie sehen Sie denn aus? Können Sie nicht mehr gehen ...?«

»Ich kann nicht mehr atmen«, sagte sie leise. »Mein Herz ist
tot ohne Juan ...«

»Juan ist nicht bei uns!« Dr. Osura ahnte, was in der letzten
Stunde geschehen war, und er begann plötzlich zu frieren.

»Ich weiß es. Aber seine Werke sind bei Ihnen.«

»Allerdings.«

»Sie bringen sie weg.«

»Ja.«

»Nach Madrid?«

»Ja.«

Anita schlug den Schal enger um sich, als könne das völlig nasse Tuch sie noch schützen. »Ich möchte sie sehen«, sagte sie leise.

Fredo Campillo war aus seinem Wagen gestiegen und kam nun, ärgerlich über den Aufenthalt heran. »Gib der Alten zehn Peseten und komm«, sagte er. »Wenn ihr nichts hier habt — Bettler habt ihr auch . . .« Er wollte in die Tasche greifen und der vermeintlichen Bettlerin etwas Geld geben — aber Dr. Osura fiel ihm verlegen in den Arm.

»Es ist seine Mutter«, sagte er leise.

»Wessen Mutter?«

»Juans . . .«

Campillo biß sich auf die Lippen. »Himmel«, sagte er, »wie hab' ich mich blamiert. Was will sie denn, Emilio?«

»Die Bildhauerarbeiten ihres Sohnes sehen. Er hat sie ihr bis heute verheimlicht. Sie weiß von nichts.«

Campillo wandte sich Anita zu, die noch immer auf der Straße stand und schwieg. Er nickte ihr freundlich und wie verzeihend zu und gab ihr die Hand.

»Sie sind der Mann, der Juan mitnehmen will?« fragte sie.

»Ich bin Fredo Campillo«, sagte er unsicher. Der Blick der alten Frau, ihre brüchige Stimme, die Umgebung machten ihn wunderlich weich.

»Fredo Campillo. Ich werde mir den Namen merken.«

»Das dürfen Sie, Señora Torrico.«

»Ich will die Steine meines Juan sehen.«

»Aber bitte. Kommen Sie mit.« Campillo ging ihr voran, stapfte durch den Schmutz und riß die Wagentür auf. Auf dem Hintersitz lagen die Werke nebeneinander. In der Mitte der große Kopf Juans aus dunklem Granit. »Das sind sie«, meinte Campillo. Dann blickte er zu Dr. Osura, der an seiner Unterlippe nagte.

Stumm stand Anita vor dem geöffneten Wagen und starrte auf die steinernen Bilder. Der Adler, das Hasenbild, der Kopf

Juans, der sie in seiner Strenge und seiner Schwermut ergriff. Sie beugte sich vor und fuhr mit der rechten Hand streichelnd über das Gesicht der Plastik, sie befühlte die Nase, die Ohren und das Kinn, das spitz aus dem asketischen Gesicht hervorstach. Und sie fühlte plötzlich, daß sie einer anderen Welt gegenüberstand, von der sie bisher nicht wußte, daß es sie überhaupt gab. Sie sah Tiere und Menschen in Stein gehauen, und es war die kleine, zarte Hand Juans, ihres kranken Sohnes, der sie aus dem Felsen hieb. Da wischte sie sich über die Augen, als müsse sie ein Bild verscheuchen, und sie riß den Kopf mit einer Plötzlichkeit herum, die Campillo zusammenzucken ließ.

»Wird Juan ein großer Künstler werden?« fragte sie hart.

»Ja, Señora«, stotterte Campillo verwirrt. »Er ist es bereits!«

»Er wird ein großer Mann werden, sagen Sie? Er ist mehr als Sie und Dr. Osura und ich und alle anderen hier?«

»Ja, er ist ein Wunder, Señora.«

»Er ist mein Sohn«, sagte sie da stolz und trat vom Wagen weg. »Ich habe ihn heute anders gesehen, fremder, aber schöner, viel schöner.« Sie verbarg die Arme unter dem nassen Schal. »Wenn er nach Madrid soll, so nehmt ihn mit. Ich will viel an ihn denken und ihm Kraft geben . . .«

Und sie ließ die Männer stehen und ging die Straße zurück in die Berge, ein schwarzer, in nasse Tücher gehüllter dicker, alter Körper, so einsam und dem plötzlichen Schicksal ergeben, daß Dr. Osura in seinen Wagen stieg und es nicht wagte, ihr nachzublicken.

Was ist schon eine Mutter? Sie gibt das Leben, sie erhält es — und dann darf sie sterben, um nicht mehr im Weg zu stehen . . .

Anita blieb einen Augenblick stehen. Der Regen lief über ihr zerklüftetes Gesicht.

Er ist ein Wunder, hat Campillo gesagt.

Und was bin ich?

Nichts als Anita.

Und sie ging weiter, alt, nach vorn gebeugt, eine Mutter wie Millionen unter dieser Sonne.

In den Bergen hatte sich der Regen erschöpft, und der Himmel riß auf und war blau und weit . . .

*

Fredo Campillo hielt, was er versprach. Er lud die Spitzen der spanischen Kunstwelt in sein Haus, bat die Vertreter der Regierung zu sich und stellte ihnen an einem Abend die Bildwerke Juan Torricos vor.

Er sagte nicht viel — er ließ die Werke für sich sprechen, vor allem den Kopf Juans hatte er gut plaziert — er stand auf einem Sockel, der umhangen war mit einem hellroten Samtstoff, auf dem der wuchtige, dunkle Granit sich abhob, als wüchse dieser Kopf aus dem Blut heraus. Eine sinnvolle Andeutung, die die wenigsten Besucher verstanden, und so umstanden die Experten der spanischen Kunstwelt die wenigen Bildwerke und sahen manchmal zu Fredo Campillo hinüber, der still in einem Sessel saß und auf das Urteil wartete.

Als man schwieg oder zögerte, sagte er laut:

»Meine Herren! Der Künstler ist neunzehn Jahre alt, der aus einem inneren Feuer heraus diese Werke aus dem Stein seiner Heimat gehauen hat. Mit einem alten, abgebrochenen, stumpfen Meißel und einem einfachen Stahlhammer.«

»Sie machen einen guten Witz, Campillo.« Ramirez Tortosa, einer der größten Kunstkenner Europas, beugte sich über den Kopf. »Dieses ist zum Beispiel mit einem Stichel genau vorgezeichnet, ehe man es aus dem Stein hieb. Es ist unmöglich, solch einen Kopf ohne Andeutungen einfach abzuspalten!«

»Das habe ich auch gedacht, Señor Tortosa.« Campillo winkte ab. »Ich habe mich in der Werkstatt — einer Höhle in der Santa Madrona von Castilla — selbst überzeugt, daß dieser Juan Torrico den Kopf wirklich einfach aus dem Stein gehauen hat . . .«

»Unglaublich.« Tortosa betrachtete wieder den Kopf und untersuchte mit einer Lupe die einzelnen Schläge. »Tatsächlich«, meinte er nach seiner Prüfung ein wenig kleinlaut. »Campillo — Ihre Entdeckung ist ein Genie!«

Man umringte den Kopf, die Stimmen schwirrten durcheinander, man verstand die Worte nicht mehr.

»Sie sagen, Tortosa, er ist ein Genie!« Campillo erhob sich. Es war plötzlich still in dem großen Zimmer. »Ich gehe weiter, meine Herren — dieser Bauer Juan Torrico ist der größte Bildhauer, den Spanien in den letzten zweihundert Jahren hervorgebracht hat. Ein Künstler, über den die Welt staunen wird . . .«

Er stockte und sah sich um. »Ich habe Sie zu mir gebeten, um Ihnen zu zeigen, daß hier der Staat und alle Kunstinstitute die

49

nationale Pflicht haben, diesen Jungen zu fördern. Er muß ausgebildet werden, er soll die beste Bildhauerschule Spaniens besuchen, er muß der Mann werden, vor dem die Menschen der ganzen Welt bewundernd stehen, wie sie vor Praxiteles, Michelangelo und Rodin standen. Ich appelliere an Ihren Kunstsinn und an Ihre Liebe zur Kunst, ich rufe Sie, meine Herren von der Regierung, sich beim Caudillo für diesen Jungen zu verwenden, und ich bitte Sie alle, die Mittel zur Verfügung zu stellen, Juan Torrico auf der besten Schule Spaniens — in Toledo — ein sorgenfreies Leben zu schaffen.«

Er schwieg und sah sich wieder im Kreise um. Man sah auf den Kopf und zögerte. Tortosa strich sich seinen Spitzbart — man nannte ihn wegen seiner verblüffenden Ähnlichkeit mit dem König nur Philipp II.

»Sie verlangen einen großen Entschluß, Campillo, in wenigen Minuten.«

»Ich rufe Sie als Spanier auf!« sagte Campillo laut. »Ich rufe Ihre Heimatliebe. Sehen Sie sich den Kopf an — es ist Juan Torricos Kopf!«

»Ein Selbstbildnis?« sagte Tortosa leise.

»Ja! Sehen Sie sein asketisches Gesicht, und sagen Sie dann nein! Ich würde die Welt nicht mehr verstehen.«

Und Ramirez Tortosa, Spaniens Kulturpapst aus Toledo, steckte die Hände in die Tasche und sagte deutlich in die Stille hinein:

»Ich werde ihn in meine Schule nehmen!« Und etwas leiser: »Ich glaube gestehen zu müssen, daß ich einen Schüler haben werde, der mehr kann als ich . . . schon jetzt . . .«

Fredo Campillo trat auf ihn zu und drückte ihm stumm die Hand.

Juan hatte gesiegt!

Ein Sieg über Leben und Zukunft . . .

In dieser gleichen Nacht lag Juan mit Fieber im Bett und krümmte sich unter den Stößen eines krampfartigen Hustens. Und jedesmal, wenn sein Körper sich aufbäumte und schüttelte, griff er sich stöhnend ans Herz und wurde weiß, sank er zurück in die Kissen und biß sich auf die Lippen, bis sie blau wurden und bluteten und das Rot des Blutes die Kissen befleckte.

Dr. Osura erschien noch am Abend und gab Juan eine Spritze gegen Lungenentzündung. Penicillin nannte er sie. Juan schlief

50

nach ihr ruhiger und schwitzte. Anita und der Arzt sahen sich an seinem Bett an wie zwei Schuldige, die von der Verfehlung des anderen wissen und schweigen, weil es besser ist, still zu sein.

Auch Dr. Osura blieb die ganze Nacht über an Juans Bett und teilte sich mit Anita und Pedro die Nachtwache. In den Stunden, in denen er allein an Juans Bett saß, horchte er noch einmal mit dem Membranstethoskop das Herz ab und schüttelte den Kopf, als er eine merkwürdige Unregelmäßigkeit im Schlag feststellte. Das ist nicht nervös, dachte er erschrocken. Das muß organisch sein. Irgend etwas im Herzen hemmt es, vernünftig zu schlagen, und löst Krämpfe aus. Mein Gott, bloß das nicht! Das wäre furchtbar, das wäre eine Gemeinheit des Schicksals, diesem Jungen an der Schwelle des Ruhmes den Körper zerbrechen zu lassen.

Und wieder horchte er ... tastete die Herzgegend ab — die Lunge hatte normale Laute, die Leber stimmte, die Nieren waren gut, der Magen und der Darm waren nach den Druckdiagnosen einwandfrei. Aber das Herz, dieses kleine pochende Etwas in der Brust, diese rätselhafte Pumpe, die 60 oder 70 oder 80 Jahre ununterbrochen arbeitet, als sei es ein Perpetuum mobile, dieses Herz hämmerte wie unter einer Qual.

Dr. Osura richtete sich auf und rollte die Gummiröhren des Stethoskops zusammen. Durchleuchten werde ich ihn, nahm er sich vor. Eine Röntgenaufnahme machen und sie zu einem Spezialisten schicken. Dieses Leben ist zu wertvoll für Spanien, als daß man als kleiner Landarzt die alleinige Verantwortung tragen könnte. Und man kann sich irren, es ist ein allzu menschlicher Fehler, und jeder Irrtum ist ein Verbrechen, wenn dieses wertvolle Leben darunter leiden könnte.

So saß Dr. Osura in dieser Nacht am Bett.

Sein Gesicht war voll Sorge und Verantwortung. Aber was mehr an ihm zehrte: Er wurde sich zum erstenmal bewußt, daß seinem Können Grenzen gesetzt waren, und sie waren eng und alltäglich, wie es eben die Praxis eines Landarztes ist.

Es war der 24. August 1952.

Ein Tag, an dem die Würfel über Juan Torricos Leben fielen ...

*

Zwei Tage später traf bei Dr. Osura ein Brief aus Madrid ein.

Die Staatliche Akademie der Künste bat ihn, Herrn Juan Torrico zu benachrichtigen, daß ihn Direktor Ramirez Tortosa zum Beginn des nächsten Monats in Toledo erwarte.

Dann folgten einige Hinweise, was mitzubringen sei — es war eine Liste von Gegenständen, deren Beschaffung Juan unmöglich war, denn nicht nur die Mittel fehlten ihm dazu, sondern auch die Kenntnis der einzelnen Geräte und Tuben. Außerdem stand die Adresse eines möblierten Zimmers dabei, das die Akademie für Señor Torrico gemietet hatte.

Dr. Osura, der gerade zu Hause war und neue Medikamente für den kranken Juan aus Mestanza holte, setzte sich sofort in seinen Wagen und fuhr nach Puertollano, um die ganze Liste abzukaufen. Und er überbot diese Liste aus Madrid noch, indem er für Juan zwei Anzüge kaufte, neue Oberhemden, vernünftige Unterkleidung, zwei Paar Schuhe, Strümpfe und die sonstigen Kleinigkeiten, die ein zivilisierter Mensch nicht vermissen möchte.

Am Abend dann trat er wieder in das Haus der Torricos und setzte sich an den Tisch, um den Pedro und Elvira hockten und das Abendbrot aßen. Stumm griff auch Dr. Osura zu, aß sein Brot mit Schafkäse und trank die fette Milch und fühlte die Augen Pedros auf sich ruhen mit einer brennenden Frage.

»Es ist soweit«, sagte er leise und blickte in sein Milchglas. »Die Arbeiten Juans haben gefallen. Er soll nach Toledo auf die Kunstschule.«

»Nach Toledo? Juan in die Stadt?« Pedro wischte sich über den Mund.

»Weiß es die Mutter schon?« fragte Elvira, und ihre Stimme war plötzlich zitternd. Dr. Osura schüttelte den Kopf.

»Daß es einmal sein wird, das weiß sie. Aber nicht, daß es schon nächste Woche ist . . .«

»Aber Juan ist doch krank!« Pedro schob das Brot zur Seite. Es war eine sinnlose Gebärde, aber er mußte mit seinen Händen etwas tun, um die Erregung in seinem Körper abzutöten.

»Bis dahin wird er gesund sein. Das Penicillin hilft schnell. Es ist nur eine leichte Lungenentzündung.«

»Und sein Herz . . .«

Dr. Osura sank in sich zusammen. »Sein Herz? Es ist nur nervös — sonst nichts«, log er, und er kam sich in diesem

52

Augenblick grenzenlos schlecht vor. »Man wird sein Herz in Toledo beobachten. Man wird alles tun, um seine Gesundheit zu erhalten. Er wird es gut haben, Pedro.«

»Ich werde ihn ab und zu besuchen, Dr. Osura.«

»Das dürfen Sie, Pedro. Das ist vielleicht sehr gut. Und nehmen Sie dann auch die Mutter mit?«

»Ja, das werde ich tun.«

Pedro sah Dr. Osura nach, wie er sich erhob und hinein in die Kammer ging, wo Juan im Bett saß und heißen Tee trank. Anita saß neben ihm auf ihrem Hocker und hielt die Tasse fest und stützte seinen knochigen Rücken. Sie nickte dem eintretenden Arzt zu, und auch Juan lächelte beim Trinken, und seine Augen grüßten hinüber.

»Na, es geht ja besser«, sagte Dr. Osura ein wenig zu laut und zu lustig. »Noch drei Tage Ruhe, Juan, und dann heißt es, schnell wieder kräftig werden! Wir werden bald verreisen . . .«

Die Tasse in Anitas Hand begann zu zittern — der heiße Tee schwappte auf das Bett. Sie setzte das Gefäß ab und wischte sich die nassen Hände am Rock ab. Dann sah sie zu Juan hinüber. Sein Gesicht war ein großes Strahlen, so hell und rein in der Freude, daß sie einen Teil seines Glückes mitempfand. Sie stand auf und verließ das Zimmer. In der Küche umarmte sie Pedro.

»Wir werden ihn oft besuchen, Mutter«, sagte er tröstend, ohne zu fragen. »Du sollst sehen, wie er groß wird und berühmt.«

Dr. Osura drückte Juan in das Bett zurück, der aufspringen wollte, kaum daß die Mutter die Kammer verlassen hatte. Er deckte ihn wieder zu und gab ihm einen leichten Schlag auf die Backe.

»Ruhig, mein Junge«, sagte er leise. »Campillo hat ein Stipendium für dich erreicht. Du wirst in Toledo studieren.«

»In Toledo. In einer großen Stadt. Nahe bei Madrid.«

»Ja. Und ab und zu werdet ihr alle nach Madrid fahren, in großen Omnibussen, und die Kunstschätze Spaniens ansehen.«

Juan ergriff beide Hände des Arztes und drückte sie. »Und das alles haben Sie für mich getan. Alles verdanke ich nur Ihnen. Alles . . .«

Juan ließ sich zurücksinken. In seinen Augen stand ein fiebriger Glanz.

53

An diesem Abend gab Dr. Osura eine zweite Herzspritze, eine schwache Lösung Cardiazol, denn nicht nur Leid, auch Glück kann einem kranken Herzen schädlich sein.

*

Nach fünf Tagen durfte Juan das Bett wieder verlassen und draußen im Hof in der Sonne umherlaufen. Er war noch sehr schwach, er lief wie ein Betrunkener und schwankte bei jedem Schritt gleich den Seeleuten, die vom Schiff im Sturm auf die feste Erde kommen und nun das Wiegen der Wellen vermissen. Am Vormittag lag er auf einer Bastmatte in der Sonne vor dem Haus, trank Milch und knabberte an einer Melonenscheibe, und als nach dem Mittagessen Pedro und Elvira wieder an die Arbeit gingen und die Mutter spülte, kam er in das Haus und lachte, weil er sich kräftig fühlte und froh in den Gedanken, in die große Stadt zu kommen.

»Ich gehe etwas spazieren«, sagte er. »Ein bißchen über die Felder, ich bin gleich wieder da.«

»Es ist gut, Juanito.« Anita sah ihm nach, wie er langsam den Hof verließ und sich dem Land zuwandte. Die Sonne umfloß ihn, und es sah aus, als gehe er in die Strahlen hinein.

Aber er schritt nur langsam vorwärts, solange ihn die Mutter sehen konnte, denn er wußte, daß sie ihm nachblickte. Hinter dem Hügel aber, der ihn für sie unsichtbar machte, begann er zu rennen, bog auf die Straße nach Solana del Pino ein und lief sie entlang, dem Dorf entgegen. Bei den ersten Häusern fiel er wieder in seinen Bummelschritt, ging über den Marktplatz mit dem jetzt rüstig speienden Heiligen, blieb kurz vor dem Geschäft Ricardo Granjas stehen und lugte durch die Scheibe des Schaufensters. Er sah den alten Granja inmitten seiner Kramschätze stehen und mit einigen Bauern verhandeln und ging zufrieden weiter auf der anderen Seite aus dem Dorf hinaus und den kleinen Hang mit den Weinstöcken empor, auf dem das weiße Haus der Granjas lag und weit ins Land leuchtete.

Unschlüssig blieb Juan stehen. Es war sinnlos, hier Concha zu sehen oder zu finden, das sah er ein, als er in den Garten schaute.

Er wollte sich von dem plätschernden Krummstab des Heiligen abwenden und die Straße in die Berge weitergehen, als er

Concha um eine Ecke biegen sah. Sein Herz zuckte auf, er lehnte sich an den steinernen Brunnenrand und sah ihr entgegen.

Conchas Gesicht war gerötet, als sie Juan so stehen sah. Ohne ihn anzusehen, ging sie nahe an ihm vorbei, ganz nahe. Sie grüßte ihn nicht, sie wandte nicht den Kopf zu ihm hin — aber als sie an ihm vorbeiging, hörte er sie flüstern.

»Komm mir nach vor das Dorf . . .« Und dann war sie vorüber und ging auf ihren schlanken, langen Beinen durch den Staub der Straße.

Vor Solana del Pino, wo die Hügel der Santa Madrona beginnen, saß Concha auf einem Stein in einer Wiese und wartete auf ihn. Er trat auf sie zu, hob sie zu sich auf und küßte sie, und sie küßte ihn wieder, und beide waren glücklich.

»Du warst wieder krank, du armer Juanito«, sagte sie zärtlich und strich ihm über das schwarze Lockenhaar. »Dr. Osura habe ich getroffen. Und ich war sehr traurig, daß ich dich nicht sehen konnte.«

Juan drückte sie an sich. Eine plötzliche Angst, Concha zu verlieren, machte ihn so stark, daß er sie an sich preßte, als wolle er sie in sein Inneres drücken. »Hat dir Dr. Osura nichts erzählt?« fragte er stockend.

»Nein.« Sie sah zu ihm auf, sich seiner Stärke ergebend, und legte beide Arme um seinen Hals. Er spürte ihre warme, weiche Haut, den leichten Druck ihrer Brust, und er vergaß, daß er Angst vor der Zukunft ihrer Liebe hatte.

»Ich habe mit Dr. Osuras Hilfe einen großen Schritt getan«, gestand er Concha, und seine Stimme war stolz. »Ich werde in einigen Tagen nach Toledo ziehen.«

»Nach Toledo? Du? Was willst du in Toledo?«

»Arbeiten. Ein großer Mann aus Madrid hat meine Steinbilder mitgenommen, und sie waren gut, Concha, so gut, daß man mich jetzt studieren läßt.« Und als er sah, daß sie gar nicht glücklich war über seinen großen, seinen ersten Erfolg, nahm er ihr Gesicht in seine Hände und fragte erschreckt: »Du freust dich nicht, Concha?«

»Doch, Juan, doch. Sehr . . .« Aber es klang matt, und es war keine Freude in ihrer Stimme. »Wir werden uns dann nur selten sehen, Juan.«

»Warum sagst du das?« rief er gequält. »Ich habe daran immer gedacht, ich habe gefürchtet, daß du es sagst.« Er küßte sie

55

mit einer Wildheit, die ihr den Atem nahm, und es war eine Wildheit, die ihre Kraft aus der Verzweiflung zog. »Concha, Concha«, stammelte er unglücklich. »Warum sollen wir uns nicht sehen und doch lieben?«

So standen sie lange beieinander, umarmt, aneinandergeschmiegt, glücklich und traurig zugleich. Sie wußten, daß es ihr letztes Zusammensein war und daß jetzt eine lange Zeit der Sehnsucht folgen würde.

Als sie auseinandergingen, stand Juan am Wegrand und blickte Concha nach, wie sie langsam zu dem Dorfe zurückging. Ihr Körper wippte ein wenig auf den langen Beinen, die schwarzen Locken fielen reich über die Schultern, und er sah, wie ihr Rücken zuckte, dieser schöne, in den Schultern und der Halsbeuge betörend geschwungene Rücken. Sie weinte.

Er aber stand und sah ihr nach, starr und stumm, als nehme er dieses Bild mit sich in die Fremde.

*

Die Tage gingen schnell vorüber. Der August wich dem September, und Dr. Osura erschien mit seinem alten Ford vor dem Haus der Torricos.

Anita sah aus dem Fenster, auch Pedro und Elvira waren im Hof bei den Kühen und Hühnern. Sie alle wußten plötzlich, daß es Ernst geworden war.

Sie sollten Juan verlieren . . .

Dr. Osura fuhr bis vor die Haustür und stieg dann aus. Er holte vom Rücksitz einen Stapel Pakete, große und kleine, legte sie auf die Bank und gab dann Anita, die in der Tür erschien, die Hand.

»Ist es soweit?« fragte sie gefaßt. Sie sah auf die Pakete und wußte nicht, was sie bedeuteten.

»Ja, Anita, mein Täubchen.« Dr. Osura war in der besten Laune. Er zwang sich innerlich dazu, um den Abschied so schnell und formlos wie möglich zu gestalten. Anita durchschaute ihn und blickte zurück in die Hütte, wo Juan am Tisch saß, bewegungslos, mit trüben Augen.

Jetzt muß ich gehen, schrie es in ihm. Jetzt gibt es kein Zurück mehr. Ich werde die Mutter nicht mehr sehen, Concha nicht, nicht mehr Pedro und Elvira, die Felder, die Kühe, die

Berge, den Rebollero, meine geliebte Höhle, wo ich so oft allein glücklich war. Ich werde in einer großen Stadt sein, unter Tausenden von Menschen nur ein Unbekannter, keiner wird sich um mich kümmern, alle werden sie feindlich gegen mich sein . . .

Dr. Osura kam ihm entgegen, beladen und keuchend unter den Paketen.

»Juan! Es geht in die Welt!« rief er fröhlich. »Komm in die Kammer — jetzt mache ich einen feinen Herrn aus dir!« Und zu Anita gewandt, rief er: »Schnell, mein Käferchen, eile, fliege — wir brauchen eine große Schüssel mit Wasser und Seife und ein Handtuch . . .«

Er ging voraus in Juans Kammer, und Juan folgte ihm, während Anita aus dem Kessel über dem Herd eine Schüssel mit heißem Wasser füllte und in die Kammer trug. Dort stand Juan bereits mit entblößtem Oberkörper, nur mit einer Hose bekleidet. Dr. Osura saß zwischen ausgepackten Kartons, aus denen ein Anzug hervorsah, ein helles Hemd, eine Krawatte, Wäsche, wie sie Anita noch nie gesehen hatte, und horchte mit dem Membranstethoskop die Brust und den Rücken Juans ab.

»Alles in Ordnung!« rief er Anita froh entgegen. »Lunge gesund, Herz gesund! Was wollen wir noch mehr?!«

Anita stellte die Schüssel auf einen Stuhl und entfernte sich wortlos. Sie wußte, daß Dr. Osura wieder log . . .

Im Stall wütete Pedro mit der Gabel in dem Stroh. Er wollte durch verbissene Arbeit seine Gedanken verjagen, aber es gelang ihm nicht. Immer setzte er aus, rannte an die Tür und blickte hinüber zu dem Haus. Auch Elvira im Hühnerstall ahnte, was in diesen wenigen Minuten in den Herzen der Torricos vorging, und sie kam aus dem Stall zu Pedro und stellte sich neben ihn.

Anita kam aus dem Haus und winkte Pedro zu. Der rannte wie gehetzt über den Hof und sah die Mutter mit weiten Augen an.

»Was ist?« keuchte er. »Soll ich den Arzt vom Hofe werfen?!«

»Aber Pedro . . .« Anita faltete die Hände über der Schürze. »Er wird deinem Bruder Glück bringen!«

»Er nimmt ihn mir weg . . .«, brüllte der Riese. Anita schüttelte den Kopf.

»Wenn eine Mutter ja sagt, Pedro, haben alle anderen Stimmen zu schweigen . . .«

»Und das sagst du, Mutter?« In den Augen des großen, starken Pedro blinkte es. Hilflos wie ein Kind stand er vor der kleinen, dicken Mutter und rang die Hände. »Kann ich ihn denn nicht sehen?«

»Er wäscht sich und zieht die Stadtkleider an, die der Doktor ihm mitgebracht hat.«

»Und dann, Mutter?«

»Dann wird er uns allen die Hand geben und wegfahren, Pedro.«

Als dann Juan aus der Tür trat, erkannten sie ihn nicht. Ein junger, eleganter Mann kam in den Hof, in einem grauen, gutsitzenden Anzug, einem beigefarbenen Hemd, einem roten Schlips, braunen Schuhen und seidenen Strümpfen. Ein heller Staubmantel lag über seinem Arm, ein weicher, hellbrauner Filzhut bedeckte den schmalen Kopf. Er kam auf Anita zu, der fremde Mann, und in der Tür erschien das lachende Gesicht Dr. Osuras und rief: »Na, Kinder, wollt ihr nicht mehr mit eurem Juan sprechen?«

Pedro war der erste, der sich faßte. Er war schon mehrmals in der Stadt gewesen, in Puertollano und Mestanza und einmal sogar in Cordoba, wo er eine Sämaschine kaufte. Er kannte sich aus mit dem, was die Stadtherren tragen, aber der Anblick Juans in dieser Kleidung war so fremd, daß er nur stockend sprach.

»Gut siehst du aus«, sagte er. »So reich und fremd.« Er biß sich auf die Lippen, denn er wollte dieses Wort nicht sagen. Er gab Juan die Hand und hielt sie so lange fest, wie er sprach. »Jetzt willst du also fort. In die große Stadt. Vergiß uns nicht, Juanito, bleibe ein Torrico, trage den Namen mit Stolz und denke an die Erde, die unser Vater aus den Steinen holte und die uns ernährte. Schreib uns, hörst du, und komm einmal . . . wir kommen auch, die Mutter und ich und Elvira . . . Und lerne fleißig, werde ein großer Mann . . . Und . . . und . . .« Er drückte Juan an sich und umarmte ihn. »Und vergiß«, stammelte er, »vergiß, daß ich dich einmal schlug . . . dort draußen in den Bergen . . .«

Dr. Osura saß hinter dem Steuerrad seines Wagens. Er wollte

58

den Abschied nicht erleben. Er hörte nur die Stimmen durch die Scheibe und verschloß sein Ohr, sie nicht zu verstehen.

Elvira gab Juan die Hand — sie sagte nichts. Doch dann küßte sie ihn, und es war der erste Kuß, den Juan von ihr bekommen hatte.

Dann stand er vor der Mutter. Und als er sie vor sich sah, mit Augen, in denen er alles las, was sie nicht sagen konnte, da riß er sich den Hut vom Kopf und beugte die Knie und kniete vor ihr mit dem neuen Anzug im Staub des Weges. Sie aber holte aus ihrer Schürze ein kleines, beinernes Kruzifix, wie es die Krämer auf den Märkten verkaufen, hielt es mit zitternden Händen über seinem gesenkten Kopf und schlug über ihm segnend das Kreuz. Dann küßte sie den kleinen, vergilbten Heiland und steckte das Kruzifix Juan in die Tasche.

»Der Herr sei mit dir auf allen deinen Wegen, mein kleiner Juanito«, sagte sie langsam. Und ihre Stimme war hart und ohne Regung, weil ihr Inneres schrie und ihr Äußeres hart sein wollte wie eine eiserne Rüstung.

»Amen«, sagte Juan leise. Dann küßte er die welke Hand der Mutter, nahm sie noch einmal in seine Arme und küßte ihre Augen.

»Mein Juanito«, sagte sie leise und mit einer Innigkeit, die sein Herz aufriß. »Mein kleiner, süßer Junge ... komm bald zurück ...«

Und er riß sich los, rannte zu dem Wagen, riß die Tür auf, sprang hinter Dr. Osura auf den Sitz und schlug die Tür hinter sich zu.

»Fahren Sie!« brüllte er. »Ich flehe Sie an ... fahren Sie ... fahren Sie.« Und er schlug die Hände vor die Augen und weinte haltlos wie ein Kind.

II

Madrid.

Außerhalb der Stadt, an der Straße nach Barajas.

Ein großes, langgestrecktes Gebäude mit fünf Stockwerken.

Große, breite Fenster. Nach Süden weite, gläserne Sonnenterrassen. Umgeben von einem grünen Park, in dem die Rasensprenger kreisten. Die Sonne füllte das Haus, Licht war in allen Zimmern.

Männer in weißen Mänteln und Schwestern in großen, weißen Hauben standen an den Fenstern oder gingen durch die Grünanlagen.

Die Klinik von Professor Dr. Carlos Moratalla. Der bekannteste Chirurg Spaniens. Ein Mann, dessen Operationen in der ärztlichen Welt Aufsehen und Bewunderung erregten. Ein Arzt, auf den Spanien stolz war.

In den drei großen, weißgekachelten Operationssälen mit den von der Decke hängenden Tiefstrahlern und den riesigen Milchglasfenstern zum Park hin herrschte reges Leben. Saal I hatte eine Nierenresektion — dort operierte der 1. Assistent Prof. Moratallas, der junge, mutige Arzt Dr. Albanez. In Saal II wurden die täglichen Eingänge an Unfällen oder die an den Vortagen Operierten verbunden und versorgt. Saal III war still.

In Saal IV stand Prof. Moratalla. Dieser Saal war nicht offiziell. Es gab nur drei OPs in der Klinik — dieser vierte, etwas kleinere Saal war das Privatzimmer des Professors, in dem die großen, die schwierigen, die hoffnungslosen Fälle ihm persönlich in die Hand gegeben wurden.

»Er kennt keine Angst«, sagte eine der Schwestern leise und schob die fahrbare Bahre heran an den Operationstisch. »Ich habe ihn nur einmal zusammenbrechen sehen . . . als seine Frau an einem Herzgeschwür unter seinen Händen starb . . .«

In seinem Zimmer mit einem Blick auf den Park und die sich drehenden Rasensprenger saß Moratalla einem beleibten Herrn mit Glatze gegenüber und rauchte eine dicke Brasilzigarre, deren scharfen Rauch er durch ein Glas guten Weines milderte. Er war guter Stimmung, und auch sein Besucher, der Experte des spanischen Gesundheitsministeriums, Prof. Dr. Dalias, freute sich über den sonnigen Tag und die schattige Kühle des großen Raumes, aus dessen hinterer Ecke neben der Tür das Rauschen eines eingebauten Ventilators tönte.

»Wenn man durch Ihre Klinik geht, Moratalla«, sagte Prof. Dalias lobend, »glaubt man nicht in einem Haus des Schmerzes und des Leidens zu sein. Diese Sonne, diese fröhliche Atmosphäre sind selten in Krankenhäusern.« Er zog an seiner Zigarre. »Ich hörte von Ihrem Assistenten, daß Sie eben einen schwierigen Fall hatten?«

»Schwierig ist alles, lieber Dalias«, meinte Moratalla und trank einen kurzen Schluck. »Ob ein Blinddarm oder ein Gehirntumor — die Öffnung des menschlichen Körpers ist immer ein Wunder.«

»Das sagen Sie, Moratalla?«

»Warum sollte ich es nicht?«

»Der größte Chirurg Spaniens? Für Sie ist ein Blinddarm ein kleiner Fisch.«

»Heute. Sie vergessen, daß es vor dreißig Jahren noch eine schwere Operation war, und vor fünfzig Jahren ging es auf Leben und Tod!« Moratalla schaute auf die weiße Aschenspitze seiner Brasil.

Prof. Dalias beugte sich über den Tisch und legte Moratalla seine Hand auf den Arm. »Und Sie sind am Ziel, Moratalla, was? Eine große Klinik, die schönste Spaniens. Erfolge, die in der ganzen Welt bekannt sind.«

»Am Ziel?« Prof. Moratalla sah aus dem Fenster. Im Park fuhren einige Krankenwärter in Rollstühlen die Patienten in den warmen Tag und stellten sie unter den Schatten der Bäume. Die Gesichter waren blaß, aber in ihnen lag die Hoffnung, bald wieder in das Leben zurückzukehren. So mancher von ihnen war ohne Glauben an Genesung in dieses Haus gekommen — jetzt saß er in seinem Rollstuhl und wußte, daß er gerettet war, gerettet von Männern, die unscheinbar in ihren weißen Kitteln an den Tischen der weißgekachelten Säle standen.

»Am Ziel sind wir Ärzte nie.« Moratalla legte seine freie Hand auf die Prof. Dalias'. »Ich träume seit Jahren von einem Ziel, aber es ist vielleicht unerreichbar.«

»Der Krebs?«

»Nein — das Herz! Vier Fünftel der modernen Menschheit stirbt an Herzkrankheiten — Kreislaufstörungen, Herzklappenfehlern, Herzbeutelentzündungen, Herzschlag . . . immer das Herz, Dalias. Dieses dumme Herz, das die Dichter besingen und wir Ärzte hassen, weil es unangreifbar ist. Ich kann ein durchschossenes Herz flicken — das geht heute —, aber ich kann keine Herzkranzarterienverengung operieren.«

»Ich möchte das Herz herausnehmen können«, sagte Moratalla. Und als er den maßlosen Schrecken seines Besuchers sah, lächelte er. »Sie halten mich für einen Wahnsinnigen, Dalias, was?«

»Das nicht. Mich erschreckt Ihr Plan.«

»Ich möchte das Herz ganz einfach regenerieren, erneuern, indem ich es wie einen Motor überhole.«

»Aber das ist doch unmöglich!«

»Heute noch, Dalias! Aber morgen oder übermorgen oder in zehn Jahren? Wer kann es wissen?«

Moratalla lehnte sich an die Scheibe — er drückte die Stirn gegen das Glas und fühlte, wie die Sonne auf sie niederbrannte. »Ich hätte selbst nie geglaubt«, sagte er leise, »daß man so in einen Traum verbohrt sein kann . . .«

Professor Dalias wandte sich von dem bunten Bild im Klinikgarten ab und ging in das Zimmer zurück. »Ich warne Sie«, sagte er eindringlich.

»Wovor?« Moratalla zog die buschigen Augenbrauen hoch.

Dalias winkte ab. In seiner Gebärde lag viel Wissen, das Moratalla stutzig machte.

»Ich kenne Sie, Moratalla. Ich kenne Sie zu gut! Lassen Sie die Hände von Menschenexperimenten! Bleiben Sie bei den Tieren, so leid mir die kleinen, unschuldigen Viecher auch tun. Wenn Sie es wagen, an den Menschen zu gehen, kommt Ihnen die Regierung auf das Haupt! Sie wissen, was das bedeutet. Wenn bei uns ein Mensch durch ein Experiment stirbt, ist es Mord! Auf Mord steht der Tod durch Enthaupten!«

»Was reden Sie da für einen Blödsinn?« sagte Moratalla unwillig. »Ich weiß selbst, wo meine Grenze ist.«

»Genies haben selten eine Grenze.« Dalias' Stimme war eindringlich und beschwörend. »Ich bitte Sie um alles in der Welt, Moratalla, lassen Sie sich nicht hinreißen, bei irgendeiner Operation Ihre Herzexperimente einzuschalten. Ich erfahre es doch, und es wäre für mich schmerzlich, gegen Sie, meinen Freund, Anklage wegen Mordes im Operationssaal erheben zu müssen!«

*

Toledo ist eine alte, berühmte und schöne Stadt.

Dort, wo der Tajo die vulkanischen Gesteinsmassen Neukastiliens durchbricht, klebt sie an einem mächtigen Granithügel, alt, wehrhaft, noch umweht von dem Atem der afrikanischen Mauren, die einst Herren dieses Landes waren. Umgeben von doppelt getürmten Mauern sieht sie aus wie eine mittelalterliche Festung, und nur die modernen weißen Villen und die hohen Geschäftshäuser außerhalb des Ringes zeigen, daß auch in Toledo die Zeit nicht stehengeblieben ist.

Über dem Tajo, in der Nähe der südlichen Brücke, liegt die Kunstakademie Spaniens — ein langgestreckter, moderner, nüchterner Zweckbau mit einem zur Hälfte gläsernen Dach, unter dem sich die Atelierräume der Bildhauer- und Malklassen befinden. Große Vorhänge können vor die Fenster gezogen werden, wenn die Sonne zu heiß in die Räume brennt. Die drei Stockwerke darunter sind die Unterrichtsklassen, die Anatomie, die Verwaltungszimmer, die Bibliothek mit über 10 000 Bänden internationaler Kunstgeschichte, die Studierstuben, Baderäume, ein Schwimmbad und eine Turnhalle zu ebener Erde.

Direktor Ramirez Tortosa war stolz auf seine Akademie. Seit er die Leitung dieser größten und berühmtesten Kunstschule Spaniens hatte, gingen aus diesen großen Räumen gute und beste Könner hervor, die Staatspreise und Aufträge aus dem gesamten Ausland erhielten. Es waren dreihundert junge Mädchen und junge Männer aus allen Teilen Spaniens, sogar aus Portugal und von den Kanarischen Inseln, aus allen Schichten des Volkes, und sie bildeten eine feste Gemeinschaft, eine große Familie, deren Oberhaupt Tortosa war. Ob es der Sohn eines Industriemagnaten war, die Tochter eines Generals oder der kleine, arme, schüchterne und in sich zusammenkriechende Bauer Juan Torrico ... sie waren dem Willen Tortosas untertan und lebten doch ein sorgloses, lustiges und freies Leben.

Auch Juan Torrico?

Auch er ...

Aber sein Leben war doch im Grunde anders als das seiner dreihundert Kameraden von Toledo.

Das Haus 41 der Rua de los Lezuza gehörte der Witwe Maria Sabinar, einer großen, sehr schlanken Dame mit ergrauten Haaren, die ein Zimmer an Studenten vermietete, weil ihr jüngster Sohn in Madrid ebenfalls bei einer Dame wohnte. Außerdem hatte sie das Geld der Miete für die Erhaltung dieses Studiums nötig, denn ihr verstorbener Mann, ein biederer Rechtsanwalt mit einer kleinen Praxis, hatte ihr nicht mehr hinterlassen als eben dieses Haus. Doch das sagte sie nicht, und man ließ es sie nicht merken, daß man es wußte ... sie war vielleicht die einzige Dame in diesem Flußviertel und wurde von den Spaniern respektiert, deren Achtung und Gesellschaftsordnung auch heute noch in Europa einmalig ist.

Sie empfing Juan Torrico mit der Würde und der Höflichkeit, die man einem Studenten entgegenbringt. Als der Wagen Dr. Osuras auf der Rua de los Lezuza hielt und Señora Sabinar einen raschen Blick aus dem Fenster warf, selbstverständlich hinter einem Vorhang verborgen, ordnete sie schnell die grauen Haare und ging hinunter, um eigenhändig die Türe zu öffnen, als die Zugschelle durch das Haus scholl.

»Dr. Osura«, sagte der Arzt. »Wenn ich wagen darf, zu fragen: Señora Sabinar?«

»Ja, Señor.« Ein Arzt, dachte sie. Das ist eine Ehre, eine besondere Ehre. Sie öffnete die Tür weit und sah dem jungen Mann entgegen, der ein bißchen schüchtern und unbeholfen aus dem Auto kletterte und sich mit einer raschen Kopfbewegung umsah.

Meine neue Heimat für drei Jahre, durchfuhr es ihn. Eine enge Straße mit gespannter Wäsche, viele Kinder, die schmutzig im Staub spielten, ein paar glutäugige und geschminkte Mädchen, die mit schamlos entblößten Schultern aus einigen Fenstern sahen und seinen Einzug neugierig beobachteten, ein hohes, weißes Haus mit einem flachen Dach, bunten Fensterläden und einer großen, alten Frau, die ihm mit einem fast mütterlichen Lächeln zunickte.

»Gefällt es Ihnen, Señor?« fragte Maria Sabinar.

»Ja — sehr, Señora«, log Juan. Dann packte er seine Koffer mit festem Griff und schleppte sie in den Hausflur, wo er seiner neuen Hausherrin die Hand gab und sich tief verneigte.

»Ein höflicher junger Mann, der Señor Torrico«, lobte Maria Sabinar, als sie mit Dr. Osura allein in ihrem Salon war und einen heißen Kaffee servierte. »Ein wenig blaß und schmächtig ist er nur.«

»Er war in der letzten Zeit öfter krank, Señora.« Dr. Osura nahm aus seiner Brieftasche einige Papiere heraus und ordnete sie auf dem kleinen Tisch. »Ich habe Ihnen hier einige Scheine der Regierung zu übergeben«, sagte er mit einem geschäftlichen Ton. »Die Regierung bezahlt hierdurch für ein Jahr im voraus die Miete und die volle Verpflegung für Herrn Juan Torrico.«

»Für ein Jahr im voraus?!« Maria Sabinar schlug die Hände verzückt zusammen. »So viel Geld habe ich ja noch nie gesehen! Dann kann ich ja meinem Sohn einen neuen Anzug schenken . . .«

»Das können Sie, Señora Sabinar.«

»Und Señor Torrico ist wohl ein sehr einflußreicher Mann, weil die Regierung ihn so beschützt? Er kommt aus einem hochgestellten Haus?«

Dr. Osura dachte an den Hof der Torricos in den Bergen der Santa Madrona und nickte verschmitzt. »Ein sehr hohes Haus sogar. Höher als alle Häuser in Toledo . . .«

»Mein Gott! Und ich habe ihn in meinem Hauskleid empfangen! Wie schrecklich!« Maria Sabinar sank in einen kleinen Sessel. Sie war ehrlich geknickt über diesen Fehltritt in der gesellschaftlichen Form. »Ich werde mich sofort umziehen, Señor Doktor«, versprach sie zur Abmilderung ihrer Untat.

Dr. Osura winkte lächelnd ab. »Wenn ich Ihnen etwas sagen darf, Señora«, meinte er und drückte die etwas zu fest gerollte Zigarre an einigen Stellen, »so ist das: Herr Torrico ist ein stiller Mann, der lieber zurückgezogen lebt als im lauten Alltag. Er ist eine grüblerische Natur, und er besitzt einige Eigenheiten, die Sie bitte übersehen möchten.«

»Es wird mir eine Ehre sein, ihn zufriedenzustellen, Señor Doktor.«

»Das freut mich.« Dr. Osura sah die Frau lange an. Ja, sie war eine gute Frau, bei ihr würde Juan aufblühen, sie würde ihn ummuttern, wie es Anita nicht besser könnte. Es würde nichts geben, was Juan bei dieser Frau nicht erreichte — sie war gütig und verständig, und sie war vor allem selbst eine Mutter, deren Sohn auf die Gunst fremder Leute angewiesen war.

»Señora Sabinar«, sagte er noch, »es wäre mir lieb, wenn Sie
mir — vielleicht jeden Monat einmal — einen kurzen Brief
schrieben, wie es unserem Schützling geht, was er treibt, wie es
ihm hier in Toledo gefällt und — na, Sie wissen ja, was man so
alles wissen möchte. Darf ich Ihnen meine Adresse geben?« Er
reichte seine Visitenkarte mit der Stadtadresse von Mestanza
hinüber, und Maria Sabinar nahm sie mit Ehrfurcht und steckte
sie in eine Tasche, die unterhalb ihrer Brust in das Kleid ge-
schnitten war.

»Der Herr wird sich wohl fühlen«, versprach sie. »Er soll das
beste Essen haben und Ruhe, soviel er will. Nur«, sie zögerte
und wurde sehr verlegen. Ja, sie errötete sogar und blickte mit
der etwas komischen Scham alter Frauen zu Boden. »Nur«,
wiederholte sie, »die Gegend ist nicht die beste. Ich weiß nicht,
ob der Herr sich an den Mädchen wird stören, die abends auf
der Straße stehen und eine Schande für ganz Toledo sind.«

Dr. Osura hob wegwerfend die Hand. Er mußte lächeln.
Juan und eine Dirne? Es war absurd, dieser Gedanke. »Señor
Torrico sieht so etwas nicht«, sagte er ehrlich. »Er liebt ein
Mädchen seiner Heimat. Und im übrigen weiß Herr Torrico
auch gar nicht, welchem Gewerbe diese Mädchen nachgehen.«

»Oh, welch ein feiner Mensch.« Maria Sabinar war beglückt.

*

Der Pförtner der Staatlichen Kunstakademie Toledo sah den
schüchternen und offensichtlich ängstlichen jungen Mann kritisch an, der draußen vor seinem Guckkasten stand und an der
Fassade des Gebäudes steil emporblickte. Er schob deshalb seine
grüne Mütze, die ein dunkelgrünes Samtband verfeinerte, in
den Nacken, schob seinen halb gerauchten Zigarillo in den rechten Mundwinkel und ging hinaus auf die Straße.

Juan sah den Mann mit großen Augen an. Da er auf ihn zukam, war es klar, daß er mit ihm sprechen wollte, und wieder
durchzog seine Brust das wehleidige Gefühl, nicht zu wissen,
was er sagen sollte, und in dieser Stadt völlig fehl zu sein. Er
wollte sich schon abwenden und in den Strom der Menschen,
die ihrer Arbeitsstätte zustrebten, untertauchen, als ihn der Zu-
ruf des Portiers festhielt.

»Sie sind nicht von Toledo, Señor?« sagte der Portier und

tippte an seine Mütze, wie es alle aus seiner Branche tun, wenn sie höflich sein wollen.

»Nein, ich komme aus Castilla, aus der Santa Madrona.«

»Das muß aber weit sein, was?«

»Ja, sehr weit . . .« Juan nickte und steckte die Hände in die Hosentaschen, weil sie ihm plötzlich im Wege waren und er nicht wußte, was er mit ihnen beginnen sollte.

»Und nun sehen Sie sich Toledo an, Señor? Schöne Stadt, was?«

»Ja.«

»Und ein schönes Haus, unsere Akademie, was?«

»Sehr schön. Ramirez Tortosa leitet sie?«

»Ach, Sie kennen den Chef? Ein guter Kerl, Señor. Zweimal in der Woche bekomme ich von ihm eine Zigarre, wenn ich ihn abends spät herauslasse. Das macht im Monat acht Zigarren! Und gute Dinger, Señor. Die können wir uns nur hinter der Fensterscheibe der Geschäfte besehen.«

Juan wurde es etwas wohler, als er von der Freundlichkeit Tortosas hörte. In einem Anfall von Mut sagte er deutlich: »Ich möchte zu Herrn Tortosa.«

»Was? Sie?« Der Portier lachte. »Was wollen Sie denn beim Chef?«

»Ich bin bestellt.«

»Ach, und das fällt Ihnen so plötzlich ein, nachdem Sie schon eine halbe Stunde vorm Haus stehen und die Fassade mustern?«

»Sie können ja bei Herrn Tortosa anrufen. Ich heiße Juan Torrico. Er wird mich sofort vorlassen.«

»Nein, das glaube ich nicht!« Der Portier sah Juan mißtrauisch an und ging langsam zu seiner Pförtnerloge zurück. »Soll ich wirklich anrufen?« fragte er, als er sah, daß Juan ihm gefolgt und anscheinend gewillt war, den Spaß auf die Spitze zu treiben.

»Ja. Ich bitte darum.«

»Si, Señor!« Der Portier beugte sich vor. »Ich rufe an, wirklich, ich tue es! Aber wenn es nicht wahr ist, wenn der Chef Sie nicht kennt und ich mich blamiert habe, dann gibt's eine Ohrfeige, Señor, so wahr ich Cambil heiße!«

Juan willigte nickend ein. Pedro Cambil ergriff den Hörer und drückte eine rote Taste an dem großen Apparat herunter.

Dann machte er eine tiefe Verbeugung und sagte mit sonor verstellter Stimme: »Herr Professor, hier ist ein junger Mann, der läßt mir keine Ruhe und will Sie sprechen. Wer er ist? Er heißt —« und zu Juan gewandt: »Wie heißen Sie noch mal?«

»Juan Torrico.«

»Juan Torrico«, wiederholte Cambil gleichgültig. Doch dann knickte er in der Magengegend ein und starrte entgeistert auf Juan. Der Hörer entfiel seiner Hand. »Sie sollen sofort zum Chef kommen«, sagte er stockend. »Er wartet tatsächlich schon auf Sie . . .«

»Und wo ist der Direktor?«

»Zimmer vierunddreißig, im ersten Stock!«

»Danke.«

»O bitte, Señor . . .«

Der Portier sah Juan kopfschüttelnd nach und wunderte sich über die Dinge auf dieser Welt, die so verworren und sinnlos sind, daß sie einem alten, einfachen Mann den Verstand verwirren.

Juan stieg langsam die breite Treppe empor, vorbei an den riesigen Glasfenstern, die einen Blick in den grünen, mit Blumen und weißen Bänken geschmückten Innenhof des Gebäudes freigaben. Dann stand er vor Zimmer 34 und wagte nicht, an die Tür zu klopfen. Ein schönes Mädchen, das mit einer Mappe unter dem Arm aus einer anderen Tür kam, sah ihn lächelnd an und nickte grüßend mit dem Kopf. Sie sah Juan ein wenig bedrückt vor der Tür des Chefs stehen, man merkte es seinem Gesicht an, daß er sich nicht wohl zu fühlen schien, und sie winkte leicht mit der Hand ab.

»Was ausgefressen?« fragte sie.

»Was soll ich?« Juan sah sie groß an. »Nein, Señorita, nein, wirklich . . .«

»Ist alles halb so schlimm. Der Chef brüllt gerne . . . aber er meint es gar nicht so. Wenn Sie irgendwas verbrochen haben, nur einfach gestehen . . . dann ist alles schnell vorbei.«

Sie nickte ihm zu und ging lachend weiter, in ein anderes Zimmer am Ende des Ganges.

Juan klopfte endlich leise an die Tür und schrak zusammen, als von innen eine tiefe Stimme »Ja?« sagte.

Ja? Was hieß das? Sollte er hereinkommen? Oder was war es sonst? Galt das Ja überhaupt ihm? Juan wartete ein wenig vor der Tür ... da wurde sie aufgerissen, und ein großer Herr stand im Türrahmen, der Juan mit bösen Augen musterte.

»Warum kommen Sie nicht herein?« schimpfte er. »Soll ich Sie mit Posaunen empfangen?!«

»Nein, das wäre zu laut«, sagte Juan und wußte nicht die Ungehörigkeit seiner Antwort zu übersehen, da er wirklich an das Laute dachte und nicht an den Widerspruch.

Ramirez Tortosa musterte den jungen Mann vor sich und zog die Luft durch die Nase deutlich ein.

»Sie Lümmel!« schrie er, und seine Stimme gellte durch den langen Flur. »In welcher Klasse sind Sie?!«

»In gar keiner. Ich möchte erst aufgenommen werden.« Juan war unter der Stimme zusammengezuckt, aber irgendwie kam ihm dieser Ton heimatlich vor, wenn er an Pedros Stimme dachte und die immerwährende Schelte der vergangenen Jahre.

»Was wollen Sie?« Tortosa schob Juan in sein Zimmer und schloß laut die Tür. »Sie wollen bei uns eintreten? So einfach eintreten? Zu dem Direktor kommen, ihm freche Antworten geben und sich dann in einen der Säle setzen, anfangen zu bildhauern und sich die gebratenen Tauben in den Mund fliegen lassen?! Und nur, weil man Juan Torrico heißt und einen leidlich guten Kopf gemeißelt hat!«

»Sie kennen mich, Herr Direktor?«

»Sie haben sich ja durch den Portier vornehm anmelden lassen.«

»Ach ja.« Juan sah Ramirez Tortosa groß an. »Ich dachte«, sagte er kläglich, »daß man mich hier erwartet. Dr. Osura sagte es mir so ... und Herr Campillo auch ...«

»So, das sagten sie?« Tortosa nahm ein blaues Aktenstück vom Schreibtisch und blätterte darin herum. »Juan Torrico, neunzehn Jahre alt, Bildhauerklasse II zugeteilt. Eingetroffen und sich gemeldet am ...« Er füllte das Septemberdatum aus und schloß die Akte. »Sie kommen in Klasse II B. Mit zwölf Schülern und Schülerinnen zusammen. Ihren Lehrplan gibt Ihnen Ihr Ordinarius, die Testathefte bekommen Sie von der Verwaltung, Zimmer vierzig bis fünfundvierzig. Holen Sie sich die Sachen heute nachmittag ab.« Und etwas freundlicher fragte Tortosa: »Wie sind Sie bei Señora Sabinar untergekommen? Gefällt es Ihnen?«

»Ja. Sehr, Herr Direktor.«

70

»Der Unterricht beginnt um acht Uhr! Wir haben keine losen Zeiten wie die Universitäten!« Er sah Juan scharf an. »Wollen Sie als Wahlfach auch noch Kunstgeschichte belegen?«

»Ich möchte alles lernen, was ich brauche«, sagte Juan schlicht. »Geben Sie mich überall dorthin, wo ich etwas erfahren kann.«

»Wie Sie wünschen, Juan.« Tortosa fiel es nicht auf, daß er seinen neuen Schüler bei seinem Vornamen nannte, und auch Juan achtete nicht darauf, weil er den Augenblick herbeisehnte, aus diesem Zimmer zu kommen in die freie Luft der Flure. »Und nun gehen Sie zu Ihrer Klasse. II B. Ganz oben, unter dem Dach, neben dem Fahrstuhl. Ich werde Ihren Ordinarius inzwischen informieren.«

Tortosa griff zum Telefon. Juan fühlte, daß er gehen mußte, und er ging schnell aus dem Zimmer, zog die Tür hinter sich zu und lehnte sich gegen die Wand draußen auf dem großen Flur. Schweiß rann ihm in den Kragen — er merkte es und wischte ihn mit der Hand ab, wie er ihn in den Bergen der Santa Madrona immer von der Stirn gewischt hatte, wenn er die Kühe hütete.

In seinem Zimmer sah Ramirez Tortosa auf die Tür, die Juan eben geschlossen hatte. Ein feines Lächeln überzog sein Gesicht, als er den Hörer abnahm und die Klasse II B anrief.

»Ja. Hier Tortosa. Herr Kollege, ich schicke Ihnen jetzt Juan Torrico. Ja, den Wunderknaben aus der Santa Madrona. Die große Entdeckung Campillos. Ich gebe Ihnen meinen besten Schüler — machen Sie aus ihm den großen Meister Spaniens!«

Er legte den Hörer auf und sah aus dem Fenster auf den Tajo und das bunte Leben der Brücken.

»Ich bin ein wenig hart gewesen«, sagte er zu sich, als wolle er einen leisen Zweifel besänftigen. »Aber ich muß es sein. Er soll wissen, daß er noch vieles lernen muß, ehe er ein Großer ist ... Wie schnell ist ein Genie erloschen, wenn es sich überhebt ...« Er drückte auf einen Knopf, und das kecke Fräulein trat ins Zimmer. »Bringen Sie mir bitte die Mappe Torrico«, sagte Tortosa laut.

»Sofort!« Aber an der Tür drehte sich das Mädchen noch einmal um und sah zurück. »War das eben Herr Torrico?« fragte sie leise.

»Ja. Warum?« Tortosa sah auf. »Ach so ...« Er hob die

71

Stimme. »Lassen Sie mir Juan in Ruhe, Jacquina ... Wenn Sie dem Jungen den Kopf verdrehen, fliegen Sie! Verstanden?«

»Ja, Herr Direktor.«

Das Mädchen verließ das Zimmer. Auf dem Flur spitzte sie spöttisch die Lippen. Sie sah hübsch aus, schlangenhaft, mit jener Gemeinheit überzogen, die manche Männer reizvoll finden.

»Puh!« sagte sie leise. »Was geht den Alten an, was ich nach Feierabend tue?«

Dann holte sie die Mappe und legte sie Tortosa wortlos auf den Tisch.

Ich werde heute mittag auf ihn warten, dachte sie trotzig. Jetzt gerade! Unten, vor dem Haus. Und sie hatte ein Lächeln um die rot geschminkten Lippen wie die Schlange am verbotenen Baum des Paradieses ...

*

Nun war Juan eine Woche von zu Hause fort.

Jeden Tag saß Anita draußen auf der Bank vor dem Haus und sah hinab auf den Weg, der von den Bergen heraufführte, und sie wartete, bis die Herde kam ... eine Kuh hinter der anderen ... aber am Ende der Herde ging nicht mehr Juan, sondern ein junger Knecht, den Pedro vor drei Tagen aus Solana del Pino mitgebracht hatte.

Dr. Osura bemerkte zu Pedro: »Du mußt, vielleicht nach einem Monat, mit der Mutter nach Toledo fahren. Es ist besser, Pedro. Solange sie nicht sieht, wie Juan lebt, wird sie nie froh werden.«

Und Pedro versprach es Dr. Osura mit Handschlag und begann, in diesem Monat zu sparen, wo er konnte.

Einmal in dieser Woche kam auch Concha aus Solana herauf. Sie fragte nach, ob Juan schon geschrieben habe und ob man wisse, wie es ihm gehe. Anita war allein, und sie nahm das Mädchen zu sich auf die Bank vor dem Haus und faßte ihre schlanken, zarten Hände.

»Du liebst ihn sehr, Concha?« fragte sie.

Das Mädchen schaute schamhaft zu Boden, als es sich so klar angesprochen sah. Aber es nickte und war traurig, weil diese Liebe so fern war.

»Wenn du ihn liebst, willst du ihn doch auch sehen, Concha?« Anita beugte sich vor und schaute in ihre Augen, die blank waren von zurückgedrängten Tränen.

»Ja«, hauchte sie. »Aber es geht doch nicht.«

»Hat dein Vater, der reiche Ricardo Granja, nicht ein schönes großes Auto? Könnte er nicht einmal nach Toledo fahren?« Anita umklammerte die Hände Conchas. Es war, als liege in diesen Händen das Schicksal ihres alten, verbrauchten Lebens.

»Aber ich kann dem Vater doch nicht sagen, daß ich Juan sehen will«, sagte sie weinerlich.

»Du dummes Mädchen!« Anita schüttelte den Kopf. »Sag ihm, du möchtest einmal mehr sehen als nur Puertollano oder Mestanza. Du möchtest etwas vom Leben haben, denn du seist jetzt alt genug. Vielleicht ist in Toledo gerade eine Fiesta, die du besuchen willst. Concha . . .« Sie ergriff wieder die Hände des Mädchens und zog es zu sich heran. »Concha . . . du mußt zu Juan fahren — ich habe solche Angst um ihn . . .«

Concha nickte. »Ja«, sagte sie leise. »Ich will es versuchen. Soll ich etwas mitnehmen?«

»Ja, Concha . . . ach ja . . .« Anita erhob sich und rannte ins Haus. Sie brachte ein kleines Päckchen mit, das sie dem Mädchen in die Hand drückte. »Es ist der Ring von Juans Vater. Ich habe ihn bis heute versteckt gehalten. Es ist ein wertvoller Ring, golden mit einem großen Stein. Den soll Juanito tragen, und er wird ihm Glück bringen und ihn immer an zu Hause erinnern. Sein Vater war ein guter Mann . . . er soll es auch werden . . .«

Concha steckte das kleine Päckchen in die Tasche und stand von der Bank auf. »Ich muß jetzt gehen«, sagte sie schnell.

»Und du fährst zu Juan?«

»Wenn es geht, ja.«

»Oh — ich danke dir.« Und die alte Anita umarmte das junge Mädchen und küßte es auf die Wange. Es war ein Kuß, in dem ihre ganze verborgene mütterliche Sehnsucht lag, und Concha fühlte es und ertrug den Kuß mit geschlossenen Augen. Dann wandte sie sich um und rannte den kleinen Hang hinab in die Berge, nach Solana del Pino zurück.

*

In der Klasse II B, der Meisterklasse für Bildhauerei, lernten zwanzig Schüler und zwei Schülerinnen unter Prof. Yehno. Dieser war ein schon alter Mann, klein, mit einer schiefen rechten Schulter und einer wallenden schneeweißen Lockenmähne, die ihm beim Anleiten immer über die Augen fiel, und die er dann mit einem Ruck seines Kopfes zur Seite warf. Man sah dieses kleine Schauspiel gern, und manche Schüler ließen bewußt einen Fehler unterlaufen, nur um Prof. Yehno an den Stein zu bringen und den Kampf mit seinen Haaren zu besehen.

Als Juan in den Saal trat, nahm kaum einer von ihm Notiz. Prof. Yehno trat auf ihn zu, gab ihm die Hand und zeigte auf einen Ständer, an dem noch einige weiße Mäntel hingen.

»Suchen Sie sich einen passenden aus«, sagte er, »und kommen Sie dann zu mir. Ich will sehen, was ich mit Ihnen unternehmen kann.«

Und Juan zog sich einen weißen Kittel an, ging langsam an den Gipsmodellen und Steinblöcken der anderen Schüler vorbei und sagte sich, daß er nie im Leben so schöne Bilder aus dem Stein schlagen würde wie diese Männer und Mädchen, die so viel mehr konnten als er.

Dieser erste Vormittag ging schnell herum. Man nahm seine Personalien auf, man unterrichtete ihn über den Stundenplan, der Zeichnen, Modellieren, Anatomie, Aktzeichnen und Kunsthistorik umfaßte, er bekam einige Mappen in die Hand gedrückt, die Abbildungen von Werken aus der Akademie entlassener Schüler zeigten, und er durfte sich in eine Ecke setzen und den anderen zuschauen, wie sie unter der Leitung Prof. Yehnos ein Tonmodell in Gemeinschaftsarbeit anfertigten, nach dem in natürlicher Größe aus weichem Sandstein eine Plastik gestaltet werden sollte.

Das Modell eines menschlichen Armes, ohne Hände — nur der Unterarm und die Muskeln des Oberarms.

Juans Blick glitt über das Tonmodell und die Zeichnungen, die seine Kameraden nach ihm anfertigten. Er selbst durfte nicht mitarbeiten . . . er sollte nur zuschauen, denn es war eine Idee von Prof. Yehno, daß ein neuer Schüler erst seine Augen schulen soll, ehe er zu Hammer und Meißel greift.

Prof. Yehnos Stimme war klar und nüchtern, als er noch einmal die Muskeln und Sehnen erklärte, die dem Arm — es war ein männlicher Arm — seine charakteristische Form geben. Dann

74

sah er die Zeichnungen durch, verbesserte dort, strich woanders weg und lobte ab und zu eine gute Auffassung des Themas. Bei Juan blieb er stehen und fragte: »Und Sie, Torrico? Haben Sie etwas bemerkt?«

Juan zögerte etwas. Dann schaute er auf, sein Kopf flog mit einem Ruck in den Nacken.

»Ja, Herr Professor«, sagte er laut.

Die anderen hörten mit der Arbeit auf und blickten zu Juan und Yehno hinüber.

»Und was haben Sie bemerkt?«

»Daß der Arm falsch ist!«

»Was?!« Prof. Yehno schluckte ein wenig — er strich sich die weißen Locken von den Augen und wurde ein wenig rot. »Der Arm ist falsch? Welcher Arm?«

»Das Tonmodell, Herr Professor.«

»Unmöglich! Das Modell stammt von mir!«

Juan verkrampfte die Hände, aber er war es gewöhnt, nicht zu lügen. Bei ihm in den Bergen gab es keine schmeichelnde Lüge — bei ihm herrschte die Offenheit des natürlichen Menschen, der sagt, was er sieht und was recht ist.

»Sie haben mich gefragt, Herr Professor«, sagte er stockend. »Ich dachte, Sie wüßten es und wollten mich nur prüfen. Verzeihen Sie bitte . . .«

Prof. Yehno sah sich um. Er blickte in die starren, erwartungsvollen Augen seiner anderen Schüler, sah die leicht geöffneten Lippen, die vor Spannung bebten, und er schrie unbeherrscht:

»Was ist falsch, will ich wissen!«

»Der ganze Arm.« Juan erhob sich und ging an das Tonmodell, das mitten im Kreis der Schüler stand. Aller Blicke folgten ihm — man hielt ihn für irrsinnig, für einen Außenseiter, der es wagte, den Lehrer zu tadeln. Aber man sah ihn an, und die Augen aller Schüler glänzten, als Juan mit den Fingern über das Modell fuhr. »Dieser Arm ist ein Arm wie auf einer Fotografie. Er hat Sehnen und Muskeln und Fleisch darüber . . . aber mehr auch nicht!«

»Was soll er auch mehr haben?« brüllte Prof. Yehno erregt.

»Leben, Herr Professor . . . pulsendes Leben . . . auch im Ton oder im Stein . . .«

Einen Augenblick war es totenstill in dem weiten Saal mit

75

der halb mit einem Vorhang zugezogenen Glasdecke. Die Sonne spielte mit dem Staub, der durch die Luft tanzte. Doch dann begann ein lautes Trampeln, wie es Studenten immer vollführen, wenn sie ihren Beifall spenden ... und dieses Trampeln riß Prof. Yehno herum, er verfärbte sich, er wurde rot und riß sich an den weißen langen Haaren. Juan lächelte schwach. Wenn er auch dieses Trampeln nicht kannte — er ahnte, daß es Anerkennung war, daß er in den Kreis der zwanzig Männer und der zwei Mädchen aufgenommen war, daß er einer der ihren war und sie ihn voll in ihre Gemeinschaft aufgenommen hatten. Das machte ihm Mut, das machte ihn sogar übermütig — er schob das Tonmodell zur Seite und ergriff einen Block, der auf einem der Tische lag. Vom Ohr des ihm am nächsten Sitzenden nahm er einen Bleistift und begann, den Block stehend vor sich hinhaltend, einen Arm mit wenigen Strichen auf das Papier zu zeichnen.

Es war kein Arm, wie er fotografisch aussah — es war ein muskulöser Männerarm, wie ihn Michelangelos Phantasie gesehen haben würde oder der Blick des Rodin. Ein Arm, kraftvoll, olympisch — man sah die Adern durch die Haut leuchten, die Muskeln spannten die Haut, und in der Armbeuge sahen schwach die Sehnen durch ... ein Arm, der lebte, der atmete, der durchpulst war, und doch ein Arm, wie er noch nie fotografiert wurde.

»Bitte«, sagte Juan schlicht und gab Prof. Yehno das Blatt. »Es ist nur eine flüchtige Skizze ... aber so stelle ich mir einen Arm vor ... Verzeihen Sie, Herr Professor.«

Yehno nahm das Blatt und trat damit in die Sonne. Er betrachtete es lange, er tastete mit dem Blick die Linien ab und gab es dann stumm an die Schüler weiter, die die Zeichnung umringten.

»Suchen Sie sich einen Arbeitsplatz aus, Torrico«, sagte er schroff. »Fangen Sie an, Ihren Arm in die Plastik umzusetzen.« Und er drehte sich herum und ging in den Hintergrund des Saales an seinen Schreibtisch, setzte sich mürrisch auf den Stuhl und starrte auf die Papiere, die vor ihm lagen. Dann nahm er den Hörer des Haustelefons ab und rief Professor Tortosa an.

»Hier Yehno«, murmelte er ärgerlich. »Ramirez, der Neue, der Torrico, ist da.«

»Gut. Hast du ihn geprüft?«

»Nein — er mich!«

»Was?« Tortosa lachte schallend. Den Ärger in Yehnos Stimme hörte er klar heraus. »Erkläre ... wie war das denn?«

»Er hat meine Armplastik in Grund und Boden verbannt und mit ein paar Strichen einen neuen Arm entworfen.«

»Und, Yehno — zufrieden?« Tortosa beugte sich vor Spannung etwas vor. Die Stimme des Alten war voll Knurren.

»Zufrieden? Ich habe solch einen Arm bisher nur bei Michelangelo gesehen! Er ist einmalig.«

»Bravo, Juan Torrico!« rief Tortosa freudig.

»Bravo?« Yehno verzog die Lippen. »Nimm den Kerl wieder aus meiner Klasse«, sagte er wütend. »Er stört uns nur. Und — was das Schlimmste ist — ich kann ihm nichts mehr beibringen!«

»Abwarten.« Ramirez Tortosa wurde ernst. »Er soll nicht wissen, was er kann, Yehno. Behalte ihn, mach ihm das Leben schwer, sage ihm manchmal, daß er Blödsinn zeichnet, kritisiere ihn, aber mit einer fruchtbaren Kritik. Dieser Junge ist ein Naturkind, Yehno — er muß in sein Genie hineinwachsen wie ein Baum, der bisher wild wucherte und nun veredelt werden soll. Das dauert Jahre, Yehno. Wir verstehen uns, Yehno?«

»Ja, Ramirez. Ich werde ihn behalten. Und wenn er alles, was ich zeige, bemängelt?«

»So laß es bemängeln. Laß es ihn besser machen ... dabei lernt er. Es gibt keine bessere Schule als den Ehrgeiz!«

»Das wird ein bitteres Jahr für mich, Ramirez«, sagte Yehno leise.

»Schlucke es.« Tortosas Stimme war eindringlich und überzeugend. »Du wirst später glücklich sein, als der Lehrer von Spaniens größtem Künstler genannt zu werden.«

Ja, und dann schrillte die Klingel durch das Haus, schneller, als es Juan erwartet hatte, denn er stand vor seinem Sandsteinblock, und das Glück durchrann seinen Körper. Jetzt hatte er alle Werkzeuge neben sich, die er sich immer gewünscht hatte, die feinsten Meißel, die verschieden starken und harten Holzhämmer, die Stichel, die Strichmeißel und die Glätter.

Als die Klingel ertönte, legte er den Holzhammer hin und stieg von dem kleinen hölzernen Podest herab, auf dem er während der Arbeit stand.

»Was ist das?« fragte er den Kreis, der um ihn stand.

77

»Eine Pause.« Einer der Schüler, ein großer, schlanker Mann mit mittelblonden, glatten Haaren, sagte es. »Sie können jetzt nach Hause gehen. Die neue Stunde ist erst um drei Uhr nachmittags. Wir haben dann Anatomie.«

»Ach so. Danke.« Juan wischte sich die Hände an dem weißen Kittel ab und sah sich um. »Es freut mich, daß Sie mich so schnell bei sich aufgenommen haben«, sagte er leise.

»Sie sind ein Teufelsjunge!« Der große Schüler lachte. »Das hat noch keiner gewagt, den Alten zu maßregeln.«

»Ich wollte es auch nicht.« Juan hob wie verzeihend beide Hände. »Mir gefiel der Arm bloß nicht. Das ist alles.«

»Sie sind gut!« Der Lange lachte. »Und wenn — so etwas sagt man nicht so einfach einem Professor.«

»Aber warum denn? Es ist doch die Wahrheit?!«

Da lachte man laut, und Juan wußte nicht, warum man lachte, und spürte wieder in sich die große Unsicherheit. Er nickte, drängte sich aus dem Kreis heraus, hängte seinen Mantel, den er im Gehen auszog, wieder an den Haken und verließ den Saal gleich hinter Prof. Yehno, der ihn nicht beachtete. Er sah nicht, daß der Lange ihm folgte — erst auf der mittleren Treppe fühlte er sich von hinten an den Rock gegriffen und zurückgehalten.

»Juan Torrico«, sagte der Lange. In seinen Augen stand tiefer Ernst. »Ich wollte Ihnen nur noch eins sagen. Wenn Sie Hilfe oder einen Freund brauchen, ich bin immer für Sie da. Ich heiße Contes de la Riogordo.«

»Sie sind ein Graf?« stammelte Juan erschrocken. Es war der erste Graf, den er in seinem Leben sah. Er verbeugte sich. Aber Fernando Riogordo klopfte ihm auf die Schulter. »Für Sie bin ich ein Kamerad, sonst nichts. Bitte, denken Sie an mich, wenn Sie etwas brauchen . . .«

Verblüfft sah Juan der großen, hageren Gestalt nach, wie sie die Treppen hinabsprang, immer zwei Stufen auf einmal nehmend. Ein Graf, dachte Juan, ein Graf hat mich auf die Schulter geschlagen. Er hat gesagt, er wolle mein Freund werden. Ein Graf! Das muß ich sofort der Mutter schreiben, und Pedro, und Concha, ja, vor allem Concha. Wie kann der alte Ricardo Granja noch nein sagen, wenn ich einen Grafen zum Freunde habe . . .

Verwirrt von diesen Gedanken trat er an der gläsernen Pförtnerloge vorbei ins Freie auf die belebte Straße und war einen

78

Augenblick von dem grellen Sonnenlicht wie geblendet. Er blinzelte in den Mittag hinein und versuchte, sich klarzuwerden, wie der nächste Weg zu Maria Sabinar führte, als er ein helles Lachen hörte, das ihm bekannt vorkam. Er drehte sich herum und sah das Mädchen aus dem Flur vor sich stehen. Ihre grell geschminkten Lippen waren hell und sinnlich, das Kleid eng um den schlanken Körper, die nackten Beine in weißen, hohen Pumps, die in den Gang ein Wiegen und Wippen legten. Ihre Augen waren voll Glanz und Lockung, voll anziehender Verworfenheit und fesselnder Versprechungen.

»Sie?« sagte Juan gedehnt. »Haben Sie auch frei?«

»Ja, Herr Torrico!«

»Sie kennen meinen Namen?«

»Der Chef hat ihn mir gesagt. Ich mußte Ihre Zeichenmappe holen.«

»Ach! Und haben Sie einmal hineingeblickt?«

»Ja.« Sie lächelte mit der Süßheit, hinter der ein fordernder Ernst steht. »Es sind schöne Zeichnungen. Vor allem der Mädchenkopf.« Sie sah ihn groß an. »Es ist Ihre Braut?« fragte sie direkt.

»Ja«, antwortete Juan ohne Zögern. »Es ist Concha.«

»Und ich heiße Jacquina.«

»Ein schöner Name ... fast so schön wie Sie selbst«, sagte Juan, da er einmal gelesen hatte, daß man einer schönen Frau immer sagen soll, daß sie schön ist.

Jacquina beugte den Kopf etwas zurück. Ihre Brust spannte sich unter dem dünnen Seidenkleid. Es war nicht möglich, daß Juan sie übersah, und er bemerkte sie und wurde unsicher. Ein Gefühl durchrann ihn, das er bisher nie gekannt hatte, auch nicht, als er Concha küßte, denn diese Küsse waren rein und von der Seele gewünscht. Aber dieses Gefühl, das ihn jetzt durchrann, kam nicht aus dem Herzen — es war merkwürdig, prickelnd, es flüsterte Taten zu, die ihm sündhaft erschienen und die doch vor diesen Lippen und diesen seidenüberspannten Brüsten ins Unermeßliche stiegen.

»Gehen wir ein Stück zusammen, Herr Torrico?« hörte er Jacquinas helle Stimme. Er nickte stumm und setzte die Füße voreinander, nicht darauf achtend, wohin er ging. Er sah sie an seiner Seite trippeln, sich in den Hüften wiegend und mit einem

Lächeln, das ihn verwirrte. »So in Gedanken?« fragte sie. »Sie sprechen ja gar nichts?«

»Was soll ich denn sagen?«

»Daß es schön ist, daß wir zusammen spazierengehen.« Sie lachte ihn an und schob ihren Arm ohne zu fragen unter den seinen. »Werden wir heute abend tanzen?« fragte sie mit leiser Stimme in sein Ohr. Er spürte den Hauch ihres Atems und das Kitzeln ihrer Lippen an seiner Ohrmuschel.

»Ich kann nicht tanzen«, sagte er stockend.

»Dann lehre ich es Sie. Einverstanden?«

»Ja«, stotterte er.

»Wir treffen uns hier an der Brücke. Um neun Uhr, ja?«

»Ja, Jacquina.«

»Oh!« Sie drückte sich an ihn. »Sag den Namen noch einmal. So habe ich ihn noch nie gehört«, bettelte sie. Aber in ihrer gewollt kindlichen Stimme schwang die Berechnung und der Triumph.

»Jacquina«, sagte er leise und schaute sie mit anderen Augen an, als er vor wenigen Tagen Concha angeschaut hatte. Sie sah diesen Blick, und sie verstand ihn sofort, und es durchrann sie heiß, daß sie die Augen etwas zusammenkniff und die Schultern einzog, als spüre sie schon seinen harten Griff auf ihrer Haut.

»Sie müssen jetzt nach Hause«, sagte sie mit mühsam fester Stimme. »Um drei Uhr ist der neue Beginn. Leben Sie wohl, Juan — bis heute abend neun Uhr . . .«

Sie gab ihm die Hand, drückte sie länger und fester, als es schicklich war, und ging dann mit schnellen Schritten über die Brücke zur Altstadt hin.

Da strich er sich mit der Hand über die Haare. Sie waren naß, klebrig . . . er schwitzte in der glühenden Sonne und hatte es bisher nicht bemerkt. Das Unbekannte, das Drängende seiner Gefühle erschütterte ihn. Er wußte nicht, was er mit ihm beginnen sollte, er erschrak vor dem Fremdartigen in seinem Blut und der Wildheit, mit der es ausbrach und so ganz Besitz von ihm ergriff.

Er dachte plötzlich an Concha und schämte sich. Mit großen Schritten eilte er dem jenseitigen Ufer zu und rannte über die belebte Straße zu dem schmalen, hohen Haus.

Als er am Nachmittag wieder über die Brücke ging und an die Stelle kam, wo er mit Jacquina gestanden hatte, überfiel ihn wieder die Sehnsucht nach ihrer Nähe, und er verspürte keinerlei Lust oder Glück, wieder oben in dem Atelier zu stehen und unter dem Glasdach einen Männerarm aus dem Sandstein zu schlagen.

Was ist nur mit mir, grübelte er. Ich bin so ganz anders, so fremd im Inneren, so triebhaft wie ein Tier. Aber während er sich noch kritisierte, hoffte er, Jacquina wieder auf dem Gang zu sehen. Mit großen Schritten rannte er über die Brücke der Akademie zu, stand eine Zeitlang auf dem Flur vor dem Zimmer Tortosas und wartete darauf, daß das Mädchen aus einem der Räume trat.

Dann schellte es, und er mußte hinauf in das Atelier. Unlustig stieg er die Treppen hinauf und traf am Eingang zur Klasse II B den Contes de la Riogordo.

»Wir sind gespannt, wie Sie den Arm aus dem Stein meißeln«, sagte er. »Wir alle sind gespannt.«

Juan nickte. Er zog den weißen Kittel an und trat an seinen Steinklotz.

Wenn es doch bald Abend wäre, dachte er dabei. Dann treffe ich sie und gehe mit ihr tanzen.

Da sah er, daß er einen falschen Schlag getan hatte, und der Stein splitterte. Es war der erste falsche Schlag, solange er denken konnte, aber es kümmerte ihn nicht, wo er früher verzweifelt gewesen wäre.

Wenn es doch bloß bald neun Uhr abends ist, dachte er unentwegt.

Ich möchte Jacquina wiedersehen . . .

Und ich möchte tanzen lernen . . .

*

Ricardo Granja wunderte sich nicht schlecht, als Concha ihm beim Abendessen einen Wunsch sagte, den er nie für möglich gehalten hätte.

»Ich möchte einmal mehr von der Welt sehen als nur die Dörfer«, sagte sie. »Ich bin jetzt alt genug. Vater, laß uns eine weite Reise machen, ja? Weiter als bis nach Puertollano. Ich habe neulich einmal gelesen, daß Toledo eine sehr schöne Stadt sein soll.«

»Toledo? Wieso gerade Toledo?« Ricardo Granja schüttelte

den Kopf. »Granada, Cordoba und Sevilla sind viel schöner! Und außerdem kann ich nicht weg. Jetzt kommt die Ernte, da habe ich viel zu tun.«

»Dann laß doch Mutter und mich fahren«, schlug Concha vor, und sie tat gut daran, diesen Vorschlag zu sagen, denn auch ein Mann wie Ricardo Granja ist ganz gerne einmal einige Tage allein, schon, um sich mehr Gläser Wein zu gönnen, als es Pilar, seine Frau, gerne sah.

Damit war für Concha die Reise gewonnen. Aber noch galt es, Pilar Granja, die Mutter, von dieser Fahrt zu überzeugen, und dieses schwere Stück Arbeit überließ Ricardo seiner Tochter in dem Bewußtsein, daß die Überzeugungskraft Conchas größer war als die seine.

Pilar Granja war ein wenig erstaunt, als Concha zu ihr ins Zimmer trat und ohne Umschweife sagte: »Mutter, wir fahren nächste Woche nach Toledo.« Ja, sie zog die Augenbrauen hoch und meinte skeptisch: »Was will denn Vater in Toledo?«

»Wir fahren allein, Mutter.«

»Allein?! Das ist doch unmöglich!«

»Aber warum denn, Mutter? Wir werden einen Zug nehmen.«

»Was soll ich in Toledo, Concha?« sagte sie und mußte dabei schnaufen.

»In Toledo gibt es wunderbare Schmuckstücke, Mutter«, schwärmte Concha, und Pilar blickte auf und zeigte ein plötzliches Interesse. »Ich habe gelesen, daß es dort Goldschmieden gibt, die noch aus der Maurenzeit stammen. Vielleicht könnten wir uns einen Ring oder ein Paar wunderschöne Ohrringe aussuchen? Der Vater erlaubt es bestimmt.«

Pilar lächelte. »Glaubst du das, Concha?«

»Ich will ihn einmal fragen . . .« Sie wollte hinausgehen, aber die Mutter hob schnell die Hand. »Bleib hier!« rief sie. »Fragen!« Sie stand aus dem Sessel auf, auf dem sie hockte, und stöhnte ein wenig, weil der Atem kurz war in des Leibes Fülle. »Wir werden fahren. Du hast recht. Wir sollten uns wirklich etwas mehr gönnen, wo es uns jetzt so gut geht.«

Und Pilar ging an den Spiegel, ordnete ihre immer noch schwarzen Locken, denn sie hatte einen guten Friseur in Mestanza, und ging dann zu Ricardo Granja in das Herrenzimmer, um mit ihm das Problem eines Schmuckstückes aus Toledo zu besprechen.

Concha saß unterdessen auf ihrem Zimmer vor einem Blatt Papier und war sich unschlüssig, ob sie Juan schreiben sollte, daß sie kommen würde. Nein, es soll eine Überraschung sein, dachte sie dann und legte das Papier zur Seite. Ganz unverhofft will ich vor ihm stehen, während die Mutter in irgendeinem Café sitzt und Sahnetorten ißt. Und dann werden wir uns küssen und so glücklich sein wie noch nie.

*

Schon eine halbe Stunde früher stand Juan an der Tajobrücke und wartete auf Jacquina.

Er hatte sich etwas herausgeputzt, denn er wußte, daß man auch als Mann ein wenig auf das Äußere sehen muß, um den Mädchen zu gefallen. Er hatte das neue Hemd und den neuen, dunkelgrauen Anzug an, den Dr. Osura ihm geschenkt hatte; er trug die neuen braunen Halbschuhe, die so leicht an den Füßen waren, daß er erst glaubte, er gehe barfuß, und er trug sogar seinen hellen Staubmantel über dem Arm, sauber zusammengelegt, wie er es heute nachmittag auf der Straße bei einigen gut gekleideten Herren gesehen hatte und es sich sofort merkte mit dem Drang, in wenigen Tagen so viel Wissen in sich aufzunehmen, wie es nur möglich war. Auch hatte er seine anfängliche Scheu überwunden und war in ein Blumengeschäft gegangen, hatte einen Strauß Chrysanthemen gekauft und hielt sie jetzt etwas schamhaft in der Hand vor seinen Leib, damit ihn nicht jeder bemerkte und gleich sehe, daß er ein hübsches Mädchen erwartete.

Die Zeit ging schnell dahin. Wenn man beobachtet, verfliegt die Zeit, und eine halbe Stunde ist ein Augenblick. So war auch Juan überrascht, als er Jacquina von weitem kommen sah ... ein wippendes Geschöpf auf hohen schwarzen Schuhen, einem frechen Lächeln um die vollen, roten Lippen, um den schlanken Körper ein enges Kleid, und Juan sah mit Mißbilligung und doch Stolz, daß mancher Mann sich umdrehte und ihr nachschaute und ihn beneidete, daß er auf sie zugehen konnte und ihr den Chrysanthemenstrauß überreichen durfte.

83

»Ich freue mich«, sagte er linkisch und verbeugte sich ein bißchen zu tief. »Sie sehen wundervoll aus, Jacquina.«

Sie lachte ihn dankbar an, aber in diesem Lachen war der Sieg über ihn, ein Sieg, bevor noch ein Kampf gewesen war. Sie hakte sich bei ihm unter und beugte ihre von einer Duftwolke umhüllten Locken zu ihm hinüber. »Vertrauen Sie sich meiner Führung an, Juan?«

Er nickte glücklich. »Was sollte ich anders tun?« fragte er. »Ich kenne doch Toledo nicht . . .«

»Ich weiß ein schönes Lokal, etwas außerhalb am Tajo. Dort spielt eine Zigeunerkapelle . . .«

Sie zog ihn mit sich, und Juan folgte ihr willig. Er sah ihre roten Lippen, ihren schlanken, biegsamen, wie ein Versprechen wirkenden Körper, und er fühlte wieder in sich das Triebhafte seiner Natur, das er bisher nicht kannte und das ihn nun überfiel.

Jacquina schien dieses Lokal zu kennen, oder besser, man kannte sie, denn als sie mit Juan im Vorraum erschien, nickte man ihr wie einer alten Bekannten zu. Juan sah dies nicht — er war verwundert über die in seinen Augen kostbare und märchenhafte Einrichtung des Lokals, da ihm das Gefühl für Flimmer und Talmi fehlte und er das Echte noch nicht vom Unechten unterscheiden konnte.

Jacquina legte ihren Arm um Juans Hals und drückte sich an ihn. Juan ergriff plötzlich ihren Kopf, schleuderte die Locken von ihren Augen und preßte seinen Mund auf diese vollen, roten Lippen. Er fühlte, wie sie sich öffneten, wie kleine Zähne an seinen Lippen nagten, und ihn durchrann eine Wildheit und eine Lust, die er nicht zu bändigen vermochte. So hatte ihn noch niemand geküßt, so vollkommen, so offen, so hingegeben . . . er umschlang den Leib des Mädchens und drückte ihn nach hinten in die Bank. »Jacquina . . .«, stammelte er. »Was hast du bloß aus mir gemacht . . . Jacquina . . .« Er wollte sie wieder küssen, aber sie wich ihm aus und drückte die Haare zurecht.

»Nicht jetzt«, sagte sie leise. »Gleich kommt der Wein. Und wir wollen doch tanzen. Der Abend ist noch lang.«

»Zu lang . . .«, keuchte Juan. Er hatte seine Finger in ihren Arm gekrallt, es tat ihr weh, sie verzog das Gesicht, aber sie sagte nichts, sie ertrug ihn, weil sie sich an seiner Wildheit berauschte.

»Wir gehen bald«, flüsterte sie und strich ihm über die heiße Stirn. Dann küßte sie ihn wieder, dieses Mal länger und von Schauern durchbebt, und sie spürte mit drängendem Erschrecken, daß seine Lippen kalt waren und das Feuer nur noch durch seine Adern raste.

Dann kam der Wein, der Kellner im Frack servierte ihn in einer geschliffenen Karaffe, in der der Wein sich widerspiegelte, als sei er mit Edelsteinen durchsetzt. Juan goß Jacquina und sich die Gläser voll, stieß mit ihr an und trank das erste Glas lachend mit einem Zug.

»Für dich, du Schönste!« rief er laut, und dann sprang er auf und riß sie empor. »Tanzen!« rief er übermütig. »Ich kann es nicht, aber wenn deine Arme um mich liegen, dann kann ich fliegen wie Ikarus!«

»Ikarus verbrannte sich und stürzte ab«, lachte Jacquina grell. In ihren Augen lag ein Flimmern. »Ich will einen lebenden, siegenden Ikarus haben, Juan!«

»Komm!« schrie er da. »Wir wollen den Toledern zeigen, wie Verliebte tanzen können!«

Er riß den geblümten Vorhang zur Seite und zog Jacquina auf den Gang des Saales hinaus.

Plötzlich stockte sein Schritt. Er wurde blau im Gesicht, griff mit beiden Armen um sich und fiel schwer gegen das Mädchen, das leise aufschrie und ihn aufrecht hielt. Juans Augen traten hervor, sie waren starr und voll grauenhafter Angst, sein Mund war weit aufgesperrt und rang nach Atem, und während er so gegen das Mädchen gelehnt stand und zu ersticken drohte, wurden seine Lippen farblos und das Gesicht gelbweiß wie bei einem Toten.

Einige Männer, die sofort hinzusprangen, schleppten ihn in die Laube zurück, und dort fiel Juan ohnmächtig auf die Polsterbank, mit dem Kopf in den Schoß Jacquinas, die zu weinen begann und nicht wußte, was sie tun sollte.

Ein Arzt, der zufällig im Lokal war, kam sofort in die Laube, und während die Zigeuner weiterspielten und die Paare tanzten, als sei nichts geschehen, untersuchte der Arzt schnell den Ohnmächtigen.

»Kreislaufstörung«, sagte er verwundert. »In diesem jungen Alter? Das ist merkwürdig.« Er rief nach einem Eisstück aus der Kühlmaschine, einer der Kellner brachte ihm ein Stück, und der

85

Arzt massierte mit dem Eisstück die Brust Juans, der unter der Kälte zusammenzuckte. Mit starren Augen sah Jacquina den Bemühungen zu, und ihre Hände, die vorerst den Kopf Juans gestreichelt hatten, waren weit zurückgeworfen, als ekele sie sich vor einem Mann, der plötzlich erstickt. Sie saß da, die roten Lippen verzogen, als wolle sie weinen, in den Augen eine gehetzte Angst, und als der Arzt den Körper Juans umbettete, rückte sie in die Ecke zurück und war in Versuchung, einfach wegzulaufen. Der Arzt legte das Eisstück aus der Hand und knöpfte das Hemd Juans wieder zu.

»Telefonieren Sie sofort einem Krankenwagen«, sagte er zu dem Kellner, der neben ihm stand. »Und bitte so unauffällig wie möglich. Sorgen Sie dafür, daß in der Zeit des Abtransportes ein schmissiger Foxtrott gespielt wird, dann sind die hinteren Tische an der Tür leer.«

Der Kellner rannte davon. Der Arzt blickte kurz zu Jacquina hinüber, die hastig ihren Wein trank.

»Ihr Freund?« fragte er.

»Ja.«

»Hm. Kennen Sie ihn genauer?«

»Er heißt Juan Torrico und ist Kunststudent an der Akademie. Bildhauer. Er ist erst gestern angekommen.«

»Und schon Ihr Freund? Das nennt man wohl das Tempo des zwanzigsten Jahrhunderts?«

Jacquina kräuselte die Lippen. Dummheit, dachte sie. Darauf gebe ich keine Antwort. Ist ja doch nur neidisch, daß er nicht mein Freund ist. Sie holte aus der Handtasche die Puderdose und ergänzte ihr puppenhaftes Gesicht.

Der Kellner kam wieder und nickte.

»Der Krankenwagen ist da.«

»Danke.«

Sie warteten, bis die Zigeuner auf einen Wink hin einen wilden Tanz spielten und sich die Tische leerten. Dann kamen im Laufschritt zwei Träger mit einer Bahre, Juan wurde umgebettet, und ebenso schnell verließen sie das Lokal des Señor Bonillo wieder, sehr zur Freude des dicken Wirts, der schimpfend hinter der Theke stand.

Der Arzt wandte sich an Jacquina, die ratlos herumstand.

»Ich nehme an, daß Sie sich auch den Rest des Abends noch ganz nett amüsieren können«, sagte er deutlich und hart. »Die

Zeche des Herrn Torrico lege ich so lange aus, bis der Herr wieder gesund ist. Sie brauchen sich also keine Sorgen zu machen . . .«

Jacquina blitzte ihn an, wütend, tierhaft, unbeherrscht.

»Für was halten Sie mich eigentlich?« zischte sie.

Der Arzt nickte und wandte sich ab. »Bitte, ersparen Sie mir diese Antwort«, sagte er und eilte der Bahre nach.

Jacquina aber zerriß ihr Taschentuch zwischen den Fingern, verlangte ihre Rechnung, bezahlte sie und rannte aus dem Lokal, hinein in die helle Septembernacht. Sie lief zurück bis zur Stadt und wand sich durch die Straßen, bis sie vor dem langgestreckten Haus der städtischen Klinik stand.

»Ist eben ein Mann eingeliefert worden?« schrie Jacquina. Sie war fast außer Atem und lehnte sich erschöpft an den Pfeilern des Daches fest.

»Ja, Señorita.« Der Pförtner nickte. »Eine Herzsache.«

»Ich möchte wissen, wie es ihm geht.«

Der Pförtner steckte die Zeitung in die Rocktasche und schob die Mütze in die Stirn. »Sind Sie mit dem Patienten verwandt?« fragte er.

Einen Augenblick zögerte Jacquina. Dann sagte sie hastig:

»Ja, ich bin mit ihm verwandt. Ich bin seine Braut . . .«

»Ach so. Dann kommen Sie mit rein. Ich werde die Station anrufen, ob Sie zu ihm können.«

Sie gingen in die Pförtnerloge, und Jacquina saß auf dem schmalen Stuhl und wartete, die Hände im Schoß verkrampft, während der Mann vor ihr mit nüchtern-geschäftlicher Stimme anrief.

»Was ist mit dem Neueingang? Ja, vor zehn Minuten Herzkollaps. Noch nichts? Danke.« Und zu dem Mädchen gewandt, zuckte er mit den Schultern: »Noch nichts. Das heißt bei uns — noch bewußtlos. Da können Sie noch nicht zu ihm, da muß erst der Oberarzt oder der Professor selber nachsehen.«

»Dann warte ich solange. Ich darf doch?«

»Aber ja, Señorita.«

Und Jacquina saß in der Pförtnerloge und wartete. Es verrann eine Stunde, eine zweite . . . die Glocken der Kathedrale schlugen Mitternacht . . . sie saß noch immer, ein wenig nach vorn gebeugt, und wartete . . . geduldig, ergeben, von einem

Gefühl getrieben, das sie nicht zu erklären wußte. Der Pförtner hörte Radio — sie hörte es nicht — sie dachte an Juan, der blau in ihren Armen lag und nach Luft rang.

*

In dem Verbandraum des städtischen Krankenhauses Toledo lag Juan auf der Bahre, und der Oberarzt hörte sich den Bericht des Kollegen an, der den Mann im Lokal Bonillo zuerst versorgt und dann hierhin gebracht hatte.

»Wir werden ihn röntgen«, sagte er nachdenklich. »Mit neunzehn Jahren solche Auswirkungen einer Kreislaufstörung? Ich lasse alles vorbereiten, Herr Kollege.«

Er ließ durch die Operationsschwester Cardiazol injizieren und hörte mit dem Membranstethoskop die Herztöne ab.

»Sehr schwach«, murmelte er. »Merkwürdig gedämpft, als ob sich im Herzbeutel eine Flüssigkeit angesammelt hätte. Aber das ist doch unmöglich! Ein Herzbeutelgeschwür, Herr Kollege?« Er sah den Arzt aus dem Lokal groß und ernst an. »Das wäre das Todesurteil des jungen Mannes.«

Ein Assistent trat in den Raum. Er hatte eine dicke Gummischürze an, die ihm vom Kinn bis zu den Fußspitzen reichte. Er blickte kurz auf die Bahre und wandte sich an den Oberarzt.

»Wir können röntgen. Auch der Herr Professor wird kommen.«

»Das ist sehr gut.« Der Oberarzt richtete sich auf, rollte das Membranstethoskop auf und steckte es in die Tasche seines weißen Mantels.

»Kommen Sie mit, Herr Kollege?«

»Sehr gern.«

»Bitte — gehen wir . . .«

Als sie den Röntgenraum betraten, hatte der Assistent Juans Oberkörper bereits entblößt, und eine Schwester senkte den Apparat zur Plattenaufnahme auf die Brust.

Im Hintergrund klappte eine Tür. Man sah sich nicht um, aber etwas wie eine Straffung ging durch die sitzenden Körper der Ärzte. Der Professor war eingetreten. Er stand still hinter dem Oberarzt und sah auf das Herz, das schwach schlug. Es war von einer merkwürdigen Undeutlichkeit. An einer Stelle zeigte sich ein schwacher, dunklerer Fleck.

»Na?« fragte eine leise Stimme hinter den Ärzten. »Da ist es ja.«

»Ganz recht, Herr Professor.« Der Oberarzt winkte mit erhobenem Arm — der Leuchtschirm erlosch, und die Lichter flammten an der Decke auf. Er drehte sich um und gab dem kleinen Mann, der in einem hellen Anzug vor ihm stand, die Hand. »Ein Geschwür innerhalb des Herzbeutels. An oder in der Herzbeutelwand. Das werden die Aufnahmen zeigen. Ich habe es mir gleich gedacht.«

Der Arzt aus der Taberna Bonillo fuhr sich über die Augen. Seine Hand zitterte stark. »Das Leben ist grausam«, sagte er leise.

Der Professor und der Oberarzt sahen ihn an. Sie wußten, was er meinte. Sie blickten auf Juan und bissen sich auf die Lippen.

»Wie alt ist er?« fragte der Professor.

»Neunzehn Jahre.«

»Er kann noch ein Jahr leben ... vielleicht auch zwei. Dann hat das Geschwür das Herz abgedrückt. Aber diese zwei Jahre werden eine einzige, eine furchtbare, ja, eine grauenhafte Qual sein.«

»Und wenn wir operieren?« fragte der Oberarzt, als wolle er sich aufbäumen gegen dieses gnadenlose Schicksal.

Der Professor hob die schmalen Schultern. »Ich muß erst die Aufnahmen sehen. Ist das Geschwür im Herzbeutel, ist es aussichtslos. Ich kann doch keinen Herzbeutel verkleinern und das schlechte Gewebe einfach herausschneiden.«

Der alte Arzt aus der Taberna sah zu Boden. »Die Grenzen der Menschheit ... hier sehen wir sie«, sagte er leise. »Mein Gott, wie klein sind wir doch, meine Herren ...«

Die Diagnose war eindeutig und klar.

Geschwür im noch primären Stadium innerhalb der Herzbeutelwand mit Angriff auf das Gewebe.

Ein unheilbarer Fall.

Ein klares, nüchternes, einfaches Todesurteil ...

Der Professor legte die Platten auf seinen Schreibtisch und brannte sich eine Zigarre an. Die anderen Ärzte rauchten bereits.

»Wir können und dürfen es ihm nicht sagen.« Die Stimme des Professors war eindringlich. »Ich werde mit Professor Tortosa von der Akademie sprechen und den Arzt aus der Heimatstadt Torricos benachrichtigen. Er muß sein Studium aufgeben. Vielleicht kann absolute Ruhe sein Leben etwas verlängern ... liegen und ausruhen und warten, bis er stirbt ... das ist das, was ich ihm verordnen kann. Wenn die großen Schmerzen kommen — Morphium!«

»Schrecklich!«

»Es gibt Schlimmeres. Denken Sie an den Krebs oder an die multiple Sklerose oder an die Gehirnhautentzündung, die lebenslängliche Blödheit erzeugen kann. Wenn dieser Juan Glück hat, stirbt er, ohne daß er es weiß, innerhalb eines Herzschlages. Eine kurze Übelkeit — das ist dann alles, was er noch spürt.« Der Professor legte die Zigarre hin — sie schmeckte ihm nicht mehr. »Fürwahr ein billiger Trost ...«, sagte er leise.

*

Ramirez Tortosa war erstaunt, als ihm am Morgen der Besuch des Professors der städtischen Klinik Toledo gemeldet wurde. Er befand sich nicht in bester Laune, denn Professor Yehno hatte ihm vor einer halben Stunde mitgeteilt, daß der Wunderschüler Juan Torrico nicht zur Stunde gekommen sei. Eine Nachfrage bei Frau Sabinar ergab, daß Juan auch nicht nach einem Abendspaziergang nach Hause gekommen war, und Frau Sabinar saß nun seit dem frühen Morgen weinend und laut jammernd in ihrem Salon und rief alle Heiligen an, für ihre Unschuld zu zeugen. Sie beteuerte immer wieder, daß sie alles getan habe, um dem Señor Torrico das Leben angenehm zu gestalten, und daß es ihr unerklärlich wäre, daß schon am zweiten Tag solche Dinge in ihrer Umgebung geschähen.

Tortosa dachte in seinem Zorn nicht an Jacquina, deren Fehlen man ihm ebenfalls gemeldet hatte. Der Gedanke, ihr Fernbleiben mit Juan in Verbindung zu bringen, kam ihm nicht, weil er zu absurd war, um überhaupt gedacht zu werden.

Um so erstaunter war er nun, daß der Professor ihn zu sprechen bat, und ein eisiger Schreck durchzuckte ihn. War Juan etwas zugestoßen? Hatte die Stadt gleich am zweiten Tag den kleinen Bauernburschen aufgesaugt?! Tortosa rang die Hände und ließ den Professor zu sich bitten.

Als der kleine, alte Herr eintrat, stürzte ihm Tortosa entgegen und rief: »Ist etwas mit Juan?« Und als er das betretene

Schweigen sah, schrie er: »Bitte, reden Sie, Herr Professor! Juan Torrico ist die größte Hoffnung Spaniens . . .«

»Er *war* es«, sagte der Professor leise.

»Nein!« Tortosa schrie auf und stürzte hinter seinem Schreibtisch auf den Stuhl. »Er . . . er ist . . . tot?« stammelte er fassungslos.

»Das nicht.« Der Professor setzte sich und faltete die Hände über seinem Hut. »Bitte, lassen Sie mich erklären. Señor Torrico wurde gestern nacht gegen elf Uhr bei uns eingeliefert. Erste Diagnose, flüchtig gestellt: Kollaps. Wir untersuchten ihn, stellten Lautveränderungen fest und röntgten ihn.« Der Professor stockte.

Dann sagte er mutig: »Die Diagnose: Hoffnungslos! Ein Geschwür in der Wand des Herzbeutels.«

»Mein Gott . . . mein Gott . . .«, stammelte Tortosa. Er vergrub das Gesicht in den Händen. »Weiß es Juan?«

»Nein! Das wäre schrecklich.«

»Wirklich.« Tortosa sah wieder auf. Sein Gesicht war verzerrt, man sah, wie tief ihn diese Mitteilung ergriff und aufwühlte. »Und die Mutter oder sein Bruder?«

»Bitte, auch nicht. Vielleicht nur Dr. Osura, der Hausarzt. Er sollte es wissen — sonst keiner. Es ist besser so.«

»Und wie lange wird er noch leben?« Tortosa fühlte, wie seine Zunge versagte, als er diese Worte sprach. Es würgte ihn im Hals.

»Vielleicht ein Jahr noch. Wenn wir die Sekrete des Geschwürs entfernen, können es auch noch zwei sein. Aber auf keinen Fall mehr als fünf! Das ist das höchste und wäre schon ein Wunder.«

»Vielleicht gibt es Wunder?!« schrie Tortosa und sprang auf.

»Nein!« Der Professor schüttelte den Kopf. »Warten Sie darauf nicht. Lassen Sie ihn nicht nach Lourdes oder Fatima fahren . . . ich weiß, woran Sie jetzt denken!«

»Aber warum legt Gott in einen solchen Jungen ein Genie, wenn er es wieder nimmt, ehe es zur Entfaltung kommt?! Das ist doch unlogisch!«

»Haben Sie schon einmal Logik im göttlichen Wirken gesehen?« Der Professor sah Tortosa groß an. »Wen Gott liebt, nimmt er früh zu sich, heißt es! Das ist nach menschlichem Begreifen Widersinn . . . nach göttlichem Ermessen aber Gnade.

Bitte, rechten wir nicht mit Ihm — beugen wir uns stumm, weil wir nur Menschen sind.«

Es war eine Antwort, die Tortosa plötzlich ernüchterte. Er hob beide Arme und ließ sie dann klatschend gegen den Körper zurückfallen.

»Also muß Juan sterben«, sagte er schwach.

»Ja. Und er muß sofort bei Ihnen aufhören!«

»Selbstverständlich. Und dann? Was soll ich ihm sagen?«

Der Professor sah zu Boden. Er war auf einmal unsicher.

»Das . . . weiß ich auch nicht«, murmelte er.

»Darf er denn reisen?«

»Reisen? Wieso? Ich verstehe Ihre Frage nicht.«

Tortosa sah hinaus auf den Tajo, der in der Sonne floß, als käme er von ihr.

»Ich kann es ihm nicht sagen«, stöhnte er. »Können Sie das verstehen? Ich kann nicht sagen: Juan, du mußt dich schonen . . . du mußt das Bildhauen aufgeben! Ich muß ihn ablenken, anders beschäftigen, hinhalten. Und darum soll er reisen. Ich werde ihm sagen, es seien Studienreisen. Er soll die Museen Spaniens besuchen, er soll sich die großen Werke der Vergangenheit ansehen, er soll von ihnen lernen. Das wird ihn von der Bildhauerei weghalten, und er wird, die Schönheit der Welt sehend, sterben.« Er blickte zu Boden und wandte sich ab. »Gibt es einen schöneren Tod?« fragte er leise.

»Nein.« Der Professor erhob sich. Er ging zu Tortosa und legte dem großen, zutiefst erschütterten Mann die Hand auf den Arm. »Lassen Sie ihn ruhig fahren. Ich könnte sagen: Es ist zu anstrengend. Aber ich will dem Jungen die Schönheit der Erde gönnen, die er nur noch so kurz schauen darf. Es wird die beste Lösung sein.« Er reichte Tortosa die Hand. Wie abwehrend drückte sie der Bildhauer — er sah dem kleinen Mann nach, der aus dem Zimmer ging und vorsichtig hinter sich die Tür schloß.

Mit zitternden Fingern schrieb er zwei Briefe. Es war ein Notschrei an Fredo Campillo und Dr. Osura.

Kommt sofort, stand in ihnen. Sofort! Juan . . . mein Gott — Juan wird sterben . . . Was soll ich tun? Helft mir . . .

Diese Briefe gingen hinaus. Nach Madrid und nach Mestanza.

Dann verließ Tortosa die Akademie und ging über die Brücke

zur Rua de los Lezuza, wo er Frau Maria Sabinar noch immer weinend antraf. Er tröstete sie und setzte sich oben in Juans Zimmer auf den Sessel, der am Fenster stand.

*

Dr. Osura und Fredo Campillo trafen am übernächsten Tag fast zur gleichen Zeit ein. Juan war aus dem Krankenhaus entlassen worden und saß bei der rührend um ihn besorgten Frau Sabinar im besten Zimmer im Sessel und erhielt, wonach ihn verlangte. Tortosa hatte ihn selbst mit seinem großen Auto von der Klinik nach Hause gebracht und ihm eine Woche Urlaub gegeben. Damit er nichts versäumte, hatte er ihm versprochen, Professor Yehno jeden Abend eine Stunde zu ihm zu schicken, um ihm das Neueste zu erklären. In einer Woche sollte der Unterricht dann wieder aufgenommen werden, und Juan war froh, daß er zu Hause bleiben konnte, denn er fühlte sich dieses Mal müder als sonst nach einem Anfall. Er saß am Fenster und las viel — Frau Sabinar rannte und kaufte ihm neue Bücher und freute sich, daß er darüber so glücklich war.

Von der Zusammenkunft Dr. Osuras, Fredo Campillos und Tortosas wußte er nichts. Wenn auch Dr. Osura ihn gerne gesehen und gesprochen hätte, die Größe dieser Aussprache und die Bedeutung für das noch kurze Leben Juans verbaten ihm ein kurzes Wiedersehen mit seinem unglücklichen jungen Freund.

Dr. Osura war entsetzt, als man ihm das Krankheitsbild Juans vorlegte. Der Professor und der Oberarzt empfingen ihn sofort, als er bei der Klinik nachfragte, und schilderten ihm den Fall mit der Nüchternheit der Kliniker. Sie ließen keinen Zweifel aufkommen und bestätigten dem zusammengebrochenen Dr. Osura kollegial, daß auch sie an seiner Stelle den Jungen auf Kreislaufstörung behandelt hätten, wenn sie nicht die Möglichkeit einer Durchleuchtung gehabt hätten.

In diesen Augenblicken dachte Dr. Osura an Anita Torrico.

»Ich bin eine Hexe«, hatte sie gesagt. »Und ich weiß, daß Juan krank ist, sehr krank. Es ist nicht das Herz . . . es ist das Blut . . . ich weiß es . . . mein armer Juanito . . .«

»Seine Mutter weiß es«, sagte er leise.

»Was?!« Der Professor und der Oberarzt fuhren auf. »Hat Professor Tortosa doch gesprochen?!«

»Nein. Sie weiß, daß Juan sehr krank ist. Sie wollte ihn gar nicht weglassen. Ich hielt es für eine Laune und beruhigte sie. Allerdings vergeblich. Ich hielt es für eine Herzschwäche auf Grund eines nervösen Verdrängungskomplexes, an dem Juan litt. Jetzt weiß ich, daß seine Mutter fühlte, was er wirklich hat.« Er sah die Ärzte mit verzweifelten Augen an. »Meine Herren, entbinden Sie mich von der Schweigepflicht. Ich muß es seiner Mutter sagen!«

»Unmöglich!« Der Professor sprang auf und ging erregt hin und her. »Sie würde zusammenbrechen, einen Nervenschock bekommen oder es ihm selbst sagen, was noch schlimmer wäre!«

»Nein! Sie würde nichts sagen! Sie würde schweigen.«

»Das tut keine Mutter!«

»Gerade! Eine Mutter kann schweigen, um das Leben ihres Kindes zu verlängern. Ich verbürge mich dafür, meine Herren.«

»Wie Sie wollen.« Der Oberarzt sah seinen Chef an. »Wir müssen Sie dann allein verantwortlich machen für alles, was aus dem Bruch der Schweigepflicht entsteht. Wir distanzieren uns dann.«

»Bitte, meine Herren.«

Der Professor gab Dr. Osura die Hand und drückte sie fest. In diesem Druck lag Hochachtung, aber auch die Warnung, nicht zu sehr auf die Seele des Menschen zu vertrauen.

»Machen Sie, Herr Kollege, was Sie für gut finden«, sagte er langsam. »Wir kennen diese Frau Torrico nicht. Wenn sie ihrem Sohn helfen kann durch ihre Mütterlichkeit, so ist das eine gute Pflege. Im übrigen — wie hat sich Professor Tortosa entschieden?«

»Juan Torrico wird reisen.«

»Also doch! Es ist wirklich das beste. Und wohin?«

»Zuerst nach Madrid. Fredo Campillo will ihn vier Wochen bei sich aufnehmen und ihm alle Schönheiten der Stadt zeigen.«

»Das ist ein sehr guter Plan.«

Plötzlich zuckte Dr. Osura auf und sah den etwas erschrockenen Professor an. »Was halten Sie von unserem berühmten Kollegen in Madrid?«

»Professor Dr. Carlos Moratalla?«

»Ja.«

»Auch er kann nicht mehr helfen.« Der Oberarzt brannte sich

mit nervösen Fingern eine Zigarette an. »Die Chirurgie leistet vieles, fast Unglaubliches, aber sie hat Grenzen.«

»Moratalla soll sich mit gewagten Herzexperimenten beschäftigen!« rief Dr. Osura. Es war wie ein Klammern an den letzten Balken, der in stürmischer See treibt wie das Aufbäumen eines Ertrinkenden. Und merkwürdig, dieser Gedanke beruhigte auch zugleich. »Ich werde ihm Juan vorstellen.«

»Versuchen Sie es, Herr Kollege.« Der Professor lächelte skeptisch. »Auch ein Moratalla kann keinen Herzbeutel verkleinern!«

»Aber vielleicht kann er ein Herzbeutelgewebe transplantieren und Juan so retten?«

»Das wäre Wahnsinn!« Der Oberarzt rauchte in hastigen Zügen und blies den Qualm gegen die Decke des kleinen Raumes. »Man kann nur gestielte Hautlappen verpflanzen, so wie man es bei den Gesichtsplastiken macht! Und selbst da ist die Gefahr des Abfaulens vorhanden!«

»Und trotzdem will ich es versuchen.« Dr. Osura klammerte sich an diesen Ausweg mit der Verbissenheit eines Menschen, der nichts mehr zu verlieren hat. »Vielleicht weiß Moratalla einen Weg.«

*

Es war Abend, und die Berge der Santa Madrona leuchteten im Rot der untergehenden Sonne wie feurige Klötze. Elvira saß auf der Bank vor der Tür, und sie hatte die Gitarre vor der Brust und spielte kleine, schwermütige Lieder, die man sonst an den langen Winterabenden am Ofen singt, um die Zeit zu vertreiben und die Wärme herbeizusehnen. Pedro saß neben ihr und rauchte seine Pfeife — es war der letzte Tabak, und er wollte sich auch keinen mehr kaufen, um das Geld für die Fahrt nach Toledo rasch zusammenzubringen.

In der Küche klapperte noch Anita und räumte das wenige Steingutgeschirr weg in die alten Schränke hinter dem Tisch.

Es war eigentlich alles so wie immer, und doch war es anders. Ein Druck lag über allen, die mit erzwungener Fröhlichkeit diesen Abend mit dem flammenden Sonnenuntergang erleben wollten. Es war, als wehe kalte Luft vom Tal herauf und streiche mit einem Frösteln über die Körper der drei Menschen, die

95

so eng miteinander verbunden waren, daß einer des anderen Leid und Glück erfühlte.

Juan schwieg. Schon fast eine Woche schwieg er, und er hatte doch versprochen, sofort zu schreiben, wie es ihm gehe und wie die große Stadt Toledo aussieht und was er treibe. Auch Dr. Osura war nicht zu Hause — Pedro hatte von Solana del Pino aus, vom Geschäft des Ricardo Granja, das als einziges ein Telefon besaß, in Mestanza und sogar Puertollano angerufen ... der Doktor sei verreist, ließ man ihm sagen. Wohin, das wisse man nicht. Er sei plötzlich und in großer Aufregung gefahren. Vielleicht ein wichtiger Fall ... das kann in der Santa Madrona auch einmal vorkommen ...

Pedro hatte von diesem Anruf der Mutter und seiner Frau nichts erzählt. Sie sollten sich nicht ängstigen — es war genug, wenn er voller Sorge war und den Entschluß mit sich trug, in der nächsten Woche einfach nach Toledo zu fahren, mit der Mutter natürlich, und sich das noch fehlende Geld vielleicht bei Granja oder einigen Nachbarn zu leihen.

Um so erstaunter waren die Torricos, als ein alter Ford den Weg zum Hof hinaufkeuchte und man den Wagen Dr. Osuras erkannte. Es ging wie ein Aufatmen durch den Körper Pedros, denn er erhoffte sich von diesem Besuch etwas Neues über Juan. Auch Anita wurde unruhig ... sie erfüllte es mit Sorge, daß der Doktor ohne einen Anruf kam, und sie zitterte innerlich wieder um Juan.

Dr. Osura hielt vor der Scheune und stieg etwas steif aus dem Wagen. Niemand sah ihm an, daß er geradenwegs aus Toledo kam.

Als er die Familie auf der Bank in der sinkenden Sonne sah, übergossen von dem Blut des Himmels, zuckte er leicht zusammen. Wie ein Symbol, dachte er ergriffen. Die Wartenden im Rot des Todes ... Er kam langsam näher und drückte Pedro die Hand, der ihm die letzten Schritte entgegenkam.

»Willkommen, Doktor«, sagte er laut. »Sie bringen Neues?«

»Neues? Nein.« Dr. Osura klopfte Anita auf die Schultern und lachte sie an. Es war ein erzwungenes Lachen, aber niemand merkte es. »Ich wollte einmal sehen, wie weit das Wässerchen ist, mein Engel. Ich glaube, wir müssen bald wieder abzapfen, was?« Er sprach frivol, um das Zittern in seiner Stimme zu verdecken, das ihn verraten konnte. Dann faßte er Anita unter und meinte »Komm, mein Täubchen, laß mich mal untersuchen. Ich werde nächste Woche eine längere Reise machen — da will ich vorher doch noch sehen, wie es der guten Anita geht . . .«

Er führte sie ins Haus, schloß das Fenster zu Juans Kammer und winkte Anita, sich auf das Bett zu setzen. Er selbst zog sich mit dem Fuß einen Schmel heran und hockte sich nieder. Gehorsam setzte sich Anita und legte die Hände gefaltet in ihren Schoß.

»Sie wollen mir etwas sagen, Herr Doktor?« fragte sie leise.

Dr. Osura zuckte zusammen. Erstaunt blickte er Anita an.

»Sie sind wirklich eine Hexe!« sagte er leise.

Anita lächelte schwach. »Das sagte mein Mann auch. Was ist mit Juan? Ist er sehr krank?«

Dr. Osura blickte an die kahle Wand. Man sah, wie es in seiner Kehle würgte, wie er mit sich rang und nach Worten suchte, um das Schreckliche schonend auszudrücken.

»Wir haben Juan in Toledo durch ein paar gute Ärzte untersuchen lassen. Wir haben in seinen Körper hineingeleuchtet. Er hat kein nervöses Herz, und er hat auch keine Kreislaufstörung«, meinte er langsam.

»Aber er ist sehr krank?« Anita starrte Dr. Osura an.

Dr. Osura rang die Hände und setzte sich dann neben Anita auf das Bett. Er legte den Arm um ihre Schulter und drückte die alte, kleine, dicke Frau an sich, als müsse er sie beschützen. »Ja, er ist krank«, sagte er leise. »Wir wissen es jetzt. Er hat im Herzen ein Geschwür.«

Anitas Kopf sank an seine Brust, es war, als falle sie in eine Bewußtlosigkeit. So lag sie eine ganze Weile stumm an Dr. Osuras Brust, mit geschlossenen Augen, schluchzend und hilflos wie ein erfrierendes Tier. Dr. Osura streichelte ihr über die weißen, zotteligen Haare und über das braune, runzelige Gesicht, und auch in seinem Herzen waren Tränen und das schreiende Aufbäumen gegen ein Schicksal, das unabänderlich war.

Leise bewegte sich der Kopf Anitas. »Wann muß er sterben?« fragte sie flüsternd.

Dr. Osura schrak auf. »In zwei oder drei Jahren«, log er, um ihr etwas Mut zu machen.

»Und ihr Ärzte könnt ihn nicht retten?«

»Vielleicht doch, Anita.«

97

Da klammerte sich Anita an ihn fest und krallte die alten Finger tief in seinen Anzug. »Rettet ihn!« schrie sie mit glasigen Augen. Ihre Greisenstimme war brüchig und morsch. »Rettet meinen Juanito . . . oh, ich bitte euch, ich flehe euch an, ich werde für euch und Juanito beten, ich will geweihte Kerzen brennen, ich will von Altar zu Altar auf den Knien rutschen, Tage und Nächte . . . nur rettet meinen Juanito . . . rettet ihn . . .« Ihre Augen wurden naß, die Tränen quollen aus ihnen, dick und schwer, und sie sank zusammen, wurde noch kleiner als sie war, und lag in Dr. Osuras Armen wie ein Bündel Lumpen, das man weggeworfen hat. »Ich will ihn sehen«, flüsterte sie.

»Das sollst du auch«, sagte Dr. Osura, und er spürte, daß seine Stimme schwankte wie bei einem Weinenden. »Erst soll er nach Madrid fahren und sich von dem einzigen Mann untersuchen lassen, der ihm helfen kann.«

»Ich werde mitfahren . . .«

»Das geht nicht, Anita. Juan braucht Ruhe . . .«

»Eine Mutter hat noch nie die Ruhe ihres Kindes gestört, wenn es krank war . . .«

»Er braucht Ruhe, Anita. Innerliche Ruhe. Er soll keinen von euch sehen, denn das regt ihn auf. Allein schon der Anblick. »Und« — er stockte —, »Juan weiß nicht, daß er todkrank ist. Wir haben ihm gesagt, daß es ihm gut gehe, um ihm Mut zu machen und die letzten Jahre genießen zu lassen. Und auch du darfst es ihm nicht sagen, Anita . . . du darfst mit keinem darüber sprechen, nicht zu Pedro und nicht zu Elvira und auch nicht zu Concha. Wenn du willst, daß Juan diese drei Jahre noch erlebt, mußt du schweigen . . .«

»Ich will, daß er gesund wird«, flüsterte sie und wischte sich mit beiden Händen die Augen aus. »Wann darf ich ihn denn sehen . . .«

»Wenn er aus Madrid zurückkommt.«

»In vier Wochen?«

»Ja.«

»Und er darf diese Reisen machen? Es schadet ihm nichts?«

Dr. Osura schüttelte den Kopf. »Er wird immer unter ärztlicher Aufsicht stehen, ohne daß er es merkt.« Er stockte und wußte, daß er sich selbst belog. »Vielleicht kann ihn Professor Moratalla retten.«

»Professor Moratalla? Wer ist das?«

»Der Arzt in Madrid, der allein helfen kann.«

Anita richtete sich auf. »Sie werden mit Juan zu ihm fahren?«

»Ja, Anita.«

»O bitte, bitte, sagen Sie ihm, daß Juanito mein ganzes Leben ist. Daß er ihn retten soll, daß ich ihm alles geben werde, daß ich den Hof verkaufe und wie eine Zigeunerin durch die Berge ziehe und bettele ... nur, er soll mir Juanito retten. Sagen Sie es ihm, Herr Doktor ...«

»Ja, Anita, ich sage es ihm.«

*

Drei Tage nach seiner Entlassung aus der städtischen Klinik von Toledo, nach den drei Tagen, in denen Juan las und von Frau Sabinar getröstet wurde, erhielt er den Besuch von Ramirez Tortosa.

Frau Sabinar war voll Würde, daß der Direktor der Kunstakademie so offiziell bei ihr erschien, denn er fuhr mit seinem Wagen vor, überreichte ihr einen großen Strauß Rosen und fragte unten im Flur:

»Wie geht es meinem Schüler, Señora?«

Frau Sabinar erzählte in wohlgesetzten Worten und mit kleinen Übertreibungen, wie rührend sie für Señor Torrico gesorgt habe und wie wohl er sich fühle, seitdem sie ihn beaufsichtige und jeden Wunsch von den Augen ablese. »Er liest fast immer«, sagte sie und war stolz auf den klugen Herrn. »Und er ißt auch gut — ich glaube, daß er bald wieder ganz gesund ist.«

»Das hoffen wir alle, Señora«, antwortete Tortosa, und er hatte dabei einen bitteren Geschmack auf der Zunge. Dann entschuldigte er sich und ging die Treppe hinauf zu Juans Zimmer.

Juan freute sich, daß Tortosa ihn besuchte, und er kam ihm entgegen und drückte ihm beide Hände wie einem alten Freund.

»Wie geht es Ihnen?« sagte Tortosa und sah Juan in die Augen. Sie waren wieder klar, das Gesicht schien ihm in den drei Tagen voller geworden zu sein, auch war es nicht mehr so blaß. Wahnsinnige Hoffnung klomm in Tortosa empor, daß sich die Ärzte geirrt haben mochten und es doch nur ein Schwächeanfall gewesen war, daß der dunkle Punkt auf dem Röntgenbild irgend etwas anderes, aber kein Geschwür sei . . . er drückte Juan die Hände und war glücklich, als dieser sagte:

»Mir geht es so gut wie noch nie, Herr Professor.«

»Das ist schön.« Tortosa setzte sich in den Sessel am Fenster und schlug die Beine übereinander. »Ich habe Ihnen eine Freudenbotschaft zu überbringen, Juan.«

»Ein Brief von Dr. Osura?« Juan sprang auf.

»Nein. Aus Madrid. Von Fredo Campillo.«

»Von Señor Campillo?«

»Ja. Er möchte Sie für vier Wochen nach Madrid nehmen, damit Sie die großen Kunstschätze Spaniens kennenlernen.«

»Nach Madrid?« stotterte Juan. »Wirklich nach Madrid? Das war mein ganzer Traum . . .«

»Professor Yehno sagt mir, daß er Sie vier Wochen entbehren kann. Sie holen es dann nach, vielleicht studieren Sie auch in Madrid weiter.« Tortosa sah zu Boden, es war ihm unmöglich, Juan in die freudestrahlenden Augen zu sehen. »Auf der Hinfahrt wird Sie Dr. Osura begleiten . . .«

»Was? Dr. Osura wird nach Toledo kommen?« Juan klatschte in die Hände. »Das ist ja wunderbar. Dann erfahre ich, wie es der Mutter geht und Pedro und Elvira und . . .«, er stockte und fügte leise, ein wenig schuldbewußt, hinzu, »und Concha . . .«

»Sicherlich bringt er Ihnen Grüße mit.« Tortosa spürte, wie sehr ihn das Gespräch ergriff, und er zündete sich mit zitternden Händen eine Zigarette an, um seine Nerven zu beruhigen. »Madrid ist eine strenge Stadt«, sagte er danach. »Jeder Student, der dort studieren will, muß sich untersuchen lassen. Sie müssen es auch, Juan.«

Juan winkte lachend ab. »Einmal mehr oder weniger — was macht es, Herr Professor! Ich bin gesund, ich fühle es, ich bin so kräftig, wie ich noch nie war. Ich möchte wieder vor einem Stein stehen und arbeiten, Herr Professor!«

»In Madrid, Juan, können Sie es. Nur noch ein paar Tage Geduld.«

»Und wenn die vier Wochen in Madrid herum sind?« fragte Juan.

Tortosa blickte auf das Fenster. Seine Antwort war langsam. »Dann dürfen Sie zwei Wochen nach Hause.« Er winkte mit der

Hand, als wolle er die weiteren Gedanken verscheuchen. »Aber das entscheidet sich ja alles nach diesen vier Wochen.«

Und dann saßen sie zusammen am Tisch und sprachen über die Bücher, die Juan gerade las oder gelesen hatte. Tortosa erhob sich, als es Mittag wurde.

»Es ist Zeit«, sagte er. »Wenn Sie Lust haben, kommen Sie heute abend doch zu mir. Ich wohne unterhalb der Akademie am Tajo in einer kleinen Villa. Ich bin immer allein. Außerdem habe ich ein schönes, großes Atelier . . .«

»Dann komme ich bestimmt«, sagte Juan freudig. Und dann wurde er plötzlich ernst und fragte: »Hat Jacquina sich sehr erschreckt?«

Tortosa, der schon die Klinke der Tür in der Hand hielt, fuhr herum. Verblüfft und mit zusammengezogenen Brauen sah er Juan an. »Jacquina? Woher kennen Sie Jacquina?«

»Ich lernte sie auf dem Flur vor Ihrer Tür kennen, Herr Professor, ehe ich mich bei Ihnen zum ersten Male vorstellte. Sie ist ein schönes Mädchen . . .«

»Und sie hat Ihnen den Kopf verdreht, was?« fragte Tortosa wütend.

»Nein.« Juan lächelte vor sich hin. »Wir waren doch zusammen, als ich den Anfall bekam. Sie tanzte mit mir, sie wollte mir das Tanzen überhaupt erst beibringen . . . draußen, bei Bonillo in der Taberna. Und da geschah es . . . Ich glaube, sie war sehr entsetzt . . .«

»Ach.« Tortosa kam wieder ins Zimmer zurück und drückte Juan auf einen Stuhl. Verwundert sah der Junge seinen Lehrer an — die Güte war aus den Augen gewichen, es war ein hartes Gesicht, das vor ihm stand. »Passen Sie mal auf, Juan«, sagte Tortosa scharf. »Sie lassen ab sofort die Hände weg von Jacquina . . .«

»Aber nein! Warum denn? Sie ist schön . . .«

»Weil ich es will! Jacquina ist kein Umgang für Sie! Sie fragte mich nach Ihrem Namen, und ich warnte sie. Ich werde sie sofort aus der Akademie entlassen!«

Juan sprang auf. »Das werden Sie nicht tun!« rief er und ballte die Fäuste.

»Doch! Und ich werde Sie nicht um Erlaubnis fragen! Ich bin verantwortlich für Sie!«

»Für meine Kunst! Nicht für mein Privatleben!« schrie Juan wütend.

»Doch! Auch dafür!« Tortosa drückte den sich Wehrenden auf den Stuhl zurück. »Soll ich deutlicher werden, Juan? Jacquina ist kein Umgang für Sie.«

»Ich habe sie geküßt.«

Tortosa nickte. »Wenn auch! Sie haben eine Hure geküßt . . .«

Kaum war das Wort gesagt, da sprang ihn Juan wie eine Wildkatze an. Mit der geballten Faust schlug er Tortosa mitten ins Gesicht, daß dieser zurücktaumelte und Halt an dem Türrahmen suchte. Blut stürzte aus seinem Mund — er riß die Hand empor und preßte sie dagegen, damit sein Anzug und das Hemd nicht besudelt würden.

»Sie Schwein!« schrie Juan wild und klammerte sich am Stuhl fest. »Ich fahre nicht nach Madrid! Ich will überhaupt nichts mehr von euch wissen! Ich fahre zurück nach Solana del Pino!«

Dann brach er zusammen, sank auf das Sofa, vergrub den Kopf in die Kissen und weinte haltlos und laut schluchzend.

Ramirez Tortosa antwortete ihm nicht. Er hatte sein Taschentuch herausgenommen und hielt es gegen den blutenden Mund. Er spürte, wie die Lippe brannte und anschwoll, und mehr noch als die Erschütterung, von Juan geschlagen worden zu sein, erstaunte ihn die plötzliche Kraft, die in den schmächtigen Armen lag. Er setzte sich in den Sessel neben der Tür und tupfte das Blut ab, fuhr mit der Zunge über die aufgeplatzte Lippe und strich sich die Haare aus der Stirn.

So saß er eine Weile stumm in dem stillen Zimmer, das nur von dem Schluchzen Juans erfüllt war. Als sich Juan aufrichtete, sah er Tortosa noch immer mit seiner aufgeplatzten Lippe beschäftigt, und er schämte sich, daß ihn der Jähzorn übermannt hatte und er seinen Lehrer und Gönner schlug.

»Verzeihen Sie mir, Herr Professor«, sagte er leise. »Aber Sie haben mich so erregt . . . Ich wußte nicht mehr, was ich tat . . .«

»Schon gut, Juan.« Tortosa steckte das blutige Taschentuch wieder ein und erhob sich. »Es bleibt also dabei — wir fahren nach Madrid, und Sie kommen zu mir nach Hause, wenn Sie Lust haben.«

»Ja, Herr Professor«, antwortete Juan beschämt. Er wollte zu

Tortosa rennen und ihm noch einmal die Hände drücken — aber er war schon allein im Zimmer. Tortosa war gegangen.

An diesem Abend schrieb Juan den Brief an die Mutter zu Ende. Er berichtete von dem großen Glück, nach Madrid zu kommen, von seiner guten Gesundheit und von der Hoffnung, alle, die Mutter, Pedro, Elvira, Concha und die lieben, guten Tiere in fünf Wochen wiederzusehen.

»Betet für mich«, schrieb er zuletzt, »daß ich mein Ziel erreiche und unserem Namen Ehre mache. Betet und seid glücklich mit mir . . . Euer Juanito . . .«

Er schloß das Kuvert, er holte sich von Frau Sabinar eine Briefmarke, steckte das Schreiben selbst in einen Briefkasten an der Ecke der Rua de los Lezuza und freute sich, daß er endlich der Mutter etwas Schönes berichten konnte, etwas Schönes, worüber sie sich freuen konnte . . .

Dann ging er ein wenig durch die Straßen und betrachtete die Auslagen in den Geschäften und träumte davon, was er der Mutter alles schenken würde, wenn er einmal selbst Geld verdiente und ihre Liebe belohnen konnte mit kleinen Aufmerksamkeiten und erfüllten Wünschen.

Und während des Denkens stahl sich ein witziger Gedanke in seinen Kopf, er rannte die Straßen zurück in sein Zimmer, schloß sich ein, riß den Zeichenblock aus der Kommode und begann, am Fenster sitzend, das Panorama zu zeichnen, das sich von hier aus ihm darbot.

Die beiden geschwungenen, belebten Brücken, der Fluß mit den Anglern und den Obstbooten, das andere Ufer mit den weißen Villen und dem Glaspalast der Akademie und dahinter die fernen Berge Kastiliens, die Rauheit des Hochlandes, das er so gut kannte.

Es wurde ein schönes Bild, kraftvoll und durchzogen von Leben. Und er malte es dreimal in diesem Nachmittag und dem nachfolgenden Abend — dreimal, und doch immer anders . . . so, wie es die Gegenwart ihm gerade bot.

Als er im Zimmer das Licht anknipsen mußte, waren die drei Zeichnungen vollendet. Er legte sie nebeneinander auf den Tisch und wog sie gegenseitig ab. Sie waren gut, bestimmt, und sie würden ihre Käufer finden. Vielleicht wußte Tortosa einen, der schnell zugriff?

Da packte er die Blätter in seine Mappe und beschloß, heute

nach dem Abendessen noch zu Tortosa zu gehen und ihm die Zeichnungen zu zeigen. Er wollte auch sagen, wozu er das Geld brauchte, nicht, damit er dachte, er wolle es für Jacquina, um deretwegen er ihn ins Gesicht schlug . . .

*

An dem Morgen nach dem Besuch Dr. Osuras war Anita wieder die erste, die am Herd stand und das Wasser kochte für den Kaffee und den Schweinetrog. Als Pedro und Elvira die Stiege herunterkamen, war es ein Morgen wie seit Jahren — man aß schnell das Brot mit der Butter und dem Schafkäse, man trank den Kaffee und aß eine Apfelsine hinterher. Und dann gingen Pedro und Elvira in die Ställe und versorgten das Vieh, während Anita das Haus fegte und das Mittagessen vorbereitete.

Pedro, der von Dr. Osura alles erfahren hatte, der wußte, daß es Juan gut ging und seine Krankheit fast geheilt war, pfiff und war lustig, und auch Elvira sang mit ihrer hellen Stimme im Hühnerstall beim Füttern und freute sich über die Sonne, die nun innerhalb der Hütte der Torricos schien.

Anita ertrug diese Fröhlichkeit mit Stille und dumpfem Schmerz. Jedes Lachen, jedes laute, lustige Wort schnitt ihr in das Herz, aber sie biß die dünnen Lippen zusammen und rührte in der Kleie oder schabte das Gemüse für den Mittag und dachte nur daran, daß es Juan schlecht ging und er nur noch drei Jahre zu leben hatte.

Ungeduldig wartete sie, bis Pedro und Elvira in die Gärten gingen. Ein Gedanke, der sich in ihr festsetzte, ließ sie keine Ruhe mehr finden, und als Pedro endlich mit den Harken und Schaufeln auf dem breiten Rücken zwischen den Bergen verschwand, legte Anita ihr Küchenmesser hin und ging in Juans Kammer. Dort setzte sie sich an den Tisch, nahm ein Blatt vergilbten Papieres aus einer Schublade, einen kleinen Bleistiftstumpf, beleckte das Graphit, damit es besser und klarer, deutlicher aussehe und begann, seit Jahren wieder zu schreiben . . . einen kleinen, kurzen Brief, voll von Fehlern und ungelenk in der Sprache — aber ein Brief, den man verstand, weil er klar war und offen wie das Herz, das ihn schreiben ließ.

Herr Professor Dr. Moratalla in Madrid.

Ich weiß nicht, ob Sie noch eine Mutter haben. Ich habe einen

Sohn, und das ist der Juan Torrico, der in den nächsten Tagen zu Ihnen kommt. Er hat ein Geschwür im Herzen, sagt Dr. Osura, und er müßte sterben, weil ihn keiner retten kann. Bitte, retten Sie meinen Juan. Ich bin nur eine Mutter, eine arme Bauersfrau ... aber ich will alles tun, wenn Sie Juan retten. Bitte, bitte ... lassen Sie Juan nicht gehn und in drei Jahren sterben. Ich liebe meinen Juan so sehr, und Sie müssen ihn gesund machen ...

Dann wurde ihre Handschrift unleserlich vor Zittern und Erregung, und sie schrieb nur noch darunter:

Beten auch Sie zu Gott!   *Anita Torrico.*

Als sie den Brief geschrieben und zusammengefaltet hatte, das alte Kuvert beschrieben hatte und mit dem Finger drückend die Kleberänder entlangfuhr, damit er auch nicht aufgehe, steckte sie ihn in die Schürze und rannte aus dem Haus der Straße zu, wo sie sich auf einen Stein setzte und in der Sonne wartete, bis ein Nachbar oder sonst jemand des Weges kam.

Einem Viehhändler, der die Höfe in den Bergen besuchte, gab sie schließlich das Schreiben mit und bat ihn, den Brief bloß nicht zu vergessen. Dann ging sie zum Hof zurück und stellte sich wieder an den Herd, so, wie sie seit Jahrzehnten davor stand, und das Mittagessen wurde pünktlich fertig, und es schmeckte allen gut.

An diesem Tage fuhr Concha nach Toledo ab. Ricardo Granja brachte Frau und Tochter mit dem Auto bis Puertollano, wo sie in den Zug stiegen, der nach Toledo fuhr.

Ab und zu sah Concha auf die Mutter. Pilar saß, in die Ecke gedrückt, und las einen dicken Roman, in dem von viel Liebe und feurigen Torero die Rede war. Ab und zu seufzte sie und dachte, daß so das Leben sei, wie sie es sich gewünscht hatte. Und dann überkam sie wieder die Atemnot, und sie schloß die Augen und freute sich auf den neuen Schmuck, den ihr Ricardo bewilligt hatte.

Und Concha freute sich, daß sie Juan den Ring des Vaters über den Finger streifen konnte ...

*

In dem gläsernen Vorraum des Saales IV stand Professor Dr. Moratalla und wusch sich die starken Hände in der sterilen Lösung. Die weiße, runde Kappe hatte er in den Nacken geschoben, der lange, weiße Kittel war noch mit Blut bespritzt. Die braunrote Gummischürze lag auf den Fliesen wie nach einem Schlachtfest. Im Operationsraum, unter den großen Tiefstrahlern, arbeiteten noch Dr. Albanez und Dr. Tolax. Sie vernähten die Wunde einer Nierenresektion.

Dr. Tolax nickte zu der Glaswand hinüber und sah Dr. Albanez an.

»Es gibt heute anscheinend keine Ruhe«, sagte er leise, während er die Catcutfäden durch die oberen Hautlappen zog und geschickt verknotete. »Wenn er doch bloß nicht die Fantastereien mit seiner Herzchirurgie hätte! Jetzt zieht er die Internisten auch noch in die Operationssäle!«

Dr. Albanez räumte die Instrumente zusammen und sah zu der Schwester hinüber, die am Narkotisierapparat den Pulsschlag und die Herztätigkeit des Operierten kontrollierte. Die junge Schwester nickte. Alles normal. Dr. Albanez atmete auf.

»Der Chef hat gestern einen Affen operiert. Blutkreislauf außerhalb des Körpers und eine Verkleinerung des rechten Herzohrs. Für den Fall eines Geschwüres im Herzen. Die Operation gelang fabelhaft ...«

»Und der Patient?« fragte Dr. Tolax gespannt.

»Der Affe starb nach vier Stunden an einem Kollaps. Es half nichts ... nicht einmal eine an der Grenze liegende Dosis Strophantin.«

»Na also!« Dr. Tolax winkte. Die Maske wurde abgenommen. Die Tücher waren durch andere, saubere, angewärmte Laken ersetzt und der Patient zur Seite gerollt. »Aber der Chef will es nicht wahrhaben, daß es ein Phantom ist, dem er nachjagt.«

Er schwieg, denn Professor Moratalla betrat wieder den Operationssaal und ging schnell auf die beiden Ärzte zu, die ihre Gummihandschuhe abstreiften und in einen Kasten warfen. Moratalla schien sehr erregt zu sein, denn sein Schritt war laut und hallte über die weißen Fliesen.

»Meine Herren!« sagte er. Seine Stimme dröhnte in dem weiten Raum. »Soeben meldet mir die Innere, daß sie ein Schreiben, das an mich gerichtet war und der Zuständigkeit halber an sie ging, bearbeitet hätte, in dem ein Kollege aus Mestanza in Castilla berichtet, daß er einen Fall von einem bösartigen Herz-

106

beutelgeschwür habe mit Gewebeangreifung. Der junge Mann — er ist neunzehn Jahre alt — soll mir noch diese Woche vorgestellt werden. Was halten Sie davon, meine Herren Kollegen?«

»Wenig«, sagte Dr. Tolax grob.

»Wieso denn, Herr Oberarzt?«

»Weil es nicht zu operieren ist! Wir haben drei Fälle gehabt, die mit einem Exitus endeten.«

Professor Moratalla winkte ab. Sein Gesicht drückte deutlich die Enttäuschung aus, von seinem Oberarzt solcherart verlassen zu werden. »Es gab eine Zeit, Dr. Tolax«, rief er laut, »in der jeder zweite Blinddarm tödlich war. Bevor man das Streptomyzin entdeckte, war Gehirnhautentzündung fast hoffnungslos, wie es heute noch die multiple Sklerose ist oder eine fortgeschrittene Kinderlähmung. Auch das Herz ist nur ein Teil des Körpers und nicht unangreifbar! Man muß nur den Mut haben und Vertrauen zu sich selbst!«

Dr. Tolax schwieg. Er sah die Sinnlosigkeit ein, gegen die idealen Argumente seines Chefs zu sprechen — er kannte die Antworten auf alle Fragen im voraus — sie waren von einem genialen Schwung, der gefährlich an der Grenze der Übersteigerung menschlicher Möglichkeiten lag. Auch Dr. Albanez, der bei dem Affenversuch des Professors assistiert hatte, schwieg. Und dieses Schweigen war es, das Moratalla stutzig machte und ihn plötzlich mitten in der Rede stocken ließ. Er sah seine Assistenten an und blickte dann dem Patienten nach, der, noch in der Narkose, aus dem OP gefahren wurde, zugedeckt mit warmen Tüchern und begleitet von zwei Krankenwärtern und einer Schwester.

»Da —«, sagte Moratalla laut und zeigte auf die Tür, die eben zugeschoben wurde. »Dieser Mann wäre noch vor vierzig Jahren verloren gewesen. Vereiterte Niere — wir haben sie einfach herausgenommen, und er kann weiterleben! Einfach herausgenommen! Ich betone: einfach! Es war doch einfach, nicht, Herr Oberarzt?«

»Allerdings«, sagte Dr. Tolax leise. »Die Methode der Nierenresektion ist so erprobt, daß . . .«

»Immer das gleiche!« rief Professor Moratalla. »Erprobt! Welch dummes Argument! Vorher muß es doch einen Mann gegeben haben, der es zum erstenmal wagte, dieses wichtige Organ herauszunehmen. Er muß den Mut gehabt haben, gegen alle Vorurteile, wie sie jetzt mir von Ihnen begegnen, anzukämpfen und diesen Eingriff in die Natur zu unternehmen! Oder glauben Sie, daß eine vereiterte Niere vor Jahrzehnten einfach aus dem Körper gesprungen ist und gesagt hat: Bitte, meine Herren Chirurgen — hier bin ich. Juchhei — es geht gut mit einer Niere im menschlichen Körper!?«

Dr. Albanez mußte über diesen sarkastischen Ausspruch lächeln, doch Dr. Tolax wurde rot im Gesicht und sah verbissen zu Boden.

»Sie sind der Chef, Herr Professor«, sagte er steif. »Wenn Sie es wagen, assistiere ich Ihnen. Das ist selbstverständlich.«

»Selbst das sollen Sie nicht, Dr. Tolax. Ich möchte nur, daß Sie ungläubiger Thomas neben mir stehen und mir — wenn ich einen einzigen Griff falsch mache — sagen, wie es richtig ist. Wenn Sie das können, werde ich mich dafür einsetzen, daß Sie Chef des staatlichen Krankenhauses in Bilbao werden. Man sucht dort einen Chef der chirurgischen Abteilung.«

Dr. Tolax zuckte zusammen. »Herr Professor . . .«, stammelte er. »Sie wollen mich empfehlen . . .«

»Warum nicht?« Moratalla klopfte dem Oberarzt leicht auf die Schulter. Sein Gesicht war zufrieden. »Sie sind ein ganz brauchbarer Bäucheaufschneider und Blinddarmabknipser!« Und dann sah er zu Dr. Albanez, der etwas zurückgetreten war. »Sind noch Operationen auf dem Plan?«

»Nein, Herr Professor. Für heute ist Feierabend.«

»Denken Sie, meine Herren. Behalten Sie bitte ihre Schürzen um . . . wir gehen jetzt an die Kaninchen und Affen.«

Er ging ihnen voraus durch die breite Glastür, nahm im Waschraum seinen Mantel wieder über den Arm und verließ dann den Operationsraum. Dr. Tolax und Dr. Albanez folgten ihm stumm, aber beim Gehen sahen sie sich an, und ihre Blicke sprachen mehr, als es ihre Zungen vermochten.

Doch der Weg ging nicht gleich in den Versuchskeller neben der Anatomie, sondern Prof. Moratalla führte sie zuerst in sein Zimmer, wo in einem Leuchtkasten zwei Röntgenbilder eingezogen waren. Wortlos ließ Moratalla das Licht aufflammen, und in klaren Linien lag der Brustraum eines Menschen vor den Blicken der Ärzte.

»Der kritische Fall, meine Herren«, sagte Moratalla leise und setzte sich. Er schnitt sich seine Zigarre ab, zündete sie an und

beobachtete dann stumm die Ärzte, die das Röntgenbild einge-
hend betrachteten. Eine schwenkbare große Lupe über dem
Leuchtkasten erlaubte es, Teile des Bildes herauszuziehen und
in starker Vergrößerung sehen zu lassen.

Dr. Tolax betrachtete lange das Herz und suchte mit der Lupe
die kleine, dunkle Stelle ab.

»Ein klares Todesurteil«, sagte er leise und richtete sich auf.

»Es muß da einen Weg geben!« Moratalla stützte sich schwer
auf den Leuchtkasten. Sein Gesicht wirkte im Schein der Leucht-
scheibe grün und maskenhaft.

*

Juan lag auf dem Sofa oben in seinem Zimmer bei Frau Sabinar
und las in einem Buch, das ihm Ramirez Tortosa bei seinem
abendlichen Besuch gegeben hatte. Es war ein Kunstführer
durch die Antike, und Juan betrachtete die vielen Abbildungen
mit den heißen Augen eines Sehnsüchtigen, der sich Kraft holen
will, Gleiches zu leisten.

Ramirez Tortosa hatte die Zeichnungen Juans an sich genom-
men und lange betrachtet. Er setzte sich unter eine der hohen
Bronzelampen, die auf der Terrasse standen und ein mildes
Licht über die weißen Steinplatten des Bodens warfen.

»Sie wollen diese Blätter verkaufen, Juan?« fragte Tortosa
endlich.

»Ja. Wenn sie nicht zu schlecht sind. Ich wollte sie Ihnen zeigen, darum bin ich gekommen.« Juan hatte die Hände zwischen
den Knien und war sehr unsicher. Er sah zu Tortosa hinüber
und wagte kaum zu atmen. »Ich wollte der Mutter ein Kleid
kaufen und ein Paar neue, schöne Schuhe. Darum will ich die
Bilder irgendwo verkaufen. Vielleicht für dreißig Pesos das
Stück.«

»Ich würde sie nicht verkaufen, Juan . . .«

»Sind sie so schlecht?« Enttäuschung lag in Juans Stimme,
aber er beugte sich dem Urteil seines Lehrers und stand auf, die
Blätter wieder an sich zu nehmen. Er streckte die Hand aus,
aber Tortosa zog ihm die Zeichnungen weg.

»Wohin denn damit?« fragte er erstaunt.

»Ich will sie zerreißen und in den Tajo werfen. Ich werde nie
ein Künstler«, sagte Juan leise.

»Sie dummer Junge!« Tortosa erhob sich und drückte Juan in einen Korbsessel zurück. »Diese Zeichnungen sind ungeheuer eigenwillig ... neu in der Linie, möchte ich fast sagen. Ich werde sie Ihnen abkaufen. Sagen wir: für alle fünfhundert Peseten?«

»Herr Professor!« Juan sprang auf. »Sie machen sich lustig über mich ...«

»Nicht so hitzig, Juan. Sie dürfen sich nicht aufregen, das wissen Sie. Der Arzt hat es Ihnen verboten!« Tortosa legte die Blätter auf die steinerne Brüstung und griff in die Brusttasche seiner weißen Leinenjacke. Er nahm eine Brieftasche heraus und zählte vor Juan fünf Hundert-Peso-Noten auf den runden Tisch. »So — nun starren Sie mich und das Geld nicht so an, Juan, sondern stecken Sie es ein und suchen Ihrer guten Mutter etwas Schönes in der Stadt aus ...«

»Fünfhundert Pesos? Aber das ist doch nicht möglich.« Juan ließ die Scheine durch die langen Finger gleiten ... sie knitterten leise, und es war Wahrheit, was er fühlte, zum erstenmal in seinem Leben Wahrheit, daß er Geld verdient hatte mit seinen Händen und mit seinen Augen, die die Natur sahen und sie zu deuten vermochten.

Ramirez Tortosa nahm ihm die Scheine aus der Hand und stopfte sie in Juans Rocktasche. Dann schenkte er ihm und sich aus einem Siphon sprudelnden Orangensaft ein und wehrte alle Fragen und alle anderen Gedanken durch die Feststellung ab, daß man vielleicht noch in dieser Woche nach Madrid aufbrechen würde. Er habe vorhin mit Dr. Osura und mit Fredo Campillo telefoniert ... Dr. Osura würde morgen gegen Mittag in Toledo sein, und man könnte schon am Nachmittag abfahren, um gegen Abend in Madrid anzukommen, wo Campillo alles vorbereitet hätte. Übermorgen sei dann die Untersuchung, die — so betonte Tortosa noch einmal — von der Regierung vorgeschrieben sei für jeden Künstler, der in Madrid studieren wolle. Damit verscheuchte er in Juan einen gar nicht vorhandenen Gedanken, man könne ihn nur nach Madrid bringen, weil er krank sei, denn Juan freute sich zu sehr auf das Erlebnis der Stadt und auf die Erfüllung seines großen Wunsches, solange er denken konnte, um etwas anderes zu empfinden als tiefe Freude und die Ungeduld, die zwei Tage mögen recht bald vorübergehen.

Heute nun lag er auf dem Sofa und las in Tortosas Buch. Er wartete. Auf Tortosa, auf Dr. Osura, auf das knirschende Bremsen der beiden Wagen, die ihn hinaustragen würden in die große Welt ... in eine Welt, noch schöner und größer als das herrliche Toledo.

Gegen Mittag war es endlich soweit. Frau Sabinar kam mit rotgeweinten Augen die Treppe herauf, ihr folgte der schnaufende Dr. Osura und der ein wenig bedrückt dreinblickende Tortosa. Mit einem Freudenruf kam Juan seinem ärztlichen Freund entgegen und drückte ihm beide Hände.

»Dr. Osura!« rief er fröhlich. »Wie freue ich mich, daß Sie gekommen sind! Was macht die Mutter? Geht es ihr gut? Und Pedro? Und Elvira? Und — Concha? Haben Sie mit ihr gesprochen?«

Dr. Osura umarmte Juan und schob sich dann in das Zimmer. Er war ein bißchen abgespannt, man sah es ihm an, seine Augen lagen tief im Gesicht, und der Mund war etwas verkniffen ... aber er zeigte es nicht und lachte Juan an, um die Lügen etwas schmackhafter für sein Gewissen zu machen.

»Deine Mutter läßt dich herzlich grüßen und schickt dir einen Kuß. Und auch Pedro und Elvira! Sie alle freuen sich, daß es dir so gut geht und du so gesund bist.« Tortosa wandte sich ab und sah aus dem Fenster auf den Fluß. Er konnte es nicht ertragen, bei diesen Worten Juan anzusehen und das glückliche Leuchten seiner Augen aufzunehmen. So hörte er nur, wie Juans Stimme vor Glück bebte, als er zu Dr. Osura sagte: »Und Concha haben Sie nicht gesehen, Dr. Osura?«

»Nein. Ich hatte wenig Zeit. Aber ich will sie besuchen, wenn ich aus Madrid zurückkomme.«

Juan ging an seine Kommode und entnahm ihr ein Blatt. Er hatte darauf noch einmal Toledo gezeichnet und mit Wasserfarben koloriert. Aber es war ein anderes Toledo, als es Ramirez Tortosa von ihm gekauft hatte. An dem breiten Fluß lag die Stadt, die Brücken wölbten sich über das Wasser ... Aber diese Stadt war über ein Gesicht gezeichnet, das in dünnen Konturen, wie ein Schatten, durch die Häuser und Brücken und den Fluß hindurchschien. Das Gesicht Juans, ein Selbstbildnis voll Dämonie und Gleichnis, die Stadt seines künstlerischen Anfangs aus seinem Kopf wachsend ... ein Bild der seelischen Plastik.

»Geben Sie bitte Concha dieses Bild«, sagte Juan und reichte

111

Dr. Osura die Zeichnung, über die sich sofort Tortosa beugte und unwillkürlich zusammenzuckte. »Wie lange bleiben Sie in Madrid?«

»Vielleicht zwei Tage, Juan.«

»Dann will ich der Mutter noch ein Kleid und Schuhe kaufen.« Und mit einem Lächeln, das sein hartes Gesicht plötzlich veredelte, fügte er hinzu: »Ich habe mein erstes Geld mit der Kunst verdient . . .«

Dr. Osura nahm das Blatt wieder an sich und nickte: »Professor Tortosa sagte es mir. Ich habe mich sehr gefreut, Juan. Und selbstverständlich nehme ich das Kleid mit nach Solana del Pino.«

*

An diesem Nachmittag, vielleicht vier Stunden nach der Abreise Juans aus Toledo, schellte es wieder bei Frau Sabinar.

Maria Sabinar schaute auf die Uhr und schüttelte den Kopf. Sie trank gerade zur Stärkung des Abschiedsschmerzes einen starken Kaffee und sagte sich, daß dies unmöglich ein neuer Mieter sein konnte, denn so schnell sprach es sich nicht herum, daß das Zimmer bei Frau Sabinar freigeworden war.

Sie ging an die Tür und sah beim Öffnen voll Erstaunen, daß ein junges, vielleicht siebzehnjähriges Mädchen auf der Straße stand und sie mit einem freundlichen Kopfnicken begrüßte. Das Mädchen war hübsch — es hatte lange, schwarze Locken, durch die sich ein rotes Samtband schlang, es hatte schwarze, etwas mandelförmige Augen und sah in dem dünnen, großgeblumten Seidenkleid so ganz anders aus als die Mädchen aus Toledo, die ihre Schönheit mit Kosmetik unterstützten. Frau Sabinar war deshalb auch erstaunt, als das Mädchen sagte:

»Wohnt hier Señor Torrico?« Und als es den Blick Frau Sabinars sah, fügte es schnell hinzu: »Ich bin eine Bekannte Señor Torricos aus seiner Heimat. Aus Solana del Pino. Bitte, sagen Sie ihm, Concha sei hier . . . er wird mich sofort holen . . .«

»Concha . . .« Frau Sabinar riß die Tür auf und zog das Mädchen in den Flur. »Er hat viel von Ihnen erzählt. Er hat sich immer gewünscht, daß Sie ihn besuchten. Sogar vorhin noch, als er abfuhr . . .«

»Abfuhr?« Concha sah Frau Sabinar erschrocken an. »Juan ist weggefahren?«

»Ja. Wie schrecklich! Sie wissen es nicht?« Frau Sabinar schlug die Hände zusammen. »Vor wenigen Stunden ist er mit Professor Tortosa und Dr. Osura nach Madrid gefahren.«

»Mit Dr. Osura nach Madrid?« stammelte Concha. »Was will Juan in Madrid? Geht es ihm schlecht?«

»Aber nein! Er ist wunderbar gesund! Er soll dort weiterstudieren, die großen Werke ansehen. Er soll ein großer Künstler werden . . . Professor Tortosa verriet es mir einmal.«

»Und wann kommt er zurück?«

»Vielleicht in einem Jahr . . . ich weiß es nicht . . .«

Concha sah zu Boden. »In einem Jahr . . .«, sagte sie leise. Dann überkam sie die Enttäuschung, und sie schlug die Hände vor das Gesicht und weinte. »Ich habe mich so gefreut«, schluchzte sie.

Frau Sabinar führte Concha in ihren Salon, und dort redete sie ihr mütterlich zu, gab ihr eine Tasse Kaffee und ein Stück Gebäck, das die vielen Besucher an diesem Tage übriggelassen hatten, und dann weinte sie mit, denn sie fühlte, daß dieses Mädchen mehr für Juan war als nur eine Bekannte aus dem gleichen Ort.

Concha blieb nicht lange. Sie besichtigte nur noch das Zimmer Juans und legte den Kopf auf die Kissen, auf denen sein Kopf gelegen hatte — sie saß am Fenster auf dem Sessel, in dem Juan immer saß und hinüberblickte über den Tajo, und sie fühlte noch den Atem des Geliebten in diesem Raum und seine Nähe mit dem Schlag ihres Herzens, der immer neue Sehnsucht durch ihre Adern trug.

Als sie sich endlich losriß und wieder hinunterstieg in den Flur, war sie ein wenig fröhlicher gestimmt und gab Frau Sabinar die Hand.

»Ich danke Ihnen, Señora«, sagte sie leise. »Ich weiß jetzt, wie Juan gelebt hat. Es muß ihm gut gehen, und das ist das Wichtigste.« Sie steckte die Hand in die Tasche und fühlte dort das kleine Paket Anitas mit dem Ring von Juans Vater. »Kennen Sie seine Adresse in Madrid?«

»Nein — aber ich kann sie leicht von der Akademie erfahren.«

»Das wäre schön. Hier —«, sie gab das Päckchen Frau Sabinar, »dies sollte ich Juan von seiner Mutter mitbringen. Schicken Sie es ihm bitte sofort nach. Es ist ein Talisman — er soll ihm viel Glück bringen.«

»Ich werde morgen noch zur Akademie gehen.« Frau Sabinar legte das Päckchen auf den Tisch ihres Salons. »Soll ich ihn grüßen und schreiben, daß Sie hier waren, Señorita?«

»Ach ja, bitte. Schreiben Sie es ihm. Und schreiben Sie noch, daß — daß . . .«, sie senkte den Kopf und errötete. Leise sagte sie: »daß ich ihn sehr liebe und warte, bis er zurückkommt nach Solana del Pino . . .«

Dann wandte sie sich schnell ab und rannte aus dem Haus über die Straße. Es war ein heißer Nachmittag, und die Straße war leer von Menschen. So hörte man das Klappern ihrer Absätze noch eine Weile in der heißen Stille, und Frau Sabinar lauschte ihm, als seien es Klänge aus der fernen Zeit, in der sie als junges Mädchen verliebt durch Toledo lief und beim Laufen die Locken aus ihrer Stirne blies . . .

*

Es war später Abend, als der schnelle Wagen Ramirez Tortosas aus den Bergen hervorstieß und in der Ferne der Himmel einen weiten, blassen Schein annahm, ein Widerleuchten von vieltausend Lampen, ein Leuchtschirm über der Erde, hinaufreichend bis in die Nachtwolken, die in einem warmen Wind nach Norden trieben.

Madrid.

Die Straße wurde gepflegter — sie wurde nach einigen Kilometern sogar aus Asphalt, und die ersten Landvillen, hingeduckt in die weiten Gärten, tauchten im Scheinwerferkegel des Wagens auf. Die ersten Menschen seit Stunden gingen wieder über die Straße, und dann öffnete sich ein dunkler, grüner Park, durch den die Straße führte, und an seinem Ende öffnete sich die Stadt wie ein Fächer vor den Augen Juans . . . wie ein glitzernder, riesenhafter, aus sich leuchtender Fächer, verwirrend in der Form und dem Gemisch der Farben, der zuckenden Lichtreklamen, der großen Schaufenster, der erleuchteten elektrischen Bahnen, der unübersehbaren Schlange von Autos und den hohen Häusern, deren Dächer für Juan in den Himmel zu stoßen schienen.

Ergriffen saß er am Fenster des Wagens und starrte auf das nächtliche, ihm wie ein Märchen anmutende Bild der Stadt.

Madrid.

Die breiten Straßen tauchten auf . . . die Plätze mit den alten

Palästen, den Museen, den wundervollen Kirchen, den weiten, weißen Staatsgebäuden, den neuen Häusern und dann die Theater und Filmpaläste mit ihren großen, hell angestrahlten Reklamen. Alles schlug über Juan zusammen, daß er mit starren Augen hinaussah und nicht begriff, was er sah.

Langsam in dem starken Verkehr steuerte Tortosa den Wagen in die stilleren Vorstädte und bog dann in eine Straße ein, die mehr einem Weg durch einen Park von Palmen und Zypressen glich als einer Fahrbahn. Hier, in einem weißen Haus mit großer Terrasse zum Garten hin, mit großen, versenkbaren Fenstern und auserlesenen Möbeln aus Spaniens Kulturgeschichte, wohnte Fredo Campillo. Er war von dem Kommen unterrichtet und hatte sein Haus erleuchtet. Als der Wagen knirschend bremste, eilte ein Diener an das Vorgartentor und riß es auf.

Zögernd stieg Juan aus und sah sich um. Welch ein Haus, dachte er. Viel, viel schöner als das von Ricardo Granja, und dabei war dieser so stolz auf seine Villa am Berghang.

Ramirez Tortosa ging ihnen voraus. Juan und Dr. Osura folgten ihm, und in der großen, mit geschnitztem Holz getäfelten Diele empfing sie Campillo und drückte Juan beide Hände. Sein Gesicht strahlte, obwohl er wußte, warum man Juan so schnell nach Madrid schaffte, und wieder wunderte sich Tortosa, wie gut man lügen kann, wenn man es muß.

»Juan!« rief Campillo laut und dröhnend. »Sie endlich bei mir! Das wird ein Tag sein, der zu meinen schönsten zählt! Und vor allem — Sie werden sich wohl fühlen in Madrid! Mein Junge — wenn das stimmt, was mir Tortosa schrieb, liegt in einem Jahr diese Stadt Ihrer Sehnsucht zu Ihren Füßen.«

Tortosa wandte sich wieder ab. Er konnte dieses gemeine Spiel des Schicksals nicht vertragen. Er verließ eilig den Raum, und sowohl Dr. Osura wie Campillo blickten ihm nach, verstanden ihn und bissen sich auf die Lippen.

Juan merkte den kleinen Zwischenfall nicht. Er war zu sehr von seiner Umwelt gefangen, um auf das kleine Spiel seiner nächsten Umgebung zu achten. Er sah hinauf an die Balkendecke mit den schweren, geschnitzten Kronleuchtern, er sah hinüber auf die zur Seite geschobene Flügeltür in einen Raum, der nach altem maurischem Stil gestaltet war und das Herrenzimmer darstellte. Und er bewunderte die Gemälde und kleinen

Skulpturen, die auf Sockeln aus Samt standen und in dem sanften Licht der Lampen doppelt warm und lebensnah wirkten.

»Schön«, sagte er leise.

»Es gefällt Ihnen bei mir, Juan?« Campillo wischte sich über die Stirn, weil er fühlte, wie seine Haut schweißig wurde bei dem Gedanken an die nächsten Wochen.

»Ich hätte nie geglaubt, daß es so etwas gibt«, sagte Juan leise. »Ich wage gar nicht, an unsere Hütte in Linares zurückzudenken. Wenn ich es Pedro oder der Mutter erzähle — sie werden es nicht glauben.«

»Sie werden es sehen«, rief Campillo in einem plötzlichen Einfall. »Ihre Mutter und Ihr Bruder werden auch nach Madrid kommen . . .«

»Was?!« Juan preßte beide Hände gegen das Herz, und Dr. Osura zog bei dieser Bewegung die Augenbrauen etwas zusammen und beobachtete Juan scharf. »Ist das wahr, Señor Campillo?«

»Aber ja! Ob ein oder drei Besucher, das macht uns nichts aus! Aber kommen Sie doch ins Haus, meine Herren — wir stehen ja immer noch in der Diele . . .«

Was an diesem Abend weiter geschah, wußte Juan nicht mehr zu schildern, wenn man ihn gefragt hätte. Es war spät, als er in seinem Zimmer stand, einem großen Raum mit wertvollen Möbeln, einem breiten Bett, einem Balkon zum Garten hin und zwei breiten Flügeltüren, dicken Teppichen und allen Annehmlichkeiten, zu denen man tiefe Sessel und eine schöne Couch rechnet. Es war ein Zimmer, wie es selbst der Gouverneur in Ciudad-Real nicht besaß, und es gehörte jetzt Juan für die Dauer seines Aufenthaltes in Madrid.

Als ihn der Diener allein ließ, stand er, umgeben von seinen Koffern, schüchtern in dem prachtvollen Raum und wußte nicht, ob er die wunderschönen Dinge auch wirklich berühren durfte. Vorsichtig, auf Zehenspitzen, ging er über den dicken Teppich zu den Flügeltüren des Balkons, öffnete sie und trat hinaus in die warme Nacht.

An diesem Abend brachte ein Knecht aus Solana del Pino einen Brief in das Haus der Torricos, und er kam gerade, als man bei Tische saß und die Milchgrütze aß und den dicken Schafkäse mit dem selbstgebackenen, etwas trockenen Brot.

Anita zitterte, als der Knecht den Brief auf den Tisch legte und

116

augenzwinkernd sagte: »Aus Toledo! Von Juanito! Das ist eine Freude, was, Anita . . .?«

»Von Juan?« Pedro sprang auf und riß den Brief an sich. Aber Anita legte den Löffel hin und sagte laut: »An wen ist er geschrieben?«

»An Anita Torrico«, sagte der Knecht. »Ich kann nicht lesen . . . aber der Posthalter in Solana sagte es mir so.«

»Dann gib ihn mir!« sagte die Mutter laut zu Pedro, und der große Sohn reichte ihr stumm den Brief, den sie in der Tasche ihrer Schürze verbarg. Dann aß sie weiter, ohne sich um die Unruhe Pedros und Elviras zu kümmern, denn sie konnte auch kaum lesen und Pedro auch nicht. Sie mußte zu einem Nachbarn gehen, der aus einem Stadthaus zugezogen war und des Lesens mächtig war.

Als man das Essen hinter sich hatte und Pedro mit scheelen Blicken auf die Mutter sich an den Ofen setzte und eine Pfeife rauchte, warf Anita ihre alte Spitzenmantilla über und steckte den Brief Juans in die Außentasche ihres Kleides. Pedro sah es wohl, und er war nahe daran, aufzustehen und mitzugehen, um wörtlich zu hören, was Juan aus Toledo schrieb. Doch ehe er sich dazu aufraffte, war die Mutter schon aus dem Haus und lief mit kurzem Atem durch die nächtlichen Gärten und durch das rauhe Tal dem nächsten Bauernhaus zu, das mit schwachen Lichtern gute zwanzig Minuten entfernt war.

Pedro sah ihr vom Küchenfenster aus nach und kaute an dem Mundstück seiner Pfeife. Elvira sah vor sich hin und schwieg. Sie wußte, was Pedro jetzt dachte, und es war klug, jetzt zu schweigen, denn Worte sind nichts, wenn sich die Seele ärgert.

Anita blieb lange beim Nachbarn. Es mußte ein langer Brief sein, denn es wurde tiefe Nacht, ehe sie zurückkam. Sie sah nicht froh und nicht traurig aus . . . sie war wie immer, und sie sagte zu Pedro: »Juan schreibt, daß es ihm gut geht. Er ist ganz gesund. Und er ist glücklich, in Toledo zu sein. Er macht gute Fortschritte und hat sogar schon drei Zeichnungen verkauft. Wir können stolz auf unseren Juanito sein . . .«

»Das ist schön, Mutter, was?« sagte Pedro glücklich. Und zum erstenmal seit Jahren küßte er die alte, kleine Frau auf die faltige Stirn und ging zufrieden und leise vor sich hinpfeifend ins Bett. Und Elvira war mit ihm glücklich und schmiegte sich eng an ihn, und so war alles voll Freude in diesem Haus und in dieser dunklen, mondstillen Nacht.

Alles? Nein — denn Anita war noch wach und lag auf den Knien vor der ewigen Flamme der Maria von Fatima. Sie hatte den Brief vor sich gelegt, und ihre Stirn ruhte auf dem beschriebenen Blatt. Ihre Schultern zuckten, denn sie weinte, und es waren keine Tränen der Freude, sondern des tiefsten Leides, das eine Mutter fühlen kann.

»Ich bin so glücklich«, hatte Juan geschrieben. »Und dieses Glück hat mich gesund gemacht. Ich fühle mich so wohl . . .«

Das war das Grauenhafteste in seinem Brief . . . er wußte nicht, daß er dem Tode nahe war, daß er nur noch ein Jahr zu leben hatte.

Am Morgen, als Pedro und Elvira auf den Feldern waren, ging Anita hinab ins Dorf zum Pfarrer. Schüchtern klopfte sie an die Tür des Pfarrhauses, und Hochwürden öffnete selbst und zog die knicksende Anita in das Innere des Hauses.

»Was ist, Anita Torrico?« fragte er und führte sie in sein Zimmer, einen hellen, großen Raum mit einem breiten Schreibtisch an den beiden Fenstern und vielen Regalen voller Bücher. Anita setzte sich auf einen Stuhl, aber nur auf die Kante, weil sie sich schämte, den Pfarrer mit ihrem Leid in der Arbeit aufzuhalten. Aber dann, als er sie dreimal geduldig gefragt hatte — denn er kannte seine Bergbauern und deren Redescheu —, holte sie aus der Tasche den Brief Juans und gab ihn hin. Der Pfarrer las das kurze Schreiben schnell und nickte Anita erfreut zu.

»Es ist schön, daß es unserem Juan so gut geht«, sagte er ehrlich. »Ich freue mich mit Ihnen, Anita.«

»Freuen?« Es war ein Schrei, der aus ihrer Brust kam. »Ich habe die ganze Nacht gebetet, Hochwürden . . .« Sie hob beide Arme. ». . . Juan wird in einem Jahr sterben . . .«

»Ich verstehe Sie nicht . . .« Der Pfarrer setzte sich erstaunt. »Juan schreibt doch, er wäre ganz gesund . . .«

»Er glaubt es, er glaubt es . . . aber er wird sterben. Dr. Osura sagte es . . . man hat ihn in Toledo untersucht, und es ihm verschwiegen. Niemand hier weiß es . . . außer mir und jetzt Ihnen, Hochwürden. Und ich muß schweigen . . .« Und plötzlich fiel sie auf die Erde, kniete nieder und faltete die Hände. »Mein Gott, was soll ich nur tun . . .?«

Der Pfarrer war aufgesprungen und hob die kleine Frau auf,

führte sie in einen Sessel am Fenster, wo sie hinaussehen konnte auf den schönen, gepflegten Pfarrgarten mit den hochstämmigen Obstbäumen.

»Hochwürden . . . Dr. Osura hat mir vieles gesagt. Er hat mir Schreckliches gesagt, denn er wollte ehrlich sein. Ist der Tod eine Erbsünde, Hochwürden?«

»Aber, Anita! Wie können Sie so fragen? Der Tod ist der Übergang des Menschen in das Reich des Herrn. Die Letzte Ölung ist ein Sakrament!«

»Und der Tod aus Liebe?«

Der Pfarrer sah erstaunt auf. »Wie soll ich das verstehen?«

Anita hatte die Arme auf die Sessellehne gelegt — sie zuckten leise.

»Wenn eine Mutter für ihr Kind stirbt . . .«

»Anita!« Der Priester sprang auf. Seine Augen waren starr. »Wollen Sie Gott herausfordern?«

»Ich würde es tun, um Juan zu retten«, sagte Anita leise.

»*Was* würden Sie tun?«

»Dr. Osura sagte es mir, und er dachte sich nichts dabei. Er sagte, daß es heute große Ärzte gibt, die kranke Teile des Körpers durch andere, gesunde Teile aus anderen Körpern ersetzen. Ich bin eine alte, dumme, zu nichts mehr nütze Bäuerin — aber ich habe ein gesundes Herz . . .«

»Ihre Gedanken sind ketzerisch, Anita«, rief der Pfarrer hart. »Es wäre Selbstmord — und das ist eine Todsünde!«

»Auch, wenn ich Juan damit rette?!«

»Auch dann. Ich dürfte Sie nicht begraben!«

Anita nickte. »Ich dachte es mir«, sagte sie leise und traurig. »Der Mensch in der größten Not ist allein. Dann soll man mich verscharren wie einen Hund . . . wenn nur Juan leben kann!«

»Und Ihre anderen Kinder?« rief der Pfarrer. Er sah, daß hier eine stärkere Macht gesprochen hatte als die Bindung an den Glauben, und er war erschüttert über diese arme, alte Frau, die nicht mehr wußte, was sie sagte, oder die in ihrem Leid so hoch emporwuchs, daß der gemeine Mensch sie nicht mehr verstand.

»Meine Kinder? Pedro ist ein starker Mann, er kann einen Stier bei den Hörnern greifen und auf die Erde drücken. Er braucht die alte Mutter nicht mehr. Und Elvira? Sie ist zart — aber sie hat Pedro, und sie wird bald eine Mutter sein und ihr eigenes Leben bewachen. Aber wen hat Juan ohne mich?«

Der Pfarrer wischte mit der Hand durch die Luft. Er lehnte sich gegen das Fenster, und es war eine Geste seiner Hilflosigkeit, indem er hinausschaute und innerlich Gott inständig bat, ihm einen guten Gedanken zu schicken. Aber auch hier schwieg Gott, und das Herz des Priesters war voll Angst, etwas Falsches sagen zu können . . .

In dem großen Zimmer mit der breiten Fensterwand zum Garten der Klinik hin ging Professor Moratalla unruhig hin und her. In den Sesseln, die um einen Rauchtisch gruppiert waren, saßen Dr. Osura, Dr. Tolax, Dr. Albanez, Professor Dalias und Fredo Campillo. Der Rauch ihrer Zigarren lag wie ein Nebel im Raum, blau wallend bei jedem Zug, der ihn aufwirbeln ließ, aber träge und gesättigt in halber Höhe zum Fenster ziehend.

Professor Moratalla hatte einen kleinen, schmutzigen Brief in der Hand, und er fuchtelte damit in der Luft herum, während er sprach.

»›Retten Sie meinen Juan!‹ schreibt diese Mutter«, rief er erregt. »Und Sie, meine Herren, sitzen hier vor mir und erklären mir mit wundervollen theoretisch-medizinischen Thesen, daß dieser Sohn unrettbar verloren ist! Ich möchte dann wirklich wissen, warum Sie mir diesen ›Fall‹ — um mit Ihnen zu sprechen — vorgestellt haben!«

»Nicht für ein Experiment, Moratalla«, sagte Professor Dalias. »Sie wissen, daß die Regierung Ihre Forschungen mit größtem Interesse beobachtet . . . aber lassen Sie bitte Ihre Tiere sterben, keine Menschen!«

»Ich will sie retten!« schrie Moratalla. Seine wuchtige Gestalt schwamm durch den Nebel des Qualmes. »Es ist, als ob Sie alle hinter einer meterdicken Kristallwand säßen, durch die kein Ton dringt! Ich wiederhole ganz deutlich: Juan Torrico leidet an einem bösartigen Geschwür der inneren Herzbeutelwand, das auf die Herzklappe überzugreifen droht. Es ist ohne mathematische Begabung leicht auszurechnen, wann der Exitus letalis eintritt, weil keiner von Ihnen den Mut hat, etwas zu unternehmen! Weil Sie feige sind, meine Herren!«

»Ich bitte Sie, Herr Professor!« Dr. Tolax hob beide Hände. »Ich habe mit Ihnen die gewagtesten Eingriffe gemacht. Aber hier sehe ich keinen Sinn!«

»Wie wollen Sie denn überhaupt operieren?« fragte Professor

Dalias laut. Daß man ihn einen Feigling nannte, machte ihn erregt.

»Ich will Ihnen nur zeigen, daß es möglich ist, einen Menschen zu retten, dessen Herz bisher unrettbar war!«

»Aber bis Sie eine Methode gefunden und erprobt haben, ist Juan Torrico längst gestorben.« Dr. Osura erhob sich und stampfte hin und her, den Weg mit Moratalla kreuzend. »Juan wird knapp ein Jahr leben . . .«

»Ich werde versuchen, ihn länger zu halten. In einem Jahr bin ich vielleicht soweit, an ihm den ersten wunderbaren Herzeingriff zu wagen. Das heißt« — er schaute zu Professor Dalias hinüber —, »wenn die hohe Gesundheitsbehörde es mir erlaubt, nach Einsicht in Hunderte von gelungenen Tierversuchen.«

Professor Dalias winkte ab. »Abwarten«, sagte er skeptisch.

»Natürlich — abwarten! Das ist alles, was das Ministerium dazu zu sagen hat! Professor Dalias — Sie sind doch Arzt?«

Der Professor schielte zu Moratalla hinüber. Was sollte diese Frage? Sie war eine Falle, das spürte er, aber er konnte ihr nicht ausweichen, denn sie war so direkt gestellt, so klar, daß er ärgerlich antwortete: »Was soll das, Moratalla? Die Frage ist doch dumm . . .«

»Nicht ganz.« Der Riese im weißen Kittel reckte sich. »Wenn Sie wirklich mit Leib und Seele Arzt sind, Dalias, dann sollten Sie jetzt, in dieser Stunde, jenen Funken in sich fühlen, der uns den Mut gibt, Großes zu wagen!«

Dalias setzte sich und verschanzte sich hinter dem Qualm seiner Zigarre. »Sie sind ein verdammt raffinierter Hund«, sagte er, aber in seinen groben Worten schwang die unverhohlene Anerkennung.

»Ihre Meinung ehrt mich.« Moratalla lachte kurz. »Wenn wir uns auf dieser Basis weiter unterhalten, könnten wir uns verständigen.« Er wandte sich an Dr. Osura, der bleich und mit eingefallenen Gesichtszügen im Sessel saß und nervös an seiner Zigarre kaute. »Wo ist unser Sorgenkind, Herr Kollege?«

»Er wartet mit Professor Tortosa in Ihrem Salon, Herr Professor. Dr. Tolax wußte nicht, ob er heute noch untersucht wird.«

»Aber selbstverständlich.«

»Schön.« Dr. Osura sah Moratalla groß an. »Eine Bitte haben wir aber vorher.«

»Und das wäre?«

»Juan Torrico weiß nichts von seiner Krankheit. Wir haben ihm gesagt, daß es eine kleine Kreislaufstörung ist. In den letzten Tagen fühlt er sich sehr wohl und glaubt, daß er gesund geworden ist durch den Luftwechsel nach Toledo. Professor Tortosa und ich haben ihm gesagt, daß die heutige Untersuchung nötig ist, um an der Madrider Kunstschule anzukommen. Also nur eine staatliche Formsache.«

»Mein Gott — warum belügen Sie den armen Menschen?« rief Moratalla entsetzt.

Fredo Campillo, der bis jetzt stumm den Streit der Ärzte verfolgt hatte, fuhr mit beiden Armen durch die rauchige Luft. »Juan Torrico wird der größte lebende Künstler Spaniens werden, wenn er das eine Jahr, das er noch zu leben hat, in Ruhe arbeiten kann. Er ist einer der Frühvollendeten wie Mozart, Kleist oder Hauff. Er ist — kurz gesagt — ein zeichnerisches und bildhauerisches Genie. Um dieses Leben zu erhalten, ist jedes Mittel recht! Auch die Lüge, Herr Professor. Das Bewußtsein einer unheilbaren Krankheit würde ihn zu Boden werfen und sein Künstlertum hemmen. Und« — Campillos Stimme schwankte —, »wenn Sie die Möglichkeit haben, durch eine in der Welt einmalige Operation das Leben zu retten, so operieren Sie, Herr Professor! Ich flehe Sie an, nicht in meinem Namen, sondern im Namen der Kunstwelt, unserer europäischen Kultur, im Namen unseres Vaterlandes — retten Sie ihn, und Sie haben der Welt ein Genie geschenkt!«

Moratalla lehnte sich an das Fenster und blickte hinaus in den abendlichen Garten. Die Schwestern waren verschwunden ... die Wege lagen still, weiß, sauber geharkt unter der schrägen Sonne. Es war still in dem weiten Haus. Die Kranken aßen. Nur in den OPs schrubbten die Wärter noch die Fliesen.

»Ein zweites Herz ... das ist es«, sagte Moratalla leise.

»Was wollen Sie tun, Moratalla?« fragte Dalias erschreckt.

»Operieren.«

»Gegen alle Befehle?«

»Ja.«

»Moratalla!« Dalias sprang auf. »Das sagen Sie mir als Vertreter des Staates?!« Er griff Moratalla an den Aufschlägen des weißen Arztkittels. »Ich könnte Sie jetzt in Schutzhaft nehmen lassen oder Ihnen die ärztliche Approbation entziehen, um dieses Unheil zu verhüten!« Campillo stürzte vom Fenster in das Zimmer und stieß Dalias zur Seite. »Das werden Sie nicht!« schrie er wild. »Den größten Chirurgen Spaniens kann nicht ein sinnloser Befehl hindern, das zu tun, wozu ihm Gott seine Gabe, zu heilen und zu retten, schenkte! Sie selbst wollen ja, daß er operiert!«

»Als Mensch! Aber nicht als Beamter!«

»Sind Beamte keine Menschen?!« sagte Dr. Tolax laut.

»Ich verbitte mir diesen Ton!« Professor Dalias schüttelte Campillo ab, der ihn noch immer am Rock festhielt. »Von mir aus machen Sie, was Sie wollen! Ich habe das, was heute hier gesprochen wurde, nicht gehört!« Er ergriff seinen Hut, der auf einem kleinen Ablagetisch neben der Tür lag, und setzte ihn auf. »Ich gehe! Und ich weiß von nichts, meine Herren! Wenn Moratalla operiert, und es geht schief, werde ich ihn ohne Rücksicht auf unsere persönliche Freundschaft unter Anklage stellen lassen müssen. Ich muß das ganz klar sagen! Die Entscheidung liegt jetzt allein bei Ihnen — ich muß mich gegen mein persönliches Gefühl von Ihnen distanzieren. Guten Abend ...«

Die große Tür klappte zu. Dann war es einen Augenblick still im Zimmer — der fade Nachthimmel schien schwach in das Dunkel, in dem die Männer hockten. Er verstärkte den Druck, der über allen lag und ihnen das Atmen hemmte.

*

Es war eine Woche später.

Concha hatte von Frau Sabinar die neue Anschrift Juans erhalten. Madrid, bei Fredo Campillo, Direktor der Staatlichen Kunstgalerien. Da der Vater nach Madrid fahren mußte, bettelte sie zwei Tage lang um die Erlaubnis, mitfahren zu können, was Ricardo Granja gar nicht gefiel, denn er plante, seinen gerade erarbeiteten Gewinn mit einer rauschenden Nacht fernab der Familie zu feiern mit den schönen Mädchen von Madrid, von denen so viel gesprochen wurde.

Resignierend sagte er schließlich zu, und Concha packte singend ihre Koffer.

»Ich will Madrid gerne allein sehen«, sagte sie einen Tag vor der Abreise. »Ich habe doch andere Interessen als du, Vater. Du läßt mich doch allein gehen?«

Ricardo war sehr erbost, aus rein erzieherischen Gründen, und er schimpfte sehr, wenn er auch im Inneren sehr froh war und sich zu solch einer Tochter beglückwünschte. Er drohte und schrie: »Nie!« Er tobte und brüllte: »Ich habe ein loses Mädchen als Tochter! Warum straft mich Gott so?!« Aber Concha wußte, daß er nur schrie in Gegenwart der Mutter, und Pilar war sehr zufrieden, daß ihre Tochter so klug war, denn sie dachte, daß Concha ihrem Vater das nur gesagt habe, um ihn selbst zu bewegen, sie in seiner Nähe zu halten.

Es war Abend, als sie Madrid erreichten, und auch Concha war ergriffen von den Lichtreklamen und den Tausenden Lampen und Scheinwerfern, die sie wie Juan zum erstenmal im Leben sah. Ricardo Granja stieg in einem mittleren Reisendenhotel ab, und er hatte Glück, noch zwei Einzelzimmer zu bekommen, denn es war Ferien- und Reisezeit, und viele Gäste aus Frankreich, England, Amerika und Deutschland bevölkerten Madrid und ließen gutes Geld in den Hotels zurück.

Nach dem Abendessen setzte sich Ricardo zunächst in die Bibliothek des Hotels und las die neuesten Zeitungen. Dabei horchte er einen Kellner nach den besten Lokalen aus, wo man, nach seinen Worten, für sein Geld auch »etwas sah«. Dabei zwinkerte er mit den Augen, und man verstand sich gut, denn der Kellner nannte einige Adressen, die in keinem Baedeker stehen, und Ricardo Granja war froh, daß seine Tochter müde war und früh auf ihr Zimmer verschwand.

Concha wartete, bis sie vom Fenster aus den Vater abfahren sah. Dann erst zog sie sich um und nahm aus dem Koffer den Zettel, auf dem die Adresse Juans stand. Sie mietete sich eine Taxe und ließ sich aus Madrid hinaus in die stille Villenvorstadt fahren, wo das Auto knirschend vor dem hell erleuchteten Haus Fredo Campillos hielt.

Concha zahlte und stand dann allein in der Nacht vor dem Gartentor der weißen, großen Villa.

Sie wagte nicht, auf den kleinen, goldenen Klingelknopf an dem steinernen Torpfosten zu drücken. Sie wußte überhaupt nicht, was sie sagen wollte, wenn man sie nach ihrem Wunsche fragte, denn es war doch unmöglich, daß ein junges Mädchen einen Mann spät am Abend allein ohne die Begleitung der Mutter besuchte, es sei denn, sie sei sehr freier Natur und nicht erzogen nach dem Sittengesetz der guten Spanierin.

Langsam ging sie den Zaun entlang und blickte durch eine Buschlücke in den Park.

Concha sah sich nach allen Seiten um. Die Straße war leer und halbdunkel. Da schwang sie sich auf den Zaun, sprang in den Park hinab und schlich durch die rot und weiß blühenden Oleanderbüsche und trat dann in den Zypressenhain, der das Mittelstück des Gartens bildete. Von dort konnte sie das helle Fenster über der Terrasse sehen, und sie lehnte sich an die rissige Rinde eines Baumes und wartete. Worauf, das wußte sie nicht. Auf Juan? Auf Campillo? Auf irgendeinen, der sie entdeckte? Sie zitterte bei dem Gedanken, daß man sie hier finden würde, und sie wurde voll Angst vor der Schande, die daraus erwachsen mußte.

Oben, an der hellen Glastür, erschien ein dunkler Schatten. Ein Mann trat auf den kleinen Balkon und blickte hinaus in die Nacht. Und ohne die Gestalt gegen das Licht erkennen zu können, wußte Concha, daß es Juan war, und sie preßte die Hand an ihr Herz und starrte durch das Dunkel zu dem Schatten auf dem Balkon empor.

Juan lehnte sich gegen das Eisengitter des Balkons und reckte sich. Er war müde — eine schöne Zeichnung lag auf der Decke seines Bettes, und er wollte sie morgen mit Wasserfarben kolorieren, weil es ein bunter Entwurf zu einem Wandbild werden sollte. Er wollte sich gerade abwenden und die Tür schließen, als er einen Schatten unter den Zypressen sah. Es war eigentlich auch kein Schatten, sondern nur ein dunkler Fleck, der gestern noch nicht dagewesen war, denn sein Auge, das jede Form aufnahm, erinnerte sich nicht daran. Erstaunt kehrte er um und beugte sich über das Geländer vor, und so sah er, daß es eine menschliche Gestalt war, die aus der Dunkelheit zu ihm hinaufstarrte.

»Wer ist dort?« fragte er halblaut, damit der Diener unter ihm es nicht hörte. »Ist da jemand?«

Und eine Mädchenstimme sagte — es war wie ein leises Zirpen von Grillen im Gras —: »Ja . . . Juan . . .«

Juan zuckte zurück.

»Concha . . .«, sagte er zitternd. »Concha, bist du es wirklich . . .?« Er beugte sich weit über das Geländer und versuchte, sie im Dunkeln zu erkennen. Da bewegte sich der Schatten, sie trat in den Dämmerschein, den sein Licht auf die Erde warf, und

125

da erkannte er sie ... die langen, schwarzen Locken und die zierliche, zerbrechliche Gestalt. Ein heißer Strom durchlief seinen Körper, seine Hände zuckten vor und griffen in die dunkle Leere.

»Concha ...«, sagte er innig. »Du bist gekommen ... Warte, Liebes ... ich hole dich ...«

Er rannte in das Zimmer und riß sein Bett auseinander. Aus dem Bettlaken und dem Bettbezug knüpfte er ein Seil, rannte zurück und knotete es an dem Gitter fest. Dann schwang er sich über die Brüstung, während Concha die Hände auf den Mund legte, um nicht vor Angst zu schreien. Aber gewandt glitt Juan an der Hauswand hinab, und er lachte dabei, denn wer in den Bergen aufgewachsen ist und auf den Rebollero klettert, den schreckt nicht eine Wand von wenigen Metern. Der Kies knirschte, als er sich losließ und hinabsprang. Und dann breitete er die Arme aus, und Concha lief in sie hinein, umschlang seinen Hals und fühlte seine Küsse wie Feuer durch ihre Brust fliegen.

So standen sie lange und vergaßen, wo sie waren. Sie hielten sich umschlungen und sprachen kein Wort, weil es keine Worte gab, ihr Glück einzufangen.

Juan streichelte Concha über die langen Haare und küßte ihre schwarzen, mandelförmigen Augen.

»Es ist wie ein Märchen«, sagte er leise. »Du bist gekommen ... und ich habe es mir immer gewünscht. Frau Sabinar schrieb mir, daß du in Toledo warst, ein paar Stunden nach meiner Abreise. Da habe ich bald vor Wut geweint und war einen ganzen Tag krank vor Sehnsucht und Trauer.«

»Mein lieber, lieber Juan«, sagte Concha leise und schmiegte sich an ihn.

»Auch Vaters Ring von der Mutter habe ich bekommen. Sieh ihn dir an ... er paßt mir. Ich habe ihn enger machen lassen. Ist er nicht schön ...?« Er hielt seine rechte Hand in den Schein seines Fensterlichtes und ließ den Stein schwach funkeln. Concha nickte und strich mit ihren langen, zarten Fingern leise über seine Hand.

»Er soll dir Glück bringen, Juan«, flüsterte sie. »Dir und mir Glück ... sagte die Mutter.«

»Bist du allein in Madrid?« fragte er besorgt.

»Nein. Mein Vater ist mit hier. Er hat hier ein Geschäft abzuwickeln. Als er vorhin wegfuhr, habe ich mich mit einem Auto zu dir bringen lassen, bin über den Zaun geklettert und habe gewartet, ob ich dich sehen würde. Und nun habe ich dich in meinen Armen.« Sie klammerte sich an ihn und trank seine Küsse mit offenen Lippen und halb geschlossenen Augen, über denen die langen, gebogenen Wimpern zuckten.

»Komm«, sagte Juan tief atmend. »Komm hinauf in mein Zimmer, Concha . . .«

»Aber das geht doch nicht . . .«, sagte sie ängstlich. »Wenn man mich sieht . . .«

»Wir werden über die Terrasse auf den Balkon klettern. Ich helfe dir dabei, Concha.«

»Ich habe Angst«, sagte sie kläglich und zitterte.

»Angst vor dem Klettern?«

»Nein, Juan — Angst vor deinem Zimmer . . .«

»Du liebst mich doch, Concha . . .«

»Ja, Juan . . . ja.« Sie lag an seiner Brust und bebte. Er streichelte ihren Rücken und ging mit ihr langsam der Terrasse zu. Mit geschlossenen Augen ließ sie sich führen, und ihre Hand, die Juan hielt, war kalt, als friere sie.

Dann standen sie in Juans Zimmer, und er rollte das zusammengeknotete Bettzeug zusammen und zog es empor. Concha knüpfte es auseinander und breitete das Bettuch wieder aus, überzog das Bett und klopfte es zurecht. Stumm sah ihr Juan zu . . . als sie sich einmal bückte, rutschte ihr Kleid etwas höher, und er sah den Ansatz ihrer Schenkel. Da blickte er schnell zur Seite, denn es sang in seinen Schläfen wie damals, als er Jacquina an seiner Seite gehen sah, und sein Herz hämmerte gegen die Brustwand, als wäre es eingesperrt und wolle hinaus.

»Du bist so still, Juan!« sagte Concha und schloß die Glastür, zog die Vorhänge zu und stand dann mit hängenden Armen und gesenkten Augen im Zimmer. Da kam er auf sie zu, umfing sie und küßte sie wieder.

»Wann mußt du wieder fort?« fragte er in ihr Ohr. Sie bog sich ein wenig zurück, und er sah, daß Tränen in ihren Augen standen.

»Vielleicht schon morgen, Juan«, schluchzte sie. »Und dann sehe ich dich vielleicht Jahre nicht mehr.«

»Und du wirst warten, bis ich komme, Concha?«

»Ja. Juan. Ich könnte keinen anderen lieben . . .«

»Ich könnte es auch nicht«, sagte er, und er schlang den Arm um ihren Körper und legte sein Gesicht auf ihre kleine Brust.

»Nur ein paar Stunden . . .«, stammelte er. »O Concha — wie kurz ist der Himmel, wenn er auf die Erde fällt . . .«

Dunkel lag das weiße Haus im Park . . . dunkel war auch das Zimmer Juans.

Und die Zypressen rauschten im Nachtwind und erzählten den Sternen das Glück der Menschen . . .

*

Es wurde Oktober, und das Leben in der Sierra Morena war noch immer das gleiche, denn hier änderte sich nichts, was seit Jahrhunderten sich durch die Landschaft geformt hatte.

In dieser Woche, in der Dr. Osura von den Torricos kommend einen Tag in Solana del Pino Sprechstunde hielt, kam Concha zu ihm.

Sie kam heimlich zu ihm, durch die Hintertür, gegen Abend in der Dämmerung, einen Schal dicht um den Kopf gezogen und mit Augen, die von heimlichem Weinen gerötet waren. Sie setzte sich scheu auf einen Stuhl vor Dr. Osura und sah ihn mit ihren schwarzen Augen an, und aus ihnen schrie eine Qual, die den Arzt zusammenfahren ließ.

»Du hast Nachricht von Juan?« fragte er erschrocken.

Concha schüttelte den Kopf. »Nein.«

»Bist du krank?«

»Nein.«

»Was hast du denn, Concha?«

Sie klammerte sich an dem Stuhlsitz fest und schluckte mehrmals, ehe sie sprach. »Der Vater und die Mutter wissen es nicht«, stotterte sie. »Sie dürfen es auch nie wissen. Nie! Mir . . . mir ist so merkwürdig, Dr. Osura . . . hier, im Inneren. Morgens bin ich schwindelig, und ich muß mich erbrechen. Und . . . und . . . Oh, Dr. Osura . . .« Sie weinte auf und verbarg das Gesicht hinter den Händen.

Dr. Osura war blaß geworden, kalkig wie die Wand des Zimmers. Er sah Concha an, und er wußte ihr Geheimnis. Es warf ihn völlig um; er rang die Hände und rannte im Zimmer hin und her.

»Mein Gott«, sagte er erschüttert. »Warum habt ihr das getan?! Ihr dummen Kinder! Was soll nun werden?! Warum habt ihr das bloß getan?« wiederholte er.

128

»Ich liebe ihn doch«, weinte Concha. »Die Stunden waren so kurz, und ich mußte ihn lieben, weil ich ihn doch so lange nicht mehr sehe. Und nun ist es so ... ich bin so glücklich, und ich habe solche Angst ...«

»Mein Gott, mein Gott«, murmelte Dr. Osura und zog die Gummihandschuhe über. »Wie stellt ihr euch das bloß vor? Wenn das dein Vater erfährt, Concha ...«

»Er darf es nie, nie wissen!« schrie Concha auf. »Er würde Juan und mich einfach totschlagen!«

»Aber du kannst es doch nicht verheimlichen.« Dr. Osura untersuchte Concha schnell. Dann sank er aufseufzend in seinen Sessel und zog die Gummihandschuhe wieder aus. »In ein paar Monaten wird man es sehen, mein Kind ...«

»Dann werde ich nach Süden zu einer Tante fahren. Sie müssen mir rechtzeitig ein Attest schreiben, Doktor, daß ich Luftveränderung brauche. Ja, tun Sie das? Bitte, bitte. Dort unten an der Küste, bei der Tante, wird dann alles viel leichter sein. Und wenn« — sie zögerte und sagte dann tapfer —, »wenn das Kind erst da ist, wird auch der Vater mich nicht mehr schlagen.«

»Ich will tun, was ich kann.«

Dr. Osura beschloß im Inneren, sofort Campillo von der neuen Lage zu unterrichten. Juan wußte es bestimmt noch nicht, und er durfte es auch nicht erfahren. Die Aufregung, die diese Mitteilung auslösen konnte, würde seinen Zustand verschlechtern und sein Leben verkürzen. »Hast du es schon Juan geschrieben, Concha?« fragte er.

»Nein. Soll ich es?«

»Wenn ich dir raten soll — nein. Er muß sehr arbeiten, und wenn er es erführe, könnte es ihn hemmen. Wenn du es geboren hast, dann wollen wir es ihm gemeinsam sagen, nicht wahr?«

»Wie Sie wollen, Dr. Osura. Und Sie sagen bestimmt Vater nichts?«

»Aber nein, Concha. Eigentlich müßte ich es. Du bist erst achtzehn Jahre ...«

Concha sah zu Boden. Sie zitterte und krampfte die Hände zusammen. »Wird es sehr weh tun?« fragte sie leise und voll Angst.

»Das kann man nicht vorher sagen, Concha. Manchmal ja. Aber bis dahin hast du noch viel Zeit. Du mußt auf jeden Fall sehr tapfer sein, kleines Mädchen.«

129

Sie warf den Kopf in den Nacken. Ihre schwarzen Locken wirbelten herum. Etwas von der Wildheit der Berge, in denen sie geboren wurde, brach aus ihr heraus. »Das will ich auch!« sagte sie laut. »Ich liebe Juan mehr als alles.«

»Und Juan?« fragte Dr. Osura vorsichtig.

»Er auch«, nickte sie glücklich.

»Hm. Du weißt, daß Juan krank ist, Concha?«

»Ja.« Sie sah ihn mit großen Augen an, in denen Staunen und Angst lagen. »Aber er ist doch wieder gesund. Er sagte mir, daß er sich wohl wie noch nie fühlt. Und Sie haben ihm auch gesagt, daß er wieder gesund ist!«

»Ja, das habe ich ihm gesagt«, antwortete Dr. Osura leise.

»Sie haben ihn belogen?!« schrie Concha auf. Sie stürzte zu Dr. Osura hin, fiel auf die Knie und umklammerte seine Beine. »Sagen Sie es mir«, flehte sie.

Dr. Osura schwieg. Er wußte nicht, was er antworten sollte. Lügen? Auch jetzt noch, wo alles anders geworden war? Es ging jetzt um das Kind Conchas ... Da rang der Arzt die Hände und schüttelte den weißen Kopf. »Sterben werden wir alle einmal ... früher oder später. Juans Krankheit ist eine tückische Krankheit ... man kann nie sagen, wann er unter ihr zusammenbricht. Er kann hundert Jahre werden, aber auch nur zwanzig. Es liegt bei Gott, Concha ...«

Sie blickte zu ihm empor. In ihren schwarzen Augen lag ihre ganze wunde Seele. »Ist das wahr?« flüsterte sie.

»Ja.«

»Dann will ich doppelt tapfer sein. Er soll sich freuen über sein Kind ... das wird ihn sicherlich ganz heilen ...«

*

In Madrid ließ Campillo nach dem Telefonanruf Dr. Osuras Juan nicht mehr aus den Augen. Erst, als er das Schreckliche erfuhr, war er nahe daran, einem Schlaganfall zu erliegen. Aber dann wurde er plötzlich nüchtern und rechnete. Noch zehn Monate, hatte Dr. Moratalla gesagt. Wenn Conchas Kind in dieses feindliche Leben trat, war Juan bereits so geschwächt, daß er dieses Ereignis nicht mehr erfassen konnte und durfte. Wenn er es nicht vorher erfuhr, konnte man ihn in diesen wenigen Monaten noch zu Arbeiten bringen, die einzig in der modernen

Kunst sein würden. Seine Brunnengruppe, die er vor drei Tagen in Campillos Atelier in Marmor begonnen hatte, war in der Anlage das Reinste und Schönste, was Campillo und die Herren der staatlichen Kunstkontrolle, denen er den Entwurf des Nachts, als Juan schon schlief, heimlich zeigte, jemals gesehen hatten. Die Mappe mit den Skizzen und Zeichnungen schwoll an ... es war, als jage ein Feuer durch den Körper des Jungen und entfache in den letzten Monaten des Lebens noch eine Kraft, die nie in einem normalen Menschen wohnen konnte. Ohne Pause, nur unterbrochen durch die Mahlzeiten, arbeitete Juan und war so glücklich wie nie. Noch war in seinen Adern das große Erlebnis der Liebe Conchas, sein erstes und deshalb sein Inneres wandelndes Erlebnis, und aus diesem Taumel heraus wuchsen seine Werke und wurden Hymnen auf eine losgelöste Seele.

Professor Moratalla hatte getobt, als ihm Campillo mitteilte, was geschehen war, und er hatte gedroht, nichts mehr zu unternehmen, wenn man so dumm sei — er hatte wirklich dumm gesagt —, nicht einmal einen Jungen beobachten zu können. Zu Oberarzt Dr. Tolax aber hatte er an diesem Abend gesagt:

»Herr Kollege, jetzt wird der Fall Torrico noch aktueller. Er wird in acht Monaten Vater sein. Ob Professor Dalias jetzt sein Jawort gibt, wo es um eine Familie geht?«

Dr. Tolax hatte mit den Schultern gezuckt und seinen Chef verneinend angeblickt. »Es geht Dalias um das Prinzip«, antwortete er. »Ob Familie oder nicht — der Eingriff wäre einmalig auf der Welt. Und das lehnt er ab.«

»Ein dummer, dicker, ekelhafter Feigling!« hatte da Moratalla geschrien und war in den Operationssaal III gestürzt, wo Dr. Albanez Gallensteine herausoperierte. Er stellte sich hinter ihn und schaute über seine Schulter zu. Dr. Albanez wurde ein wenig unsicher, aber als er einen Stoß in seine Rippen bekam, riß er sich zusammen und führte die Operation zu Ende.

Während er sich hinterher wusch und an dem gewärmten Handtuch abtrocknete, sah er Prof. Moratalla von der Seite an. Der Chef war sehr ernst, er schien Kummer zu haben, und Dr. Albanez wartete, bis er zu sprechen begann.

»Juan Torrico wird Vater«, sagte Moratalla, als habe er die Gallensteine, die nebenan sauber auf einem großen Stück Zellstoff lagen, verschluckt. Dr. Albanez riß die Augenbrauen hoch.

»Auch das noch!« sagte er leise.

»Tolax meint, das ändere nichts.«

»Theoretisch nicht, Herr Professor!«

»Ihr dämlichen Theoretiker!« Moratalla warf ein Stück Seife, das er in der Hand hielt, in das Wasser. Es spritzte hoch und bekleckste die Schürze Dr. Albanez'. »Sorgen Sie lieber dafür, daß ich aus irgendeinem Zoo oder Zirkus noch zehn Affen bekomme! Ich habe das verdammte Gefühl, als fordere der Tod mich persönlich zu einem Zweikampf heraus. Bei Gott — und den will ich gewinnen!«

»Ich will alles versuchen, Herr Professor.«

»Wissen Sie übrigens, daß unten im Keller sieben Meerschweinchen und drei Hunde mit einem geflickten Herzen leben?«

Dr. Albanez riß die weiße Haube vom Kopf. »Ist das wahr, Herr Professor?«

»Habe ich jemals gelogen?« raunzte Moratalla.

»Nein ... nein ... aber das ist zu phantastisch. Das muß ich sehen. Das wäre ja ...« Dr. Albanez griff sich mit beiden Händen an den Kopf, »... das wäre ja der Weg zu einer Operation an Torrico.«

»Vielleicht«, wich Moratalla aus.

»Und wann machen Sie den ersten Menschenversuch?«

»Überhaupt nicht! Glauben Sie, ich wolle wegen Leichenschändung von Professor Dalias angeklagt werden? Sie haben doch gehört: Allerhöchster Befehl! Keine Versuche mehr in dieser Richtung! Es ist zum Verrücktwerden, Dr. Albanez.«

*

Ricardo Granja suchte seine Tochter, weil er nach Puertollano fuhr und sie gerne mitnehmen wollte. Concha aber war in Solana del Pino und kaufte ein, auch wollte sie dort Pedro treffen, von dem sie wußte, daß er an diesem Tage im Dorf war. Sie hatte auch davon gehört, daß ein neuer Brief Juans angekommen war. Sie fieberte dem Schreiben entgegen und war schon früh am Morgen aus dem Haus gegangen, ohne zu sagen, wohin sie ging.

Ricardo Granja kam selten in die Zimmer seiner Tochter. Es lag ihm nicht, in fraulichen Gemächern herumzustehen, wo alles so klein und zierlich ist, daß man meint, die Möbel zerbrächen unter den klobigen Händen. Und so stand er auch jetzt unschlüssig in Conchas Schlafzimmer und ließ den Blick über die weißen und lindgrünen Möbel schweifen. Bei einem aufgeklappten Schreibschränkchen blieb er haften, denn es lagen dort einige Hefte herum und ein paar Briefe. Er sah es deutlich — es waren Briefe, und er wunderte sich, wer wohl Concha schreiben würde, denn nie hatte er gesehen, daß an Concha Post dabeigewesen wäre.

Neugierig trat er an den Schreibschrank heran und drehte die Kuverts um.

J. T., Madrid, bei Fr. Campillo, stand dort. Und die Adresse: Señorita Concha Granja, Solana del Pino, Ciudad-Real, Castilla, Gasthaus Moya.

Ricardo Granja schüttelte den Kopf und setzte sich vorsichtig, aus Angst, er könne zerbrechen, auf den kleinen, lederbespannten Hocker vor die heruntergeklappte Schreibplatte.

J. T.? grübelte er. Wer ist J. T. Eine Freundin? Die Schrift ist kindlich, unbeholfen, ein wenig klobig. Er nahm einen Brief aus dem Kuvert und tröstete sich über den Vertrauensbruch hinweg mit der Feststellung, daß es die Pflicht eines guten Vaters sei, das Seelenheil seiner Tochter zu überwachen und ihr die richtige Erziehung auch in Hinsicht des brieflichen Verkehrs zu geben.

Es war ein Liebesbrief . . . bei den Tränen der Mater dolorosa! Ricardo Granja fühlte, wie er wütend wurde, denn er wußte nichts von einem Mann, der seiner Tochter die Liebe gesteht und außerdem die Fähigkeit hat, zu schreiben. Es war also kein Mann aus dieser Gegend, denn diese Bauern konnten weder schreiben noch lesen, und das war etwas, was ihn beruhigte. Er las also weiter, und er war sehr erregt, als er von Küssen las, von einer traumhaft schönen Nacht, von Schwüren der Treue und den heißen Lippen, nach denen man Sehnsucht habe.

Meine Concha, dachte er nur. Sieh an, sieh an. Wenn ich das Pilar sage, bekommt sie einen Anfall. Den Brief legte er zurück und sah auf die schmalen Hefte, die etwas weiter im Schrank lagen.

Mein Tagebuch, stand auf den Deckeln.

Conchas Tagebuch?

Wer ist J. T.? dachte Granja. Vielleicht steht es in den Büchern! Vielleicht kann ich ihn sprechen und ihm, wenn er jung

133

und nicht so stark wie ich ist, ein paar Ohrfeigen geben? Es ist immer gut, wenn man den wilden Vater spielt.

Er ergriff das letzte Heft, das obenauf lag, und schlug die letzte Seite auf. Dort standen in Conchas zierlicher, filigranhafter Schrift nur ein paar kurze Sätze, und sie warfen Ricardo Granja aus seiner Fassung, daß er brüllend wie ein Stier im Zimmer hin und her rannte.

Heute war ich bei Dr. Osura, stand in dem Buch. *Was ich ahnte und fühlte und mich mit Glück berauscht, ist wahr: Ich werde ein Kind haben. Ein Kind von meinem Juan. Oh, mein Gott, wie danke ich Dir dafür! Jetzt wird er ewig mir gehören und ich ihm ... wie schön ist es, so jung schon am Ziel seines Lebens zu sein ...*

Ein Kind! Concha bekommt ein Kind! Von einem Juan! Die kleine, zarte Concha ein Kind! Ricardo Granja raufte sich das Hemd aus der Hose und trommelte mit den Fäusten gegen die Stirn.

Juan Torrico! Ja ... er war ja in Madrid, dieser schmale, versponnene, im Kopf nicht ganz klare Junge, dieser Weichling, der nur malen und Steine behauen konnte, der zu dumm zum Kühehüten war ... dieser erbärmliche Hund war der Vater ... mit ihm hatte sich seine Concha eingelassen, seine vornehme, kluge, hübsche Concha mit einem Bastard ...?!

Granja ergriff den kleinen Hocker und hieb ihn gegen die Bettkante. Er zerschellte, und die Holzstücke surrten durch das Zimmer.

»Ich bringe ihn um!« schrie Granja. »Ich erwürge ihn! Wie einer Taube drehe ich ihm den Hals herum! Dieses Scheusal! Dieser Lump!« Und dann sank er auf Conchas Bett, und der klobige Mann mit dem Gemüt eines Bullen weinte und putzte sich hilflos schluchzend die Nase.

*

Es war Nacht, als Granja in wilder Fahrt in Madrids Vorstädten eintraf. Wieder fuhr er bis zu dem Hotel, wo er zuletzt gewohnt hatte, und er erfuhr hier von dem Portier, daß seine Tochter dreimal das Haus verlassen hatte, jedesmal eine halbe Stunde später, nachdem er in seine Bars gegangen war. Da überkam ihn auch noch die erwiesene Schuld seines eigenen Handelns, und dies alles verdunkelte sein Gehirn und führte ihn zur Raserei, in der ein Mensch wie ein Tier ist, vielleicht noch grausamer.

Ricardo Granja verließ das kleine Hotel eine Stunde nach seiner Ankunft in tiefer Verzweiflung, mit einem scharf geschliffenen Beil und geminderter Zurechnungsfähigkeit.

Mit einer Autotaxe ließ er sich zur Villa Fredo Campillos bringen und stand dann ebenso zaudernd und lauschend am Gartenzaun wie damals Concha.

Granja drückte auf den Klingelknopf und starrte durch die Glastür dem Mann entgegen. Fest hielt er unter dem Mantel das Beil umklammert. Ist das Campillo selbst? dachte er. Und was soll ich sagen, wenn er öffnet? Soll ich ihn einfach umrennen und Juan suchen? Oder was soll ich tun? Er sah, wie schwer es war, ein Mörder zu werden, und die Wut seiner Hilflosigkeit machte ihn zittern.

Der Diener öffnete die Glastür und sah den fremden, blassen Mann in dem weiten Mantel groß und abschätzend an.

»Was wollen Sie?« fragte er laut. »Woher kommen Sie? Und mitten in der Nacht?!«

Ricardo Granja verbeugte sich leicht.

»Sie sind Señor Campillo?« fragte er.

Der Diener schüttelte geschmeichelt den Kopf.

»Ich bin sein Diener«, sagte er.

»Sein Diener?« Granja sah an ihm herunter, und die Scham, sich vor einem Diener verbeugt zu haben, spülte alle Höflichkeit fort. »Wo ist Juan Torrico?« rief er grob.

Der Diener riß die Augenbrauen hoch ... er witterte Gefahr und stellte sich zurecht, um ihr zu begegnen.

»Er ist hier im Haus. Er schläft. Was wollen Sie von ihm. Wer sind Sie überhaupt!«

»Das sage ich keinem Diener!« schrie Granja. »Lassen Sie mich herein. Und rufen Sie Señor Campillo.«

»Das werde ich nicht tun!«

Der Diener wollte die Tür schließen, aber Granja schob den Fuß dazwischen und drückte sie mit seinen Schultern auf. Gegen die Urkraft eines kastilischen Bauern ist ein Städter wie ein Halm im Wind ... der Diener wurde zur Seite gedrückt und flog mit der sich öffnenden Tür in die Halle.

Da traf ihn ein Faustschlag Granjas ins Gesicht, und er fiel zu Boden, ohne sich noch zu rühren.

Granja stand allein in der Halle und schloß hinter sich die Tür. Schnell sah er sich um. Die kostbaren Teppiche, die wertvollen Gemälde und Skulpturen, die geschnitzte Treppe zum Oberstock, die schweren, eichenen Türen zu den einzelnen Zimmern . . . er wußte nicht, wohin er sich wenden sollte, und rannte mehr aus Instinkt als aus Überlegung der Treppe zu und stürzte sie hinauf.

Als er schweratmend den Flur des oberen Stockwerkes erreicht hatte, hörte er unten aus der Halle den Hilfe- und Alarmschrei des erwachten Dieners. Ein Gong dröhnte durch das stille Haus, man hörte Türen klappen und Stimmen, die erregt durcheinandersprachen. Da erfaßte Granja eine plötzliche Angst, er rannte den Flur entlang und prallte zurück, als am Ende des Ganges eine Tür geöffnet wurde und ihn greller Lichtschein blendete. Aber dann schrie er wild auf . . . in der Tür stand Juan Torrico, der schmächtige, elende Bauernbursche, der es gewagt hatte, Concha zu berühren.

Voller Wut, gepaart mit der Angst vor den Verfolgern in seinem Rücken, stürzte Granja auf Juan zu, stieß ihn ins Zimmer hinein, warf die Tür hinter sich zu und schob den Riegel davor. Dann riß er sich den Mantel vom Körper und faßte das Beil. Das breite, blinkende Metall blitzte im Schein der starken Deckenlampe.

Mit entsetzensweiten Augen war Juan an das Bett zurückgewichen und streckte nun abwehrend beide Arme weit gegen Granja aus.

»Was . . . was wollen Sie . . .«, stammelte er. Angst und Grauen schrien aus seinen Augen. Er sah in das wilde Gesicht des Mannes, in diese flackernden, mordlüsternen Augen, und er wußte, warum er hier stand und das Beil in der Hand hielt.

»Was hast du mit Concha gemacht?« schrie Ricardo Granja und kam langsam auf ihn zu.

»Wir lieben uns, Señor Granja . . .«, stotterte Juan. »Sie hat es Ihnen gesagt . . .?«

»Nein! Gelesen habe ich es! In ihrem Tagebuch! Sie war bei Dr. Osura . . .«

»Bei Dr. Osura . . .?«

Juan fiel mit dem Rücken gegen die Bettwand, und sein Herz setzte mit Schlagen aus. Er wurde weiß, und dunkle Schatten entstellten sein Gesicht unter den Augen. Wie eine Maske war sein Gesicht, leblos und verzerrt.

»Ein . . . ein Kind . . .«, röchelte er mühsam.

»Ja! Ja, ein Kind!« brüllte Granja. Er sah Juan nur noch durch einen Schleier. Und dann stürzte er auf ihn zu, ließ das Beil fallen, daß es klirrend gegen das Bett schlug, und ballte die Fäuste. »Du Schwein!« gellte seine Stimme, und es lag Irrsinn in dem Ton. »Du Schwein! Du Saustück von einem Mann!« Und dann hieb er mit beiden Fäusten in dieses bleiche Gesicht, er sah, wie das Blut aus Mund und Nase stürzte, und je mehr er es fließen sah, um so wilder wurde er und hieb und hieb, bis der Körper vor ihm zusammensank, auf die Erde vor das Bett fiel und röchelnd sich auf dem Boden wand. Aber noch immer schlug er auf ihn ein, er trat gegen den Rücken und gegen die Brust, es war ein blutiger Rausch, der über ihn gekommen war und aus dem er keinen Weg mehr in die Vernunft fand.

Er hörte nicht, wie hinter ihm die Tür eingerannt wurde — nur als er zurückgerissen wurde, als er selbst eine Faust in seinem Gesicht fühlte, wurde es wieder klar vor den Augen und er starrte, festgehalten von vier kräftigen Armen, auf das Bild der Zerstörung, das er hinterlassen hatte.

Juan lag ohnmächtig und mit einem Gesicht, das nur noch Blut schien, auf dem Teppich vor dem Bett. Fredo Campillo und der Diener knieten neben ihm und stützten seinen Oberkörper hoch. Campillo riß das Hemd über der Brust auf und legte das Ohr an das Herz.

»Es schlägt nicht mehr!« schrie er plötzlich auf. Und er sprang auf, umkrallte die Gurgel Granjas und schüttelte den erblassenden Mann hin und her. »Sie Mörder!« schrie Campillo. Seine Stimme überschlug sich. »Polizei! Einen Arzt! Sie Mörder . . .!«

In diesem Augenblick sank Ricardo Granja zusammen — willenlos ließ er sich aus dem Zimmer führen, ein Haufen Fleisch ohne Kraft und Willen, ein Taumelnder, der nicht weiß, was hinter ihm liegt.

Kaum zehn Minuten später raste Professor Moratalla die Treppe hinauf und warf sich neben dem Bett, auf das man Juan getragen hatte, auf die Knie. Er riß das Membranstethoskop heraus und tastete die blutverschmierte Brust ab. Dr. Tolax und Dr. Albanez, die ihm gefolgt waren, zogen bereits eine Spritze auf.

»Sofort Strophantin!« schrie Moratalla. »Noch schlägt das Herz, aber es geht zu Ende, Campillo . . .«

»Nein! Herr Professor!« Der große Kunstexperte, der berühmte Direktor der Staatlichen Galerien, weinte. Er beugte sich über den gelbweißen Juan und streichelte sein blutiges Gesicht, das jetzt von Dr. Tolax gewaschen wurde. »Er darf nicht sterben«, schluchzte er. »Er wollte nächste Woche sein großes Brunnenwerk beginnen . . .«

Professor Moratalla richtete sich auf und sah zu Dr. Albanez hinüber. »Sofort zur Klinik«, sagte er rauh. »Und benachrichtigen Sie sofort per Blitzgespräch die Mutter und Dr. Osura. Ich werde dafür sorgen, daß ein Militärflugzeug noch diese Nacht nach Solana del Pino fliegt und die Mutter und Dr. Osura nach Madrid bringt. Und benachrichtigen Sie Professor Dalias, er möchte sofort kommen und sich die neueste Platte ansehen, die ich gleich aufnehme. Wenn das Geschwür geplatzt ist, werde ich operieren!«

»Herr Professor!« schrie Dr. Tolax entsetzt.

»Es gibt kein Zurück mehr, Dr. Tolax!« Die Stimme Moratallas dröhnte. »Ich wage es, und wenn es meine Lizenz als Arzt kostet!«

»Das lassen wir Ärzte, die zu Ihnen aufschauen und die von Ihnen lernen, nicht zu!« rief der Oberarzt mit hochrotem Kopf.

»Danach werde ich nicht fragen! Dr. Albanez — bereiten Sie alles vor!«

Und der junge Arzt nickte und entfernte sich schnell.

Langsam trug man dann Juan auf einer Bahre aus dem Haus in den Krankenwagen, der vorsichtig durch die nachtstillen Straßen fuhr, hinaus in das große Haus an der Chaussee nach Barajas.

Ricardo Granja brachte man einige Minuten später mit einem Auto zur Polizei, wo er gebrochen in seine Zelle wankte und auf der harten Holzpritsche niederfiel.

»Concha . . .«, murmelte er die ganze Nacht. »Concha . . . Warum mußte das sein . . . Concha . . .«

Als man in der gleichen Nacht Anita aus dem Bett neben dem Herd holte und sie bat, sofort mitzukommen, sah sie den Mann mit der Lederkleidung groß an und nickte.

»Es ist soweit«, war alles, was sie sagte. Und sie stand auf, während Pedro und Elvira von oben kamen und mit entsetzensweiten Augen hörten, daß Juan im Sterben lag.

»Wir fahren alle mit!« rief Pedro und stürzte nach oben. In wenigen Minuten kam er zurück, angetan mit seiner alten Feldkleidung, da er in der Eile nicht mehr die guten Sachen suchen konnte. Auch Elvira warf schnell das erste Kleid über, das sie zur Hand bekam, und dann standen sie neben Anita, der kleinen, alten, gefaßten Mutter, denn während sie weinten, sah sie stumm von einem zum anderen, band sich die schmutzige blaue Schürze um, goß das noch siedende Wasser in eine Kanne und reichte dem Piloten erst einmal eine Tasse Kaffee. Während er trank, packte sie zu einem Bündel das Nötigste zusammen . . . eine neue Schürze, ein anderes Kleid, ein Nachthemd, das sie seit zehn Jahren nicht mehr getragen hatte, und dann eine Börse mit Silbergeld, die sie aus einem Mauerriß hinter dem Ofen hervorholte und von der keiner etwas gewußt hatte.

»Ich bin bereit«, sagte sie dann, als gehe sie zu einem Ausflug. Dann sah sie ihren großen Sohn an und sagte laut: »Höre auf zu weinen, Pedro!« Da biß sich der große, starke Mann auf die Lippen und trottete der alten Frau nach zu dem Feld, auf dem das Flugzeug nach abenteuerlichen Schleifen um die Hügel gelandet war.

Im Raum des Flugzeuges saß schon Dr. Osura, eingehüllt in einen dicken Mantel. Er reichte Anita stumm die Hand, zog sie zu sich und legte den Arm wie schützend um ihre schmalen Schultern. Pedro und Elvira kauerten sich in eine andere Ecke . . . und dann brummte der Motor auf, ein Zittern durcheilte den Leib des Flugzeugs, man hatte das Gefühl, als schwebe man, als sitze man in einem Fahrstuhl, der immer, ohne Aufenthalt nach oben fährt . . . und so erlebte Anita den ersten Flug ihres Lebens in den Armen Dr. Osuras, aber sie merkte es nicht . . . keine Kälte, die in den Raum drang, keine Erschütterung, wenn die Windböen das Flugzeug packten, kein Motorengeräusch . . . sie hatte die Augen geschlossen und betete . . . die ganze Fahrt über, still in sich hinein, versunken in das Flehen um Rettung des sterbenden Sohnes.

Beim Morgengrauen landete man auf einem Feld in der Nähe der Klinik. Dr. Tolax war mit einem Krankenwagen zur Stelle — Anita, am Arme Dr. Osuras, stieg ein, während Pedro und Elvira mit einem anderen, einem Privatwagen, nachfuhren.

Professor Moratalla stand unten in der Halle, als die Wagen ankamen, und trat auf Anita zu. Die kleine Frau blickte zu dem Riesen empor, und als sie in seine Augen sah, fühlte sie die Kraft, die von diesem Manne ausging. Da umklammerte sie seine Hände und sah ihn mit ihren großen, wässerigen Augen an. »Sie sind der Mann, der Juan rettet?« sagte sie leise. »Oh, bitte, helfen Sie ihm . . .«

Professor Moratalla biß die Zähne zusammen. Er hatte in seinem Leben als Arzt viele Mütter gesehen, Mütter, die schrien, Mütter, die zusammenbrachen, Mütter, die am Bett des Toten irrsinnig wurden, Mütter, die Selbstmord begingen, Mütter, die starr waren wie Steine . . . aber diese alte Mutter in ihrer schmutzigen Schürze, die sie vergessen hatte, auszuziehen, mit ihren alten Kleidern und den wirren weißen Haaren, den dicken Beinen und den großen Augen, diese Mutter erschütterte ihn mit ihrer stummen Duldung und mit der Festigkeit, mit der sie ihr großes, erbarmungsloses Schicksal trug.

Ohne zu fragen oder etwas zu erklären, faßte er Anita unter und führte sie in sein Zimmer. Dr. Osura und die Ärzte folgten ihm. In dem großen Raum, der durch die großen Lampen grell erleuchtet war, saßen schon Fredo Campillo, Ramirez Tortosa und Professor Dalias bei einer Flasche Kognak. Als Moratalla mit Anita eintrat, erhoben sie sich und blickten stumm auf die alte Bauersfrau, die verlegen im Zimmer stand und die rissigen, verarbeiteten Hände schamhaft in die Taschen der fleckigen Schürze steckte. Pedro stand hinter ihr — an seinen großen Schuhen war noch der Staub der kastilischen Landstraßen und die Erdbrocken seiner Felder. Er war auf diesem Flug durch die Nacht alt geworden, eine scharfe Falte hatte sich in die Mundwinkel eingegraben. Er sah von einem der vornehmen Herren zum anderen und sagte dann laut:

»Kann ich meinen Bruder nicht sehen?«

»Gleich, Herr Torrico.« Moratalla ging an seinen Schreibtisch und nahm von ihm eine Röntgenplatte, die er auf die Scheibe des Lichtkastens schob. Dann schaltete er das Licht ein, und Juans Brustkorb lag vor den Blicken der Anwesenden. Anita starrte auf die dunklen Rippen und die merkwürdigen Flecken und Gebilde, die sie zum erstenmal sah. Auch Pedro wischte sich über die Stirn und wagte kaum, näher zu treten. Professor Dalias warf einen kurzen Blick auf die Platte und verzog den Mund wie unter einem Krampf. Moratalla sah es, und er drehte sich schnell herum.

»Sie erkennen es, Professor Dalias?« sagte er schnell. »Die Gefahr ist akut geworden. Das Geschwür im Herzbeutel ist durchgebrochen — die Sekretion droht das Herz abzudrücken! Wenn wir nicht sofort eingreifen, ist Juan Torrico in spätestens drei Tagen unter furchtbaren Qualen gestorben.«

»Sie sind ein roher Patron, das in Gegenwart der Mutter zu sagen«, meinte Dalias mit rauher Stimme.

»Ich muß es so sagen, um Ihnen zu verstehen zu geben, daß ein Eingriff nötig ist. Ein Experiment am menschlichen Körper, Dalias . . .«

Professor Dalias blickte von einem zum anderen. Er sah in die starren Gesichter der Männer und in die verständnislosen Augen der Mutter, die nicht wußte, worum es ging. »Machen Sie, was Sie wollen!« sagte er da, wandte sich ab, nahm seinen Hut und verließ das Zimmer. Draußen, auf dem Flur, setzte er den Hut auf und zog die Schultern zusammen.

»Ein verflucht mutiger Bursche, dieser Moratalla«, sagte er leise zu sich. »Wenn bloß nichts schiefgeht bei der ganzen Sache . . .«

In der Klinik war es still. Saal IV wurde nicht vorbereitet. Die Bahre wurde nicht in den Fahrstuhl gefahren. Juan lag in seinem Bett, kalkweiß, leise atmend, ohne Bewußtsein. Die Knochen seines Gesichtes, seine Schläfen, seine Nase stachen spitz aus dem weißen Kissen hervor. Der Körper war eingefallen, skeletthaft, schon gestorben, obwohl das Herz noch schlug. Kalter Schweiß stand auf der Haut, er roch scharf, als ätze er in den Poren.

Dr. Tolax saß am Bett und fühlte den Puls. Er war kaum wahrnehmbar, aber er schlug, und das war beruhigend. Neben Dr. Tolax, auf einem Schemel, hockte Anita und sah unverwandt in das Gesicht Juans. Sein Anblick war erschreckend, aber sie erschrak nicht — sie sah nur ihr Kind, und sie hatte ihn gestreichelt und ihn leise mit vielen Kosenamen gerufen, daß Pedro, der im Hintergrund stand, aus dem Zimmer gehen mußte, um auf dem Gang laut aufzuheulen. Dort saß Elvira in einem Korbsessel und hatte die Hände gefaltet. »Wie geht es ihm?« fragte sie leise.

»Er erkennt niemanden.« Pedro lehnte sich gegen die weiße

Mauer und biß sich in die geballte Faust, die er gegen den Mund gedrückt hielt. »Die Mutter unterhält sich mit ihm. Ich ertrage das nicht mehr! Ich bringe diesen Ricardo Granja um!«

»Er hat das auch nicht gewollt«, sagte Elvira sanft. »Er wollte Concha rächen. Er sieht das mit anderen Augen als Juan und Concha.«

In seinem Zimmer stand Professor Moratalla vor Dr. Osura, Dr. Albanez, Fredo Campillo und Ramirez Tortosa. Er zuckte mit den Schultern und hob hilflos die Arme.

Seine Stimme war belegt. In ihr lag die grenzenlose Enttäuschung.

»Meine Herren, ich muß es Ihnen sagen: Juan Torrico wird sterben müssen!«

Dr. Osura faßte sich an den Kopf. »Das ist nicht Ihr Ernst, Herr Professor!« stotterte er.

»Mein vollster, Herr Kollege.«

»Aber Sie haben doch vor drei Stunden noch gesagt, daß Sie operieren werden!« rief Campillo in höchster Erregung. Tortosa saß in einer Ecke und stierte vor sich auf den Teppich. »Wenn Juan stirbt, stirbt mit ihm die Hoffnung Spaniens, in der Kunstwelt wieder führend zu sein«, sagte er leise.

»Mein Gott, ich kann ihn nicht retten!« schrie Moratalla. »Meine Versuche sind mißlungen. Vor einer Stunde habe ich die letzte Bestätigung erhalten! Es ist unmöglich, von einem Affenherzen etwas in ein Menschenherz zu transplantieren! Es geht einfach nicht. Wir brauchen da gar keine Illusionen zu haben!«

»Dann muß eben ein anderes Herz heran!« schrie Dr. Osura.

Moratalla nickte ein wenig spöttisch. »Bitte«, antwortete er. »Besorgen Sie mir eins, Herr Kollege. Ich muß es innerhalb sechsunddreißig Stunden haben, sonst nützt es nichts mehr.«

III

Anita war am Bett eingeschlafen. Sie erwachte, als die Schwester ins Zimmer trat, um Juan das Fieber zu messen.

Der Junge schlief. Die Ohnmacht schien in tiefen Schlaf übergegangen zu sein, sein Atem war stärker, und das Herz schlug hörbar. Das beruhigte Anita, und sie erhob sich, als die Schwester ans Bett trat, und ging hinaus auf den Gang, wo noch immer Pedro und Elvira saßen und ihr aus müden Augen entgegensahen.

»Er schläft«, sagte Anita leise, als könne ihre Stimme ihn durch die Tür aufwecken.

Pedro wollte etwas sagen, aber Dr. Albanez kam den Gang herunter und wandte sich an Anita.

»Der Herr Professor möchte Sie sprechen. Bitte, kommen Sie mit.« Und zu Pedro und Elvira gewandt: »Sie bitte auch. Es ist wichtig.«

Er wandte sich um und ging voraus. Anita folgte ihm mit kleinen, tappenden Schritten. Professor Moratalla sah ihr aus der geöffneten Tür seines großen Zimmers entgegen, in dem noch immer Dr. Osura, Campillo und Tortosa saßen. Als sie eingetreten waren, schloß Moratalla die Tür und verschränkte die Arme auf den Rücken. Dr. Osura zog Anita zu sich ... er sprach nichts, aber seine stumme Gebärde verriet, was er nicht zu sagen wagte.

Professor Moratalla stand an dem großen Fenster. Er blickte hinaus in den Garten, während er sprach, und drehte den Anwesenden seinen breiten Rücken zu.

»Wir haben alles überlegt, Señora Torrico. Es geht nicht. Ich muß es Ihnen sagen. Ich darf es Ihnen nicht verheimlichen. Ihr Sohn wird im Laufe des Tages sterben.«

»Ich wußte es«, sagte Anita leise.

Dieser Satz riß Moratalla herum. Er starrte die kleine, alte Frau an. »Meine Kunst hat Grenzen«, sagte er dumpf.

»Und warum operieren Sie nicht?«

»Weil ich kein Herz habe, Señora.«

»Kein Herz?« Anita schüttelte den Kopf. »Wozu brauchen Sie ein Herz?«

Moratalla trommelte mit den Fingern auf die Fensterbank. Die Erregung übermannte auch ihn. »Es hat nur einen Zweck, Ihren Sohn zu operieren, wenn ich den angegriffenen Teil seines Herzbeutels heraustrennen kann und Stücke eines anderen Herzbeutels überpflanze. Ich hatte gehofft, es ginge mit dem Beutel eines Affen . . . aber es war eine Utopie! Ich brauche ein menschliches Herz . . . und das habe ich nicht . . .«

Langsam kam Anita auf Moratalla zu. Sie faßte ihn am Ärmel seines Rockes, und dieser Griff riß den Riesen herum. Er sah in die großen, wässerigen Augen der alten Frau und zwang sich, diesem fragenden Blick standzuhalten.

»Ich habe doch ein Herz, Herr Professor«, sagte sie leise.

Dr. Osura zuckte empor. Seine Finger waren weit gespreizt.

»Nein!« schrie er. »Das lasse ich nicht zu! Anita, das ist doch Wahnsinn!« Er wandte sich zu Pedro um, der das Ganze noch nicht begriffen hatte, und packte ihn an der Brust. »Pedro, sagen Sie doch etwas! Bringen Sie doch Ihre Mutter zur Vernunft. Verstehen Sie denn nicht, was sie will? Sie will ihr Herz für Juan geben . . .«

»Mutter . . .« Pedro stürzte mit einem Schrei zu Anita und riß sie von Moratalla zurück. Die kleine Frau wirbelte durch die Luft und prallte gegen die breite Brust des Sohnes. »Sie tun es nicht, Herr Professor!« schrie Pedro und umklammerte den Körper Anitas, als wolle man ihn ihm entreißen.

Moratalla schüttelte den Kopf. »Nein! Ich tue es nicht. Auf keinen Fall.«

»Dann wird Juan sterben«, sagte Campillo laut. »Und mit ihm der größte Künstler, den Spanien seit Goya und Velasquez besitzt.«

Anita wehrte sich in den Armen ihres Sohnes und stieß ihn gegen die Brust. Es war ein stummer, erbitterter Kampf, und er ging um ein Leben. »Laß mich los!« rief Anita und schlug Pedro ins Gesicht. Es war der erste Schlag seit Jahren. Pedro ließ seine Mutter los und senkte den Kopf. Da fiel Anita auf die Knie und hob flehend die Arme zu Moratalla.

»Retten Sie Juan«, rief sie mit greller Stimme. »Nehmen Sie mein Herz. Ich bitte, bitte Sie . . .«

144

Moratallas Gesicht war schrecklich. Es war verzerrt und bleich, wie man ihn noch nie gesehen hatte.

»Sie werden eine andere Blutgruppe haben«, sagte er rauh.

»Dann lassen Sie es feststellen!« rief Campillo.

»Es ist eine Operation auf Leben und Tod!« Moratalla rannte wie ein wildes Tier hin und her. Während er sprach, kreisten seine Arme durch die Luft, als ringe er mit einem unsichtbaren Gegner. »Die Chancen sind gering . . . für beide! Die Rettung des Sohnes kann den Tod der Mutter bedeuten!«

»Ich bin eine alte Frau. Ich habe nichts mehr von dieser Welt.« Anita begann zu weinen, und dieses stille Weinen, das schon Dr. Osura nicht ertragen konnte, warf auch Moratalla aus seinem inneren Gleichgewicht. Er starrte die alte Frau an, wie die Tränen aus ihren Augen liefen, und er hörte ihre brüchige Stimme. »Ich will, daß Juan weiterlebt. Ich will nicht mehr leben, wenn er leben kann. Retten Sie ihn doch, Herr Professor, retten Sie ihn doch . . .« Und dann sagte sie etwas, was Moratalla zur Verzweiflung trieb. »Denken Sie an Ihre Mutter . . . an alle Mütter, Herr Professor. Hätte sie gezögert, Ihr Leben zu retten, wenn Sie krank, so krank wie mein Juan gewesen wären?«

»Hören Sie auf!« schrie Moratalla wild. Er rannte zu dem Telefon, drückte einen Knopf und schrie: »Dr. Tolax sofort zur Blutgruppenuntersuchung!« Dann sank er in seinen Sessel und bedeckte das Gesicht mit seinen großen Händen.

Im Raum hörte man das leise Weinen Anitas und das Atmen der Männer. Pedro stand zitternd an der Wand und stierte auf die Mutter. Dr. Osuras Lippen bebten, er wollte etwas sagen, aber die Worte erstarben ihm auf der Zunge. Campillo und Tortosa tranken bleich einen Kognak. Dr. Albanez war kühl und sah nur auf seinen Chef.

»Ich mache Sie darauf aufmerksam«, sagte Moratalla leise, »daß ich wenig Hoffnung habe, daß Sie nach der Narkose wieder erwachen. Ich muß Ihr Herz verkleinern!«

»Ich weiß es«, antwortete Anita laut.

»Es ist eine Operation, wie sie noch nie vorgenommen wurde.«

»Ich werde das nie zulassen!« schrie Dr. Osura. »Ich werde sofort Professor Dalias benachrichtigen.«

»Das wirst du nicht.« Fredo Campillo stand plötzlich vor sei-

145

nem Freund und hob die Faust. »Wenn du einen Schritt aus dem Zimmer setzt, schlage ich dich nieder.«

»Du willst einen Mord decken?« brüllte Dr. Osura.

»Ich will Spanien einen großen Sohn erhalten! Anita wird nicht sterben . . . ich glaube an diese Operation und an Professor Moratalla.«

Dr. Tolax trat ein. Er fragte nichts, er ahnte, was sich hier in den wenigen Minuten entschied. Er faßte Anita unter und führte sie aus dem Zimmer, und sie ging mit, hoch aufgerichtet, mit festen Schritten. Beim Gehen strich sie ordnend über ihre alte, fleckige Schürze.

Das Telefon schellte, Moratalla nahm den Hörer ab. »Ja, Dr. Tolax?« fragte er.

Moratalla legte den Hörer wieder auf und erhob sich langsam.

Er sah auf Pedro und dann zu den anderen. Seine Stimme war belegt.

»Die Mutter hat die gleiche Blutgruppe . . .«

Tortosa faltete die Hände. »Das ist die Entscheidung.«

Moratalla nickte schwer. »Ja.«

Er blickte auf die Uhr. Es war zehn Uhr vormittags.

Der 29. Oktober 1952.

Ein Samstag.

Die Sonne schien.

Moratalla wandte sich mit einem Ruck um.

»Dr. Albanez«, sagte er. »Sagen Sie in Raum IV Bescheid. In einer Stunde operiere ich . . .«

»Jawohl, Herr Professor.« Dr. Albanez war nun auch blaß geworden . . . die Tragweite der Worte lag auf ihm wie eine Zentnerlast. »Wer soll assistieren?«

»Dr. Tolax, Sie, Dr. Usagre, Dr. Serrota und« — er blickte zur Seite —, »enn der Herr Kollege will, Dr. Osura.«

Dr. Osura zuckte auf. »Nein!« antwortete er stockend. »Ich nicht. Ich will mich nicht mitschuldig machen, Herr Professor.«

»Wie Sie wünschen.« Moratallas Stimme war wieder klar, geschäftlich, befehlend wie immer vor einer Operation. »Aber Sie bleiben im Gebäude, Herr Kollege?«

»Er muß es«, rief Campillo drohend. »Er soll nicht Dalias anrufen.«

»Ich möchte ihn nicht daran hindern.« Moratalla zuckte mit

den Schultern. »Ich werde vor der Operation einen Anwalt be-
stellen und mich vor dem Gesetz schützen.« Er knöpfte seinen
weißen Mantel zu und strich sich mit der Handfläche über die
Augen. »Bitte, entschuldigen Sie mich einen Augenblick, meine
Herren. Ich muß nach den Patienten sehen . . .«

Eine halbe Stunde später traf der Rechtsanwalt ein.

Dr. Manilva war ein älterer Mann mit einer großen Praxis
in Madrid, ein bekannter Strafverteidiger und Notar größerer,
angesehener Werke.

Er stand Moratalla gegenüber, in einem kleinen Krankenzim-
mer. Eine alte, dicke, blasse Frau saß in dem weißen Bett, und
wenn Dr. Manilva einen Augenblick sicher war, hier ein Testament aufnehmen zu müssen, wurde er gleich wieder enttäuscht,
denn die Frau war nicht krank und gab ihm nach Professor Moratalla die Hand.

»Sie haben mich hergebeten, Herr Professor?« fragte er.

»Ja, Herr Dr. Manilva. Es handelt sich um einen ungewöhn-
lichen Fall, der wohl auch einmalig in Ihrer Praxis ist.« Moratalla setzte sich auf das Bett Anitas und nahm ihre rauhe, ver-
arbeitete Hand in seine große, gepflegte. »Der Sohn dieser Frau
ist sterbenskrank. Er hat ein bösartiges Geschwür im Herzbeutel und ist nur durch eine Operation zu retten. Durch eine
Transplantation gesunder Herzbeutelteile. Die Mutter hat sich
erboten, ihr Herz für den Sohn zu opfern.«

Dr. Manilva fühlte, wie seine Beine nachließen. Er starrte auf
die alte, kleine Frau und setzte sich auf einen Stuhl, der neben
dem Bett stand. Er wollte etwas sagen, aber es würgte ihn in
der Kehle.

Moratalla sprach langsam weiter.

»In einer halben Stunde will ich diese Operation wagen. — Die
erste dieser Art, Dr. Manilva. Geht sie gut aus, wird man mich
ein Genie nennen . . . ich lege keinen Wert darauf. Geht sie nicht
gut aus, wird man mich anklagen! Es wird das alte Lied sein:
Der Erfolgreiche hat immer recht! Vor diesen Anklagen will ich
mich, soweit möglich, schützen.«

Dr. Manilva schluckte tief. »Ich glaube, Sie wagen zuviel,
Herr Professor«, würgte er hervor.

»Das ist schwer zu übersehen.« Moratalla war steif und geschäftlich. »Ich möchte Sie nur bitten, Herr Doktor, eine Erklä-
rung von Señora Anita Torrico zu protokollieren und notariell

147

zu bescheinigen. Señora Torrico gibt ihr Herz freiwillig und ohne äußeren Zwang. Ich habe ihr sogar abgeraten.«

Dr. Manilva blickte wieder zu Anita hinüber. Er sah in ihr Gesicht und sah es überstrahlt von einem inneren, großen Glück. Da wandte er sich ab, bückte sich schnell, riß seine Tasche empor und holte einen Schreibblock hervor.

Dann rückte er den Stuhl an das schmale Tischchen an der Längswand des Zimmers und drehte einen Füllhalter auf.

*

An diesem Morgen, der so war wie alle Morgen in Solana del Pino, erwachte Pilar Granja mit anhaltendem Gähnen und blickte auf die Uhr auf dem Nachtschränkchen neben sich. Es war die neunte Morgenstunde, und der Spruch, daß sie Gold im Munde habe, traf bei Pilar nicht ganz zu, denn sie war mißgelaunt, hatte schlecht geschlafen, weil der Gedanke, Ricardo allein in Madrid zu sehen, sie äußerst erregte.

Als sie hinunter in den großen, verglasten Wintergarten kam, war der Tisch schon gedeckt. Concha hatte ihr Frühstück beendet und wollte unter einem Vorwand in das Dorf, um von dort heimlich bei den Torricos vorzusprechen, denn sie glaubte, daß Juan geschrieben habe. Sie begrüßte die Mutter mit einem flüchtigen Kuß, der mehr Gewohnheit aus ihrer Kindheit als echte Zuneigung war, als es an der Tür schellte. Eines der Hausmädchen hörte man öffnen, eine männliche Stimme sprach, und dann erschien das Mädchen in großer Verwirrung und sehr blaß an der Tür.

»Draußen ist die Polizei«, stotterte es.

»Der Samstag«, stöhnte Pilar und seufzte tief. »Er fängt gut an. Was will sie denn?«

»Der Mann will die Señora sprechen.«

»Jetzt? Mitten in der Nacht?« Sie stöhnte wieder auf und zog den Morgenrock enger um ihre Fülle. Sie sah während dieser Bewegung wirklich leidend aus. Concha legte ihren Arm auf ihre Schulter.

»Ich sehe schon nach — wenn es wichtig ist, rufe ich dich.«

Sie ging hinunter in den großen Flur und sah vor der Tür einen Polizisten stehen. Seine Uniform war staubig, und er hatte keine Laune, bei Ricardo Granja vorzusprechen. Aber was er zu melden hatte, war so unwahrscheinlich, daß der Sergeant, der die Station Solana del Pino verwaltete, erst den Auftrag gab, zu fragen, bevor es ans Berichten ging, weil die Meldung aus Madrid völlig sinnlos war.

»Meine Mutter ist nicht gesund«, sagte Concha und nickte dem Polizisten zu. »Was ist denn?«

»Ich möchte Señor Granja sprechen. Er ist doch zu Hause?«

»Nein. Mein Vater ist in Madrid.«

»In Madrid?« Der Polizist kratzte sich den Hinterkopf. »Dann stimmt es ja doch. Wir wollten es nicht glauben!«

Concha erfaßte eine große Angst. Sie zog den Polizisten ins Haus und schloß die Tür.

»Ist mit meinem Vater etwas passiert?« fragte sie ängstlich. »Warum fragen Sie denn nach ihm? Ist er verunglückt?«

»Das gerade nicht.« Der Polizist schluckte. Es war ihm unangenehm, es zu sagen. Er sah sich um, geblendet von dem für ihn unvorstellbaren Reichtum, und das machte es ihm noch schwerer, weiterzusprechen. »Ihr Vater . . . hm, Señorita, aber bitte, schreien Sie nicht . . . Ihr Vater ist heute nacht . . . hm . . . in Madrid verhaftet worden . . .«

Concha war einen Augenblick stumm. Sie starrte den Polizisten an, als habe er von einem Mord gesprochen. Dann schluckte sie und stammelte: »Mein Vater — verhaftet?«

»Ja, wegen Körperverletzung.«

»Das ist doch unmöglich . . .«

»Das haben wir auch gedacht. Aber es ist so. Wir haben heute morgen die Meldung aus Madrid bekommen und sollen Sie und die Señora bitten, nach Madrid zu kommen. Señor Ricardo hat Juan Torrico blutig geschlagen und wollte ihn auch ermorden.«

»Nein!« schrie Concha grell auf.

»Er hatte unter dem Mantel ein Beil bei sich . . .«

»Mein Gott. Und wir suchen es . . .«

»Das werden Sie in Madrid aussagen müssen. Señor Granja gibt nämlich auf Fragen keine Antwort mehr.«

»Wir werden sofort fahren.«

*

Samstag, den 29. Oktober 1952.

Elf Uhr fünfzehn vormittags.

In Saal IV knisterten die Gummisohlen der Ärzte und Schwestern. Die weißen Mäntel wehten leicht, die langen Gummischürzen knirschten bei jeder Bewegung.

Es war warm. Von draußen durch die milchigen riesigen Fenster drang die Sonne, von der Decke brannten die großen Scheinwerfer auf die beiden Operationstische und die schmalen, langen Instrumententische, über die gewärmte, sterile Tücher gebreitet waren.

Auf dem einen Tisch, völlig bedeckt mit gewärmten Laken, ruhte bleich und spitz Juan Torrico. Sein Gesicht war dem Tode näher als dem Leben, sein Körper ein Gerippe, das die Haut umspannte. Die eingefallene Brust hob und senkte sich mit rasselndem Atem.

»Ist alles klar, meine Herren?« fragte Moratalla dann.

Die Ärzte nickten.

»Dann lassen Sie bitte Señor Torrico hereinfahren.«

Er trat durch die Glastür in den Operationsraum und klappte den Mundschutz hoch. Neben ihm, vermummt, in langen hellen Gummischürzen, gingen die anderen Ärzte wie sagenhafte Gestalten.

Über den Flur rollte die Bahre mit Anita.

Man hatte sie gewaschen und nackt unter die warmen Tücher gelegt. Ihr Kopf war verhüllt — sie sollte Juan nicht sehen, wie er neben ihr lag, denn es war ein Anblick, den das stärkste Herz nicht ertragen konnte. Ruhe aber war es, was Moratalla brauchte ... ein ruhiges Herz, das sich opferte.

Langsam rollte die Bahre durch den Flur. An die Wand gepreßt, mit starren Augen, stand Pedro und sah der verhüllten Bahre entgegen. Er rührte sich nicht, als sie an ihm vorbeirollte, aber als der Kopf der Mutter vor ihm war, als er unter dem Tuch die Form ihres Gesichtes sah, da brach es aus ihm heraus, da stürzte der große Mann in die Knie und schlug die Hände vor die Augen.

»Mutter!« schrie er. »Mutter ... Mutter ...« Und dann sank er mit einem Wimmern zusammen und barg sein Gesicht an die weiße Wand, preßte die Hände gegen die Ohren, um das leise Knirschen der Rollen unter der Bahre nicht zu hören.

Als das Tuch von Anitas Kopf genommen wurde, sah Moratalla, daß Tränen in ihren Augen standen. Er beugte sich über sie und streichelte ihr sanft über das runzelige Gesicht.

»Soll ich nicht operieren?« fragte er leise.

»Doch! Doch!« Anita schluckte tief. »Mein Pedro hat so geweint. Trösten Sie ihn, wenn alles vorbei ist, Herr Professor.«

»Das will ich tun, Anita.« Jetzt, an der Schwelle des Lebens, duzte er die alte, tapfere Frau. Fest drückte Moratalla die Hand Anitas und sagte leise: »Und nun zählen Sie laut und . . . und . . .«, er sah an die Decke, von der die großen Lampen strahlten, ». . . Gott halte seine Hand über Sie . . .«

Die Uhren begannen zu pendeln. Ein leises Zischen durchflutete die Apparate.

Mit fester Stimme zählte Anita.

»Eins — zwei — drei — fünf — sieben — zehn —« Und leiser, immer leiser und schwerer werdend: »elf — zwölf — dreizehn — vierzehn — fünf . . .« Sie seufzte noch einmal, durch den Körper lief ein Zittern . . . dann lag sie still und atmete leise.

Dr. Albanez, der die Apparate an eine Schwester abtrat, kontrollierte noch einmal die Herz- und Pulstätigkeit.

»Alles normal«, sagte er leise.

»Und bei Juan?« fragte Moratalla.

Dr. Tolax sah zu der Narkoseschwester hinüber. Die nickte. »Auch, Herr Professor.«

Moratalla straffte sich. Er trat zwischen die Tische und ergriff das Skalpell. Es war so still im Raum, daß man das Ticken der Uhr über den Glasschränken hörte.

Die Ärzte um den Professor hatten die Klemmen und Wundhaken bereits in den Händen. Es ging um Sekunden . . . jeder Griff war genau berechnet, jede Sekunde des Eingriffs vorher festgelegt und studiert worden. Wie eine Maschine mußte alles laufen, präzise, ohne Störung, ohne Stockung.

Moratalla beugte sich über den Brustkorb Juans. Gewandt, fast spielerisch anzusehen, fuhr das scharfe Operationsmesser über die Brust.

Im Brustkorb lag ein blutig-grauer Kloß, sich rhythmisch bewegend, stoßend und klopfend.

Der Herzbeutel mit dem Herzen . . .

Moratalla blickte kurz zur Seite. Dort stand Dr. Tolax mit drei Assistenten über Anita gebeugt und hatte den gleichen

151

Schnitt ausgeführt. Auch hier war der Brustkorb offen . . . gerade saugte man das letzte Blut heraus.

»Puls normal«, sagte die Schwester, die hinter Juan saß.

»Auch normal«, echote es von Anitas Kopf her.

Moratalla nahm ein haarfeines, gebogenes Messer, fast wie eine Nadel aussehend, und trennte den Herzbeutel auf. Erschreckt sah Dr. Albanez auf das Herz Juans. Aus dem geöffneten Herzbeutel quoll Eiter und Sekretionsflüssigkeit, übel riechend und braun.

»Tupfer!« Moratalla arbeitete stumm, sicher, als wäre es ein leichter Blinddarm, den er herausschnitt. Dann trennte er den Beutel weiter auf und klappte ihn vorsichtig herum.

Das Geschwür lag vor ihm. Ein etwa pflaumenkerngroßes Gewächs, eitrig und brandig. Es hatte die Herzbeutelwand durchfressen und war im Begriff, ihn zu zerstören.

Moratalla tupfte. Dann hielt er plötzlich inne. Über den Mundschutz hinweg trafen sich die Blicke Dr. Albanez' und des Chefs. Dr. Tolax beugte sich vom Nebentisch schnell herüber und warf einen Blick in das Operationsfeld.

»Zu spät«, sagte er erschüttert.

»Der Herzmuskel ist bereits angegriffen.« Moratalla sagte es ruhig. »Wir können nicht mehr retten, sondern nur verlängern.«

Es war unheimlich still, als Moratalla das Geschwür aus dem Herzen schälte, als die Tupfer im Lampenschein blitzten, als die Sauger sekundenschnell aufbrummten. In den Glasschalen klirrten die Instrumente, die Moratalla zurückreichte. Niemand sprach. Der Kampf mit dem Tod ist still.

Kaum war das Geschwür herausgeschält, als Moratalla sich blitzschnell umdrehte und sich neben Dr. Tolax stellte. Dieser hatte den Herzbeutel Anitas in einer Zipfelform aufgetrennt. Moratella schnitt das Stück aus dem Herzen heraus, Dr. Tolax reichte ihm einen besonderen Wärmebeutel herüber, und dann wirbelte Moratalla wieder herum, senkte das in der Körpertemperatur gehaltene Herzfleisch der Mutter in den Brustkorb Juans und griff nach rückwärts.

Eine Nadel glitt in seine Hand. Er fühlte durch die Gummihandschuhe die feine Seide. Sekundenschnell war das Fleisch in das Loch des Herzbeutels gelegt, die Nadel griff an die Ränder . . . Dr. Albanez schwitzte und lehnte sich schwer gegen die Eisenkante der Bahre hinter ihm. Er sah auf ein Wunder, er begriff gar nicht, was er sah ... er sah eine rasendschnell nähende Hand, eine Nadel, glitzernd, gebogen, einen feinen Seidenfaden, der sich rund um ein Loch im Herzbeutel schlang ...

Hinter ihm an der Wand tickte die Uhr ...

Eine Sekunde ... zwei ... drei ...

Tick ... tick ... tick ... tick ...

Achtzehnmal tick ... achtzehn Sekunden ...

Da stand Moratalla schon wieder vor Anita und zog den Herzbeutel zusammen. Dr. Albanez arbeitete mechanisch. Er rückte die Lunge Juans zurecht, er schloß die Wunde, er nahm den Spreizrahmen heraus, er nähte die Schichten zusammen, legte die Rippen an der Kappnaht zusammen und vernähte die äußere Haut mit Catgut. Er tat es wie in einem Traum ... er sah das Operationsfeld vor sich und sah seine Hände arbeiten, als gehörten sie nicht ihm.

Was habe ich bloß gesehen, dachte er. Er hat es gewagt. Er hat im Herzen eine Umpflanzung vorgenommen! Daß ich so etwas erleben darf ...

Moratalla stand über Anita gebeugt und flickte ihr Herz. Mit der Kunst eines Genies zog er den Herzbeutel zusammen, setzte von einem in Körpertemperatur gehaltenen Nährboden einen winzig kleinen Hautlappen in die kleine, offenstehende Spalte und begann dann, mit seinen Händen leicht, ganz leicht das verkleinerte Herz zu massieren.

Er fühlte, wie es unter seinen Händen schlug.

Da wurde er rot im Gesicht, seine Augen verloren den Glanz, und er sah Dr. Tolax an, der ihn ungläubig anstarrte.

»Der Puls?« sagte Moratalla leise.

»Puls normal.«

»Und bei Juan?«

»Schwach. Aber nicht flatternd.«

Er schloß die Augen. »Schließen Sie«, sagte er zu Dr. Tolax und wandte sich ab.

Er ging hinüber zu Juan, wo Dr. Albanez einen Verband anlegte. Die Augen des jungen Arztes leuchteten.

»Sie haben gesiegt, Herr Professor«, sagte er mit bebender Stimme. »Sie haben ein Wunder vollbracht.«

Moratalla winkte ab. »Reden Sie keinen Quatsch, junger Mann«, sagte er laut. »Als ich das Herz sah, glaubte ich selbst nicht, daß es geht ...«

153

Mit schweren Schritten, die auf den Fliesen dröhnten, ging er hinüber in den Waschraum, nahm die Kappe, den Mundschutz und die Schürze ab, zog die Gummihandschuhe aus und warf sie achtlos in eine Ecke und beugte sich über die Waschbecken.

Ruhig wusch er sich. Er sprach auch nicht, als Dr. Albanez und Dr. Tolax mit den anderen Ärzten kamen und ihre Schürzen auszogen.

Dr. Tolax trat auf ihn zu. Er hielt ihm die Hand hin.

»Verzeihen Sie mir, Herr Professor«, sagte er leise. »Ich habe an Ihnen gezweifelt.«

Moratalla schob die Hand zur Seite. »Was soll das, Dr. Tolax. Es war Ihr gutes Recht. Und im übrigen warten Sie bitte noch achtundvierzig Stunden, ob die Herzen durchhalten.« Er wandte sich um. »Dr. Albanez wacht bitte bei Juan, Dr. Estobal bei Anita. Ich möchte bis zum Abend nicht gestört werden. Von keinem!«

Er nickte und verließ den Saal IV.

Auf dem Flur atmete er tief die reine Luft ein und ging dann mit großen Schritten in sein Zimmer.

Sorgfältig schloß er die Tür.

Und hier, allein und unbeobachtet, fiel der Riese in sich zusammen und sank hinter dem Schreibtisch in seinen Sessel.

Er stützte den Kopf in beide Hände, und ein Zittern durchlief seinen Körper.

»Was habe ich getan?« stammelte er. »Mein Gott, verlaß mich jetzt nicht . . .«

*

Die Nachricht von der hoffnungslosen Erkrankung Juans war auch nach Toledo in die Kunstakademie gedrungen. Ramirez Tortosa hatte es seinem Stellvertreter Professor Yehno telefonisch mitgeteilt, da er bis zum endgültigen Ergebnis in Madrid bleiben wollte. Professor Yehno wiederum hatte es der Klasse erzählt, in der Juan die kurze Zeit gelernt hatte.

Man wußte dort, daß Juan krank gewesen war, aber man hatte nicht geahnt, daß es so schlimm war. Vor allem der große, blonde Mitstudent, der Juan auf der Treppe angesprochen hatte und sich als Contes Fernando de la Riogordo vorgestellt hatte, wurde von dieser Nachricht sehr betroffen und erinnerte sich seines

Versprechens, dem kleinen, blassen Jungen zu helfen, wenn er es nötig habe.

Sofort nach der Mitteilung Professor Yehnos war er zur Post geeilt und hatte an Professor Moratalla ein Telegramm aufgegeben, daß er für alle Kosten des Eingriffs aufkomme und auch die gesamte Behandlung bezahlen wolle. Dann nahm er sich Urlaub und fuhr mit seinem schönen, weißen Auto nach Madrid, wo er am späten Nachmittag eintraf und sofort zur Klinik fuhr.

*

Samstag, den 29. Oktober 1952.

Abends sechseinhalb Uhr.

In dem kleinen weißen Zimmer am Ende des Ganges war es still. Die Vorhänge waren zugezogen, verdeckt durch einen Schirm brannte eine kleine Tischlampe. Die Schwester in der großen Haube saß, ein Buch lesend, vor dem Bett und warf ab und zu einen Blick auf das Gesicht des Kranken.

Es war spitz, hohl, wächsern.

An den eingefallenen Schläfen klopfte leicht das Blut in der hervorgetretenen Ader. Auf dem Nachttisch neben dem Bett lagen Spritzen und Ampullen, Watte und Klammern in gläsernen, blitzenden sterilen Kästen.

Es roch nach Äther und geronnenem Blut.

In Juans Kopf kreiste ein Nebel. Wie ein Rauschen hörte er durch den Dunst, der seinen Blick umgab, das Blättern eines Buches. Ein Gefühl des Glückes durchzog ihn.

Das ist die Mutter, dachte er. Sie macht die Tüten für das Hühnerfutter auf, das Futter, das Pedro heute morgen bei Granja holte. Ach ja, ich bin zu Hause ... in der kleinen Hütte, und unter mir ist mein Strohsack, den ich jede Woche aufschüttele, damit er hoch und weich bleibt.

Wie merkwürdig es in der Küche riecht! Ob sie schon das Schweinefutter kocht? Es muß ein neues Futter sein ... es riecht so komisch, so komisch nach Medizin ... Oder sind es die Rosen vor dem Fenster? Sie duften manchmal so herb, vor allem, wenn es geregnet hat. Die ganze Erde riecht dann stark, im Garten, auf den Weiden und in den Felsen. Ob ich nachher wieder in die Höhle gehe? Ich will das Bildnis meines Kopfes doch weiterhauen, und immer wieder muß ich den Adler sehen, den Adler

155

aus Granit, wie er gerade eine Maus zerreißt. Und das Kaninchen . . .

Er dehnte sich ein wenig und fühlte eine Hand auf seinem Arm. Das ist die Mutter, durchzuckte es ihn. Aber nein . . . die Hand der Mutter ist rauher, sie ist voller Schwielen . . . diese Hand ist glatt und weich. Ob es Elvira ist oder vielleicht gar Concha? Mein Gott, Concha, und ich liege noch im Bett und träume . . .

Er riß die Augen auf . . . aber es war Nebel um ihn, weißer, sich drehender Nebel. Ein Gewitter, dachte er erschrocken. Und die Wolken hängen bis auf die Erde. Das ist selten in der Sierra Morena, das habe ich nur fünfmal erlebt.

Er öffnete die Lippen und sagte etwas.

»Mutter!« — so klang es, man konnte es nicht verstehen.

Er hob den Arm und wischte sich über die Augen. Da fühlte er einen großen Schmerz in der Brust, er stach und würgte. Mein Herz, durchfuhr es ihn. Hatte ich denn wieder einen Anfall? Warum tut es so weh? Mutter, wo bist du denn? Warum ist denn alles so voll Nebel?

Er riß die Augen weit auf. Da sah er in dem Weiß schwach ein Gesicht. Ein fremdes Gesicht in einer weißen Haube.

Wieder lag die weiche Hand auf seinem Arm. Ein kleiner Stich durchjagte ihn. Er zuckte zusammen und fühlte etwas in seine Armader laufen. Es kitzelte, und er mußte lächeln. Still blieb er liegen und wartete auf die Stimme der Mutter.

Durch den Gang rannte Dr. Tolax. Er riß die Tür des großen Zimmers auf und stürzte in seiner Aufregung bald über den Teppich. Professor Moratalla, der an seinem Schreibtisch saß, drehte sich um und sprang dann auf.

»Dr. Tolax!« rief er laut. »Was haben Sie denn?!«

»Juan . . .«, keuchte der Arzt, »Herr Professor — Juan hat soeben das Bewußtsein wiedererlangt!«

Moratalla stand steif hinter dem breiten Tisch. Er hatte die Hände gefaltet, aber sie zitterten.

»Er hat das Bewußtsein wiedererlangt«, wiederholte er mit belegter Stimme. »Dr. Tolax« — er atmete tief auf —, »ich glaube, wir haben gewonnen . . .«

»Ja, Herr Professor, ja . . .«

»Und wie geht es der Mutter?«

»Sie ist noch ohne Bewußtsein. Aber der Puls ist normal, und das verkleinerte Herz arbeitet.« Dr. Tolax senkte das Haupt. Seine Stimme war brüchig vor Rührung. »Ich hatte solche Angst um Sie, Herr Professor.«

»Dummheit, Tolax! Wer wird denn jetzt weich werden!« Er stieß den Oberarzt in die Seite und lachte ihn an. »Ich will mir unser Sorgenkind ansehen . . . kommen Sie mit . . .«

Vorbei an dem Zimmer, in dem Riogordo wartete, vorbei an der Tür, hinter der Pedro und Elvira saßen und seit Stunden beteten, gingen sie über den Gang und betraten das kleine Zimmer am Ende des Flures.

Die Schwester saß wieder am Bett und fühlte den Puls. Sie blickte nicht auf, als Moratalla den Raum betrat; leise die Lippen bewegend, zählte sie die Pulsschläge. Eine gebrauchte Spritze lag auf einer Glasplatte.

Moratalla nahm sie auf und sah die kleine Ampulle.

»Cardiazol?« fragte er Dr. Tolax. »Das war gut.« Er beugte sich über Juan und schlug die Bettdecke zurück. Er setzte das Stethoskop an und horchte. Zufrieden richtete er sich auf.

»Es geht«, murmelte er. Vorsichtig setzte er sich auf die Bettkante und nahm die schlaffen Hände Juans.

»Juan?« sagte er leise. »Hören Sie mich?«

Juan öffnete die Augen, aber sein Blick war leer und ohne Erkennen. Starr sahen die Pupillen in die Luft.

»Nebel . . .«, hauchte er schwach. Und dann, ganz leise: »Mutter . . .«

Moratalla biß sich auf die Lippen. Er sah Dr. Tolax an, der mit den Schultern zuckte, hilflos und ängstlich.

»Ihre Mutter wartet auf Sie, Juan«, sagte Moratalla langsam und mit Betonung jedes Wortes. »Sie wartet, bis Sie wieder gesund sind. Dann können Sie wieder zurück in Ihre Berge.«

Ein Lächeln flog über die Züge Juans. Erschüttert sah Dr. Tolax, wie dieses Lächeln die wächserne Blässe des Gesichtes vertrieb. Der Tod geht zurück, durchfuhr es ihn. Der Tod räumt das Feld . . . Moratalla hat gesiegt . . .

Der Chirurg erhob sich. »Injizieren Sie jede halbe Stunde Traubenzucker«, sagte er leise zu der Schwester. »Und rufen Sie sofort, wenn Juan seine Umwelt klar erkennt und sprechen kann.«

Leise verließ er das Zimmer und zog die Tür hinter sich sacht ins Schloß. Auf dem Gang, in dem jetzt die Lampen strahlten, steckte er beide Hände in die Taschen seines weißen Kittels.

»Um zwölf Uhr war die Operation vorbei«, rechnete er laut. »Jetzt haben wir einhalb sieben! Also sechseinhalb Stunden! Das hätte ich nicht gedacht. Wir wollen mal nach der Mutter schauen.«

Das Zimmer Anitas lag drei Türen weiter. Hier saß Dr. Albanez am Bett und vertrieb sich die Zeit mit Studium der medizinischen Wochenschrift. Er erhob sich, als Moratalla eintrat.

»Nichts Neues«, sagte er leise.

Anita lag klein, verfallen, runzelig in den Kissen. Ihr altes, ledernes Gesicht verschwand bald in dem Weiß des Bettzeuges. Die Augen, von den dünnen Lidern halb verdeckt, lagen tief in den Höhlen. Es war ein Totenschädel, mit einer Haut überspannt, mit einer spitzen Nase und fast ohne Lippen.

Moratalla sah sie kurz an und erschrak. Das ist ja ein Verfall, durchfuhr es ihn. Sieht denn Albanez das nicht? Er riß die Bettdecke zurück und preßte das Stethoskop an die verbundene Brust.

Das Herz schlug . . . das verkleinerte Herz schlug wirklich . . . aber es klopfte hohl, es war, als löse jeder Schlag ein Verkrampfen aus.

Die Hand Moratallas fuhr über das Gesicht der Bewußtlosen. Kalter, dünner Schweiß lag in den Poren.

»Sofort Strophantin!« sagte er hart.

Seine Stimme riß die Ärzte herum. Dr. Tolax beugte sich vor.

»Was ist denn, Herr Professor?« stotterte er entsetzt.

»Strophantin! Schnell!«

Moratallas Stimme dröhnte. Dr. Albanez zog mit zitternden Fingern die Spritze auf und reichte sie hinüber. Der Körper Anitas zuckte, als Moratalla einstach und injizierte. Dann warf er die Spritze achtlos weg, setzte das Stethoskop wieder an und lauschte.

Fünf . . . zehn Minuten lag er halb über Anita und horchte ab.

Die Ärzte hinter ihm wagten sich nicht zu rühren. Sie sahen auf das Gesicht der alten Frau, auf diesen Schädel, der schon fern allen menschlichen Lebens war.

Der Atem ging etwas schneller und regelmäßiger. Moratalla erhob sich.

»Dr. Tolax«, sagte er leise. »Benachrichtigen Sie bitte alle Wartenden, daß Juan bei Bewußtsein ist. Aber keiner darf zu ihm. Auch nicht sein Bruder! Dr. Albanez und ich bleiben die Nacht über bei der Mutter . . .«

»Und was soll ich der Presse sagen?«

Moratalla zog die buschigen Augenbrauen zusammen. »Sie soll sich zum Teufel scheren! Es sei denn« — er senkte die Stimme und blickte Anita an —, »es ist einer unter ihnen, der bereit ist, sein Herz für diese Mutter zu opfern . . .«

Leiser, als er kam, verließ Dr. Tolax das dumpfe Zimmer.

Moratalla saß am Bett und lauschte auf den Herzschlag.

*

Im Gesundheitsministerium, das er nach seinem Besuch beim obersten Staatsanwalt rasch streifte und die neuesten Eingänge studierte, traf Professor Dalias die Nachricht, daß Juan Torrico das Bewußtsein wiedererlangt habe und das Herz arbeite.

Er freute sich wie ein Kind darüber, rieb sich die Hände, steckte einige seiner besten Zigarren ein, um sie mit Moratalla zu rauchen, trank einige Kognaks und sagte sich, daß er eigentlich heute einen denkbar glücklichen Tag erlebe.

Er blickte auf seine Autouhr.

Zehn Uhr abends. Eine dumme Zeit, um zu feiern. Moratalla wird müde sein und mich schnell aus der Klinik entfernen. Aber die Hand will ich ihm wenigstens drücken und ihm sagen, daß morgen ganz Spanien und die Welt von ihm sprechen wird. Ich werde dafür sorgen. Er soll beim Caudillo empfangen werden und den höchsten Orden erhalten. Er hat es verdient, dieser Teufelskerl.

In der Klinik empfing ihn Schweigen, nicht das frohe Gesicht des Sieges.

Dr. Tolax, an den er automatisch geriet, wenn er Moratalla sprechen wollte, saß in seinem Zimmer und aß gerade zu Abend.

»Ich möchte Ihren Chef sprechen!« rief er fröhlich. »In meine Arme will ich ihn nehmen!«

»Das lassen Sie lieber sein, Herr Professor.« Dr. Tolax stand von seinem Essen auf und gab ihm die Hand. »Er könnte es als Hohn auffassen.«

»Hohn?« Dalias sah Tolax verständnislos an. »Ich denke, Juan ist bei Besinnung? Die Operation ist gelungen?!«

»Das stimmt. Aber . . .«

»Was aber?!« Dalias' Stimme schwankte. »Ist etwas nicht in Ordnung?«

»Nicht ganz, Herr Professor. Der Mutter geht es schlecht.«

»Die Mutter! Himmel, die habe ich ganz vergessen! Diese arme, kleine, tapfere Anita.« Dalias setzte sich schwer. »Die Hauptsache ist doch, daß der Eingriff gelungen ist.«

»Nein, nicht nach der Ansicht des Chefs. Daß die Transplantation gelingen würde, stand außer Zweifel für ihn. Aber ob das verkleinerte Herz der Mutter weiterschlägt, das war das große Experiment! Für ihn ist das Leben der Mutter jetzt wichtiger als das des Sohnes.«

»Und nun versagt das Herz?« Dalias erkannte plötzlich die Tragweite dieses Satzes. Wenn die Mutter starb, war Moratalla vor dem spanischen Gesetz ein Mörder!

»Das Herz liegt ab und zu im Krampf. Durchschnittlich vierzig Schläge in der Minute, aber unregelmäßig. Der Chef spritzt Strophantin. Er bleibt die ganze Nacht am Bett Anitas.«

Dalias erhob sich schnell. »Ich gehe zu ihm«, sagte er fest. »Vielleicht kann ich ihm helfen. Bevor ich ins Ministerium kam, war ich ein leidlich guter Internist. Wo liegt sie?«

»Unterer Flur, Zimmer neun.«

»Danke.«

Dalias trat leise in das Zimmer und sah Moratalla am Bett der alten Frau sitzen, das Membranstethoskop in der Hand. Anita Torrico atmete laut und röchelnd. Schweiß stand auf ihrem Gesicht und setzte sich in den Runzeln fest.

Moratalla blickte auf. Als er Dalias eintreten sah, flog ein sarkastisches Lächeln über sein Gesicht.

»Ist's soweit?« fragte er. »Sammeln sich die Geier um das Aas?«

»Verrückt!« Dalias trat näher und reichte Moratalla die Hand. »Ich wollte nur gratulieren.«

»Sie sind ein Teufel, Dalias«, meinte Moratalla ehrlich.

»Sie mißverstehen mich. Sie haben Juan gerettet! Über die Freude an dieser Tat habe ich die alte Mutter vergessen.« Er zog seinen Mantel aus, den Dr. Albanez annahm und auf den Stuhl im Hintergrund legte. »Glauben Sie, daß sie durchkommt?«

»Ich hoffe es, Dalias. Ich kann hier nichts mehr tun als warten.«

Dalias nahm das Stethoskop Moratallas und horchte die Herzgegend ab. Sehr ernst sah er nach einer Weile auf.

»Herzkrampfgefahr.«

»Hm.«

»Die Durchblutung ist gestockt. Wie wäre es, wenn Sie die Mitralis als Ventil weiterspalten?« Dalias sah zu Boden. »Es wäre ein Versuch.«

»Unmöglich. Der Organismus Anitas hält keiner neuen Operation stand. Das Herz ist zwar gesund — aber sie hat die Wassersucht. Man weiß nie, was da kommen kann!«

»Und worauf hoffen Sie noch, Moratalla?« Dalias beugte sich zu dem Freunde vor. Moratalla stierte auf seine Hände.

»Auf ein Wunder, Dalias.«

»Das ist doch Quatsch!«

»Das sagen Sie, Dalias. Als der Wiener Arzt Pettenkofer eine ganze Pestbazillenkultur schluckte, rettete ihn auch nur ein Wunder. Die es ihm nachmachten, starben! Das Schicksal ist unberechenbar, Dalias.«

»Und Sie hoffen auf ein Schicksal?«

Moratalla nickte. Seine Stimme war undeutlich.

»Es ist die letzte Hoffnung, die ich habe . . .«

*

Die Nacht war lang, und der Morgen kam fahl aus dem Osten herauf.

Gegen fünf Uhr morgens sah Dr. Tolax, der nicht schlafen konnte, ins Zimmer. Er sah Dalias schlafend auf dem Sofa, während Moratalla und Dr. Albanez am Bett Anitas saßen.

Das Herz flatterte.

Über das eingefallene, runzelige Gesicht ging ein Zucken. Die dünnen Lider über den Augen zitterten, der Mund war offen und zeigte die wenigen, dunklen Zähne. Dick, geschwollen lag die Zunge im Gaumen. Es sah furchtbar aus.

Dr. Albanez zog eine neue Spritze auf.

Strophantin.

Moratalla hatte den Verband von der Operationswunde ge-

161

nommen. Er blickte nicht auf, als Dr. Tolax eintrat, sondern starrte auf den großen, rechtwinkeligen Schnitt. Mechanisch nahm er die Spritze von Dr. Albanez und injizierte.

»Rufen Sie die Verwandten und die anderen Herren«, sagte er leise zu Dr. Tolax.

»Jawohl, Herr Professor.«

Es blieb auch still im Zimmer, als sie alle um das Bett standen. Pedro hatte Elvira umfaßt und sah auf das Gesicht der Mutter. Er erkannte sie kaum wieder . . . dieses kleine, schmale, spitze Gesicht, das aussah wie das einer Maus, sollte seine Mutter sein? Er krallte seine Finger in die Arme Elviras und blieb stumm. Dr. Osura stand am Kopf des Bettes. Als Arzt sah er die Hoffnungslosigkeit, und eine Welle von Selbstvorwürfen überspülte sein Denken. Er beobachtete Moratalla, wie er sich um Anita bemühte, und er empfand eine Dumpfheit in sich, die er bisher nie gekannt hatte, auch nicht, wenn ein Mensch unter seinen Händen starb, wie es manchmal vorkam, wenn seine Bauern ihn erst riefen, wenn alle Bemühungen vergeblich sein mußten.

Moratalla blickte auf die Uhr.

Sechs Uhr morgens.

Im Hintergrund rührte sich Dalias, stand auf und kam verschlafen näher. Nach einem Blick auf die Kranke war er still und verbiß sich die Frage, die er auf den Lippen trug. Er ergriff den um sich schlagenden Arm und fühlte den Puls.

Und noch während er den Puls zählte, richtete sich Anita auf, der kleine, dicke Körper schien von einer Feder getrieben zu werden, sie riß die Augen auf, aber der Blick war starr, ohne Erkennen . . . dann lief ein Zittern durch den Körper, er sank zurück, und ein Seufzer, so tief, als atme ein Bedrückter auf, durchdrang die Stille. Die Farbe wich aus dem Gesicht, es wurde wie Wachs, wie eine Plastik aus fahlem Alabaster, ein Meisterwerk in den vielfältigen Runzeln . . . nur die Augen waren stumpf — und die gequälte Brust lag still.

Dr. Osura wandte sich ab. Moratalla beugte sich über Anita und drückte ihr die Augen zu. Vorsichtig, als könne er noch etwas zerbrechen, faltete er ihr die Hände und zog die Decke hoch.

Da erst begriff Pedro, was geschehen war, begriff dieses Rätsel im Menschen, erkannte diesen Seufzer . . . und ein Schrei gellte durch das stille Haus, ein fast tierischer, greller, erbarmungsloser Schrei — er warf sich neben dem Bett auf die Knie, fiel mit dem Kopf an die Brust Anitas und umklammerte den starren, toten Leib.

»Mutter!« schrie er. »Mutter! Das ist nicht wahr. Das ist doch nicht wahr, Mutter . . .«

Und er küßte ihre faltigen Lippen, die hohlen Augen, das schwitzige Gesicht . . . er streichelte ihre fahlen Haare und rief immer und immer wieder ihren Namen.

Moratalla stand mit Dalias in der Ecke und ließ ihn weinen. Campillo und Tortosa hatten verzerrte Gesichter, Dr. Osura stand am Fenster und blickte hinter dem Vorhang weinend in die herrliche Sonne und den weiten grünen Park mit den weißen Bänken.

Moratalla winkte Dr. Tolax heran. Seine Stimme war klar wie immer. Keine Regung durchzog sein Gesicht.

»Schreiben Sie, Dr. Tolax«, sagte er halblaut. »Sonntag, den 30. Oktober 1952, 6 Uhr morgens, Anita Torrico, 62 Jahre alt, Bäuerin aus Solana del Pino, Santa Madrona, Exitus letalis durch Kollabieren postoperativ nach Verkleinerung des Herzens und des Herzbeutels.«

Dr. Osura kam hinter dem Vorhang hervor und ging wortlos an Moratalla vorbei. Stumm öffnete er die Tür und verließ das Zimmer. Und keiner hinderte ihn daran, auch nicht Campillo.

Moratalla blickte ihm nach und starrte einen Augenblick auf die wieder geschlossene Tür. Am Bett knieten Pedro und Elvira und beteten die alten, bäuerlichen Gebete des Hochlandes von Castilla. Moratalla unterbrach sein Diktat und sah zu Boden. Er wußte, wohin der Weg Dr. Osuras führte, und er empfand keinen Groll gegen den biederen Landarzt, der an der Grenze seines Verstehens angekommen war.

Ruhig diktierte er dann weiter. Er sah, daß der Bleistift Dr. Tolax' zitterte, und er nahm ihm den Block aus der Hand und schrieb die Endzeilen selbst.

Dann wandte er sich an Professor Dalias, der erschüttert seinen dicken Körper an den kleinen Tisch lehnte.

»Dalias — erinnern Sie sich unseres Gesprächs heute nacht?«

»Ungern, Moratalla.«

»Es wird so sein. Und ich bin ganz zufrieden. Ich gestehe es —
das Experiment ist mißlungen. Das Experiment, vor dem Sie
mich warnten! Sie hatten recht, Dalias. Vielleicht sind Sie der
Klügere.«

Dalias blickte zu Boden. »Der Vorsichtigere, Moratalla. Sie
sind der Mutigere.«

»Aber ich habe verloren. Der Besiegte hat immer unrecht.«
Er wandte sich an die anderen im Zimmer. »Ich sehe nach Juan,
meine Herren. Und« — er stockte und sprach dann tapfer weiter —, »ich hoffe, Sie am Mittag noch einmal in meinem Zimmer
zu sehen.« Und leise fügte er hinzu. »Ich hoffe es . . .«

Er drückte Dalias, Campillo und Tortosa die Hände, legte einen Augenblick seine Hand auf die zuckende Schulter Pedros,
der unter dieser Berührung zusammenschauerte, aber sein Gebet, das er mit geschlossenen Augen sprach, nicht unterbrach,
und verließ dann mit Dr. Tolax das Zimmer.

Draußen im Gang hielt Moratalla seinen Oberarzt fest.

»Vertrösten Sie bitte die Herren, wenn es Nachmittag ist«,
sagte er leise und sah in das verblüffte Gesicht des Arztes. Dabei nickte er, als wolle er sagen, ja, so ist es nun einmal, lieber
Tolax. »Und bitte, holen Sie mir aus dem Labor meinen Mantel
und aus dem OP IV meine weißen Schuhe. Ich werde sie nicht
mehr brauchen . . .«

»Herr Professor . . .«, stammelte Dr. Tolax. »Was wollen Sie
tun . . .«

»Das, was man von mir erwartet. Ich werde mich dem Generalstaatsanwalt zur Verfügung stellen.«

Dr. Tolax verstellte Moratalla den Weg und rief laut:

»Nein, Herr Professor! Das lassen wir Ärzte nicht zu!«

Moratalla lächelte, ein wenig schmerzlich, wie es schien.

»Lieber Tolax — bin ich in meinem Leben je einer Entscheidung ausgewichen? War ich jemals feige? Ich glaube, man kann
mir dies nicht nachsagen! Und auch heute nicht!«

»Es geht um Ihren Kopf, Herr Professor!«

»Eben deshalb,Tolax! Man soll seinen eigenen Kopf nicht
höher einschätzen als das Leben einer Anita Torrico.«

»Aber Sie haben doch keine Schuld an dem Tod der Frau!
Tausende sterben durch eine Operation, und keiner klagt die
Chirurgen an!«

»Weil die Operierten krank und hoffnungslos waren! Aber Anita war gesund, ihr Herz war stark, bärenstark sogar! Erst als ich das gesunde Herz verkleinerte, mußte sie sterben! Es ist meine Schuld — Tolax, da kann man nicht herumdeuteln! Ich habe versagt . . . und wer versagt, der muß die Folgen auch tragen können. Das sind alte Gesetze, die auch ein Arzt nicht durchbrechen kann mit seinem Schutz, nur ein Mensch zu sein und nicht jede Krankheit zu heilen.«

»Man wird Sie in das Kriminalgefängnis sperren!«

Moratalla nickte. »Eben deshalb bat ich Sie, meinen Mantel und meine Schuhe zu holen. Ich brauche sie nicht mehr . . .«

Dr. Tolax hob flehend die Arme. Seine Stimme schwankte.

»Herr Professor . . . bleiben Sie doch. Bitte! Was soll denn aus Ihrer Klinik werden?«

»Die wird mein Nachfolger leiten. Ein tüchtiger Arzt und guter Chirurg. Er heißt Dr. Tolax.«

»Nein, Herr Professor! Das werde ich nicht annehmen. Wenn Sie sich stellen, stellen wir uns alle! Alle Ärzte! Dr. Albanez, Dr. Estobal, ich, Professor Dalias . . . wir haben Ihnen geholfen! Ich habe Ihnen bei der Operation assistiert, ich habe die Brust Anitas geöffnet . . . wir sind alle mitschuldig! Wir gehen alle mit Ihnen, Herr Professor!«

»Sie bleiben!« brüllte Moratalla. Er war wieder der Riese, der Chef, der keinen Widerspruch duldete. »Sie leiten meine Klinik! Und Dr. Albanez wird Ihr Oberarzt! Haben Sie mich verstanden?! Und ich wünsche kein Wort mehr darüber zu hören!«

Er drehte sich schroff um und ging mit großen, dröhnenden Schritten den Flur entlang in sein Zimmer. Die Tür fiel krachend hinter ihm zu.

*

Eine Stunde später erwartete Moratalla eine Überraschung im Zimmer 230 des Justizpalastes.

Dr. Osura war gar nicht anwesend, sondern neben dem Generalstaatsanwalt waren der Justizminister und General Campo, der Vertreter General Francos, zugegen. Der Justizminister kam Moratalla entgegen und reichte ihm freundlich die Hand.

»Es freut uns, daß Sie kommen, Herr Professor«, sagte er herzlich. »Es erleichtert uns vieles.«

»Ich dachte es mir, Exzellenz.« Moratalla begrüßte auch die anderen Herren und nahm in dem hingeschobenen Sessel Platz. Der Justizminister reichte Zigarren herum, und dann sprach man ruhig und ohne Leidenschaft über den Kopf Moratallas.

»Wir haben Ihr Mißgeschick erfahren«, meinte General Campo.

»Genauer gesagt — man hat eine Anzeige erlassen. Es scheint uns kaum glaublich, daß es wahr ist.« Der Justizminister sah den Ringen seines Zigarrenqualmes nach. »Sie sollen eine Frau zu Tode experimentiert haben?«

»Sagte Dr. Osura so?«

»Dr. Osura? Der Landarzt?« Der Generalstaatsanwalt räusperte sich. »Nein. Nicht direkt. Ich weiß nicht, ob ich . . .«

Der Justizminister winkte ab. »Sagen Sie es ruhig. Wir sind jetzt unter uns. Dr. Osura kam soeben zu uns und bat uns, was auch immer kommen möge, von einer Verfolgung der Anzeige Abstand zu nehmen.«

Moratalla legte seine Zigarre hin. »Was sagte Dr. Osura?« fragte er erstaunt.

»Er versuchte, uns Ihre völlige Unschuld an diesem Unglück darzustellen. Außerdem bezeichnete er sich als den geistigen Vater dieser — wie soll ich sagen — dieser irrsinnigen Operation.«

»Das hat er wirklich gesagt?« fragte Moratalla leise.

Dr. Osura, dachte er. Er verteidigt mich. Er hat mich nicht angezeigt. Ich werde mit ihm sprechen müssen . . .

»Von wem kommt denn die Anzeige?« fragte er weiter.

»Von Exzellenz General Campo.« Moratalla blickte zu dem General hinüber, der ihm freundlich zunickte.

»Es stimmt, Herr Professor. Es ist eine reine Amtshandlung, die nichts mit unseren persönlichen Gefühlen zu tun hat, die ganz auf Ihrer Seite sind. Das darf ich Ihnen versichern. Aber« — er hob bedauernd beide Hände —, »es lag ein Verbot vor, ein Menschenexperiment zu wagen. Sie wissen es. Professor Dalias hat es Ihnen gesagt. Sie haben dieses Verbot ignoriert — und wir müssen deshalb leider die Anklage erheben.«

»Wegen fahrlässiger Tötung, Exzellenz?«

»Nein, wegen Mordes!«

Moratalla erhob sich schroff. »Das ist doch nicht Ihr Ernst, Exzellenz.«

General Campo nickte. »Leider doch, Herr Professor! Sie haben einen Menschen getötet im vollen Bewußtsein, daß der Eingriff mißlingen mußte. Das ist Mord!«

»Aber ich habe damit einem anderen Menschen das Leben gerettet!«

»Das hebt Ihre Tat als solche nicht auf.«

Der Justizminister kaute an seiner Zigarre, ihm war diese Auseinandersetzung sehr peinlich. Beschwichtigend hob er die Stimme.

»Den Tatbestand wird das Gericht feststellen«, meinte er. »Wir werden Professor Dalias als Experten zuziehen.«

Moratalla drehte sich schnell herum. »Nein, bitte nicht Dalias«, bat er.

»Ist er Ihnen feindlich gesinnt? Dann natürlich nicht.«

»Nein, im Gegenteil. Wir sind befreundet. Ich möchte unbefangene Richter.«

Der Generalstaatsanwalt schüttelte den Kopf. »Ich verstehe Sie nicht, Herr Professor. Wir wollen Ihnen doch helfen.«

»Das ist es ja, was ich vermeiden möchte.« Moratalla lehnte sich mit dem Rücken gegen einen großen Bücherschrank. »Habe ich etwas Gesetzwidriges getan, dann soll es nach vollem Recht auch untersucht werden.«

Der Justizminister sprang auf. Erregung lag in seinen Augen. »Es geht um Ihren Kopf!« rief er laut.

Moratalla nickte. »Er hat Spanien bisher gedient — er steht auch Spanien zur Verfügung!«

General Campo zerdrückte seine Zigarre. »Das ist soldatisch gesprochen. Ich habe Achtung vor Ihnen, Herr Professor. Man wird Sie vor ein erbarmungsloses Gericht stellen, dem ich vorsitze. Ich verstehe nichts von Medizin — das sage ich Ihnen gleich —, aber ich verstehe etwas von Gehorsam. Sie wissen, was ich meine?«

»Ja, Exzellenz.«

»Wollen wir den Fall noch einmal durchsprechen?«

»Ist das nötig?« Moratalla zuckte die breiten Schultern. »Der Tatbestand ist klar: Eine Frau stirbt durch eine in der Welt einmalige Operation, die vom Staatschef persönlich verboten wurde. Gegen diese Anklage wehre ich mich nicht. Ich wehre mich nur gegen den Begriff Mord! Ich habe nicht morden, sondern retten wollen!«

General Campo sah auf seine Hände. »Wir werden sehen, ob die Geschworenen davon zu überzeugen sind. Unsere spanischen Gesetze sind streng. Streng und eng ... sie lassen keine breite Auslegung zu. Wer wird Sie verteidigen?«

»Ich weiß es noch nicht.«

»Ich schlage Ihnen Dr. Manilva vor.«

»Ob er es tut?« Moratalla wiegte den Kopf. »Ich habe ihn bei dem Letzten Willen Anita Torricos zugezogen.«

Der Justizminister fuhr empor, als habe er einen Schlag ins Gesicht bekommen. »Was?« rief er außer sich. »Sie haben ein Testament machen lassen?«

»Selbstverständlich!«

»Damit geben Sie ja zu, daß Sie wußten, daß diese Frau sterben würde!«

»Ich habe es nur getan, weil ich die Schwere des Eingriffs nicht unterschätzte«, sagte Moratalla sicher. »Ich lasse bei allen schweren Fällen grundsätzlich ein Testament anfertigen, um den Hinterbliebenen geordnete Verhältnisse zu geben. Ich hasse um mich und auch im Leben Unordnung jeder Art.«

»Das ist ja furchtbar.« Der Justizminister fuhr sich durch die lichten, angegrauten Haare. »Man wird es anders auslegen. Dr. Manilva wird Sie verteidigen müssen, er ist unser bester Anwalt. Ich werde selbst mit ihm sprechen.«

General Campo packte ein Aktenstück in seine Tasche und verschloß die blinkenden Schlösser. Dann ging er zum Fenster und öffnete es. Die warme Luft strömte ins Zimmer und wirbelte den dichten Zigarrenqualm auf. In seinen Bewegungen lag die knappe, kurze Art des alten Soldaten, der nicht lange fragt, sondern handelt.

»Ich werde den Prozeß schnell vorbereiten«, meinte er, am offenen Fenster stehend und die frische Luft tief einatmend. »Ich glaube, es ist in aller Interesse.« Da ihm keiner antwortete, nahm er es als Bestätigung. Er verbeugte sich straff vor Moratalla und den anderen Herren, reichte zum kurzen Druck seine Hand und verließ das Zimmer. Noch als die Tür schon längst hinter ihm sich geschlossen hatte, meinte man das leise Klirren seiner silbernen Sporen zu hören.

*

Um zwölf Uhr mittags schellte es bei Dr. Tolax im Zimmer. Er blickte auf das Klingelbrett, und ein heißer Strom durchzog seinen Körper.

Zimmer Professor Moratalla!

Er war wieder da! Man hatte ihn nicht verhaftet. Er war frei!

Dr. Tolax rannte aus seinem Zimmer, über den Gang, die Treppe hinunter, stieß auf dem Flur gegen Dr. Albanez und Dr. Estobal, die mit trauriger Miene ins Kasino gingen, um Mittag zu essen.

»Der Chef ist wieder da!« schrie Dr. Tolax. »Er hat bei mir geschellt.«

Dr. Albanez hieb seinem Kollegen Estobal auf die Schulter, daß es krachte. Sein Gesicht strahlte.

»Er ist da!« Seine Stimme überschlug sich fast. »Jungs — wir gehen alle hin!«

Sie rannten gemeinsam den Gang entlang und stürzten zusammen in das große Zimmer.

Moratalla saß in seinem weißen Mantel am Schreibtisch und betrachtete in der grellen Mittagssonne ein Röntgenbild. Er blickte kurz zur Tür, und ein Lächeln huschte kurz über seine Augen.

»Ich habe Dr. Tolax geschellt!« sagte er ernst.

»Herr ... Herr Professor!« Dr. Albanez stotterte. »Sie sind wieder da! Man hat Sie nicht ...«

Moratalla blickte auf ein Blatt Papier auf seinem Tisch.

»Dr. Albanez — Sie haben jetzt laut Plan Mittagspause. Sie auch, Dr. Estobal. Ihr Essen wird kalt, wenn Sie nicht gehen! Um zwei Uhr will ich in Saal I operieren.«

»Die Gallenblase?« schrie Dr. Tolax außer sich vor Freude.

»Ja, selbstverständlich. Und die Abendvisite wie immer zusammen, meine Herren. Ist alles klar auf den Stationen?«

»Ja.« Dr. Albanez und Dr. Estobal nickten glücklich.

»Und Juan?«

»Ihm geht es verhältnismäßig gut. Das Herz arbeitet normal.«

»Weiß er von dem Tod seiner Mutter?«

Dr. Tolax schüttelte den Kopf. »Nein, noch nicht. Auch sein Bruder, der seit heute morgen an seinem Bett sitzt, hat ihm nichts gesagt.«

»Das ist gut. Er darf es auch nicht erfahren. Er braucht unbe-

dingte Ruhe! Um jeden Preis!« Moratalla nahm die Röntgenplatte wieder auf. »Die Herren gehen jetzt bitte ins Kasino. Sie,
Dr. Tolax, kommen bitte näher und betrachten diese Platte . . .«

Ja, es war so, wie immer in all den Jahren. Es hatte sich nichts
geändert — viele Menschen waren in diesem großen Haus gestorben, noch mehr hatten es gesund verlassen. Und diese alte,
kleine, dicke Frau, die jetzt unten im Keller lag, in einer der
schmalen, dunklen, elektrischen Kühlzellen, war nur eine Tote
wie alle die Nachbarn links und rechts von ihr. Sie hieß Anita
Torrico, und sie starb an einer Herzoperation. So stand es in
den Krankheitsakten. Ein klarer Fall . . . aber sie war eine Mutter, wie Tausende Mütter, die hier gelegen hatten, nur daß sie
starb, weil sie ihren Sohn damit rettete, daß ihr Tod sein neues
Leben war. Ein Opfer? Ein großes Opfer? Die Zeitungen
draußen in der Welt schrieben es.

Professor Moratalla saß am Bett Juans.

Sein Kopf war etwas gehoben durch einige Kissen, die gelb-
weiße Farbe war aus seinem Gesicht gewichen. Eine Bluttrans-
fusion, die man ihm zehn Stunden nach der Operation gegeben
hatte, schien ihn gekräftigt zu haben.

Still lag er da, aber er lächelte, als er Moratalla eintreten sah
und er sich bei ihm niedersetzte.

»Ihnen geht es ja blendend«, sagte er fröhlich. »Der kleine
Schnitt auf der Brust wird bald verheilt sein, und dann ist es
aus mit der ganzen Krankheit!«

»Ich werde wieder ganz gesund sein?« Die Worte waren mühsam gesprochen, Juan rang noch mit den Lauten, als habe er in
den wenigen Tagen das Sprechen verlernt. »Ganz gesund?«

»Ja, Juan.«

»Und wann kann ich meine Mutter sehen?«

Pedro, der am Tisch stand, wandte sich ab und trat an das
Fenster. Verzweifelt blickte er hinaus in den Garten. Seine
Augen waren wieder schwer von Tränen.

»Ihre Mutter wird bald kommen«, sagte Moratalla ohne Be-
ben in der Stimme. »Noch sind Sie zu schwach, um Besuch zu
empfangen.«

»Aber Pedro ist doch hier! Die Mutter kann doch den Hof
nicht allein versorgen! Sie ist doch so alt und — krank . . .«

Moratalla legte ihm die Hand auf den Arm. »Nicht aufregen,
Juan«, meinte er und lächelte. »An alles ist gedacht. Die Nach-

barn und einige Bauern in Solana del Pino haben tageweise ihre Knechte zur Verfügung gestellt.« Er schluckte. »Ihrer Mutter geht es gut, Juan. Sie brauchen sich keine Sorgen zu machen. Sie hat es jetzt besser als vorher.«

Am Fenster schluchzte Pedro. Moratalla sprach lauter, damit Juan es nicht hörte, und warf einen warnenden Blick auf den gebrochenen Riesen.

»Dr. Osura ist bei ihr, und krank ist sie auch nicht mehr.«

Juan sah sich im Zimmer um und befühlte seine Brust, die dick verbunden war.

»Was ist eigentlich geschehen?« fragte er. »Ricardo Granja hat mich zu Boden geschlagen!« Er wollte emporschnellen, aber Moratalla drückte ihn sofort zurück. »Stimmt es ..., daß Concha ... daß Concha ... Stimmt es wirklich?«

»Ja, Juan.«

»Das habe ich nicht gewollt.« Er bedeckte die Augen mit den Händen. »Ich habe sie so lieb, aber ich wollte ihr nicht weh tun. Granja wird sie totschlagen ...« Er blickte plötzlich wild auf. »Wenn er das tut, Herr Professor, erschlage ich Granja, wenn ich wieder gesund bin!«

»Aber Juan!«

»Ja, das tue ich! Mich kann keiner hindern, wenn er Concha nur ein Haar krümmt!«

»Er wird es nicht tun. Concha und Señora Granja sind gestern abend angekommen und haben Ricardo Granja aus dem Gefängnis abgeholt.«

»Concha ist hier?« Ein seliges Lächeln glitt über Juans Gesicht. »Sie wird mich besuchen. Darf sie denn kommen, Herr Professor ...?«

»Wenn Sie mir versprechen, ganz brav zu sein und ruhig zu liegen ...«

»Ich will mich nicht rühren. Bitte, bitte, lassen Sie Concha zu mir kommen ... Und — schreiben Sie der Mutter, daß sie auch kommen soll. Nur einen Tag. Ich bin ja so glücklich, daß ich gesund werde. Die Mutter soll es sehen ...«

Pedro verließ das Zimmer. Erstaunt sah ihm Juan nach.

»Was hat er?« fragte er erstaunt.

»Er ist übernächtigt. Er hat zwei Nächte an Ihrem Bett gesessen. Da wird man nervös, Juan.«

»Der gute Pedro!« sagte Juan leise. Und plötzlich war er sehr ernst und winkte Moratalla, der das Zimmer verlassen wollte, zurück. »Noch eine Frage, Herr Professor. Sie wissen, daß ich ein armer Bauer bin . . .«

»Bitte, fangen Sie nicht davon an, Juan!«

»Es peinigt mich, Herr Professor. Ich bin arm und werde arbeiten, viel arbeiten, um Ihnen alles zu bezahlen.«

»Aber es ist doch alles bezahlt, Juan.«

Juan schaute Moratalla ungläubig an. »Bezahlt? Von wem denn?«

»Von Campillo, Tortosa und einem Contes de la Riogordo aus Toledo . . .«

»Der Contes . . .« Juan schüttelte den Kopf. »Er hat mich doch nur einige Stunden gekannt.«

»Er ist auch hier. Wollen Sie ihn sehen?«

»Ja, Herr Professor. Ja.«

»Ich schicke ihn zu Ihnen.«

Oben, im Zimmer, klopfte es leise.

Contes de la Riogordo trat ein und sah in das lächelnde Gesicht Juans.

»Mein Freund«, sagte er lustig, »ich soll Sie grüßen von der ganzen Klasse und von Professor Yehno. Er hat übrigens einen Tick . . . er läßt jetzt Arme modellieren, nur nach Ihrer Zeichnung!«

Da lachte Juan, und wenn es auch weh tat in der Brust, wenn er auch die Hand auf den Verband legen mußte und hustete, er lachte, und dieses Lachen machte ihn so froh und voll Leben, daß er die Hände des Freundes so fest drückte, wie er konnte, und ihn an seine Seite zog.

»Erzählen Sie«, sagte er. »Was macht Toledo, was Frau Sabinar? Und haben Sie Jacquina gesehen? Oh, erzählen Sie, Fernando. Sie bleiben doch in Madrid? Ja, bitte, bitte. Ich möchte Sie doch so gerne meiner Mutter vorstellen . . .«

Und der Contes nickte und erzählte mit viel Späßen von Toledo, auch wenn es in seiner Kehle würgte und drückte.

Und Juan war so froh wie selten. Seine Wangen glühten. Sein Herz schlug schneller.

Und es schlug . . . es schlug wirklich, und es tat nicht mehr weh . . . das dumme, dumme Herz . . .

Selig lehnte sich Juan in die Kissen zurück.

Gesund ... und Concha ... und ein Kind ... und die Mutter ... und die Kunst ... und einen Freund ... Ist das Leben nicht herrlich?

IV

Am 17. Januar begann die Verhandlung vor dem staatlichen spanischen Strafgericht gegen Professor Dr. Carlos Moratalla.

Wie es der Justizminister vorausgesagt hatte, zog sie Kreise um die ganze Welt. Der große Saal im Justizministerium war überfüllt ... Journalisten aus allen Ländern, Wochenschauen und juristische und medizinische Experten saßen auf den langen Bänken und warteten auf die große Sensation, auf das Erscheinen Professor Moratallas.

In diesen drei Monaten war manches geschehen, was Professor Moratalla nie vergessen würde. Er saß jetzt in einem engen Raum seitlich von dem großen Saal, bewacht von zwei uniformierten Polizisten. Ein Verbrecher. Ein Mörder. Sonst nichts mehr! Man hatte ihn nicht gefesselt, wie es sonst in Spanien bei Mördern üblich ist, denn selbst General Campo schreckte davor zurück, einen Mann wie Moratalla klirrend in die Anklageschranken zu führen. Aber sonst war alles so, wie es immer ist, wenn ein großer Verbrecher auf sein Urteil wartet ... die Polizisten rauchten in einer Ecke des Zimmers, die Karabiner zwischen den Beinen, der Saaldiener blickte kurz herein und meinte, es ginge gleich los, Rechtsanwalt Dr. Manilva erschien in seiner Robe und einem dicken Aktenstück unter den Arm geklemmt und drückte Moratalla, der ruhig und sogar ein wenig fröhlich auf seinem Stuhl saß und aus dem Fenster auf die breite Straße blickte, die Hand.

»Kopf hoch«, sagte Manilva unnötig zu ihm. »Wir haben Trümpfe, die Campo nicht erschüttern kann! Sie brauchen keine Angst zu haben.«

Moratalla lächelte. »Ich habe in meinem bisherigen Leben nie Angst gehabt. Warum sollte ich sie heute haben? Weil Campo unbedingt sagen will: Tod durch das Beil? Ist das so schlimm?«

»Herr Professor!« Dr. Manilva umklammerte sein Aktenbündel. »So dürfen Sie nicht denken! Sie müssen an den Sieg glauben!«

Drei Monate sind nun vorbei, dachte Moratalla. Ein Vierteljahr seit dem Tode der kleinen, armen Anita. Wie die Zeit doch rast. Als sie begraben wurde, auf dem kleinen Friedhof in Solana del Pino, brach der riesige Pedro am Grab zusammen und wollte sich in die Grube stürzen. Wir waren alle dabei, Dr. Osura streute Blumen über den kleinen Sarg, und der Dorfpastor fand Worte, die ich noch nie gehört habe. Das ganze Dorf war auf dem Friedhof, und Ricardo Granja hielt das Seil, mit dem der Sarg in die Grube gelassen wurde.

Er, Moratalla, stand im Hintergrund der großen Gemeinde. Ein Ausgestoßener, der Mörder Anitas, der Mann, dessen Messer ihr Herz zerschnitt. Und auch Juan fehlte. Er lag in der weißen, hellen Klinik an der Chaussee nach Barajas und wartete darauf, daß die Mutter ihn besuchte. Dr. Osura hatte ihm kurz vor der Abfahrt zum Begräbnis noch einen lieben Gruß von der Mutter bestellt, und seine Stimme hatte geschwankt, als er Juans glückliches Lächeln sah. Aber dann erzählte der Contes de la Riogordo einige Witze, und Juan vergaß, daß Dr. Osura so traurige, große und doch müde Augen hatte.

Zum erstenmal sah Moratalla an diesem Tag den Hof der Torricos in den Bergen von Santa Madrona. Das kleine Haus mit der großen Küche, wo an dem Nagel noch Anitas alte, fleckige Schürze hing.

In diesem Augenblick wußte Moratalla, daß es keinen anderen Weg für ihn gab als das Sichbeugen vor dem Gesetz. Allein ging er durch die Berge, und Dr. Osura, der ihn suchte, fand ihn, wie er am Wiesenrand hinter dem Haus saß und vor sich hinstarrte.

»Alles atmet ihre Gegenwart«, sagte er leise zu Dr. Osura, der sich neben ihn setzte. »Wo ich hinsehe, sehe ich die Hand dieser alten Mutter. Ich habe das noch nie so stark gefühlt wie jetzt.«

Ja, so war es in Solana del Pino, und in der Klinik lag Juan und sah Concha wieder. Anita war begraben, Pedro grub wieder im Garten und bestellte die Felder, führte das Vieh auf die Weide und ärgerte sich über die beiden neuen Knechte, die er aus Mestanza mitgebracht hatte, nachdem ihm Moratalla eine große Summe Geldes gegeben hatte. Dr. Osura besuchte seine Kranken in der Sierra Morena, Ricardo Granja verkaufte wieder Obst und alle Dinge, die man auf dem Lande braucht, Pilar lag bis zehn Uhr im Bett, las Romane, knabberte Pralinen und stöhnte über ihr Fett und ihr Herz.. Campillo hatte den Kopf voller Sorgen — eine Kunstausstellung in Madrid mit internationalen Künstlern beschäftigte ihn Tag und Nacht, und Ramirez Tortosa ging schimpfend durch die Räume seiner Akademie in Toledo und entließ zum vierten Male Jacquina, weil sie mit Kunstschülern eine Liebschaft begonnen hatte.

Es war alles wie früher ... nur Concha und Contes de la Riogordo blieben in Madrid und saßen abwechselnd am Bett Juans.

Als Concha das erste Mal ins Zimmer trat, warteten draußen auf dem Gang Ricardo und Pilar Granja. Juan schlief. Er sah besser aus, als es sich Concha erhofft hatte.

Wohl eine Stunde saß Concha still am Bett und rührte sich kaum. Als Juan langsam die Augen öffnete und an die Decke blickte, hielt sie den Atem an und fühlte doch, wie ihr Herz schlug.

Seine Hände tasteten über die Bettdecke, ergriffen einen Strauß, sein Kopf fuhr herum, er sah den herrlichen bunten Strauß und hinter ihm die langen, schwarzen Locken Conchas, ihre ein wenig geschlitzten Augen und ihre schmalen Schultern, die vor Erregung bebten.

»Concha ...«, sagte er leise und innig. »Endlich ... Concha ... Komm, gib mir einen Kuß ...«

Sie beugte sich über ihn und küßte ihn mit geschlossenen Augen. Er fühlte das leise Kitzeln ihrer langen Wimpern auf seiner Wange und umarmte sie mit der schwachen Kraft, die er in sich fühlte. So hielt er sie fest, und wenn auch ihr Körper auf seiner Brust lag, wenn die Wunde schrecklich schmerzte, er drückte sie an sich und ließ seine Lippen nicht von ihrem Mund.

»Ist es wahr?« fragte er dann leise, als sie wieder neben ihm saß und seine Hände hielt. »Ist es wirklich wahr, Concha ...«

Sie nickte stumm, und Tränen kamen ihr in die Augen.

»Und was sagen deine Eltern? Hat dich dein Vater auch geschlagen?!« Juan richtete sich mühsam auf. »Hat er es wirklich gewagt, Concha?!«

»Nein. Er ist jetzt zufrieden mit allem, wie es gekommen ist. Er hat mir nichts mehr gesagt. Auch die Mutter nicht. Wenn du wieder gesund bist, dürfen wir heiraten.«

»Conchita!« rief er glücklich und küßte ihre Hände, die ihn streicheln wollten. »Ich bin ja so glücklich.« Er blickte auf. »Hast du es der Mutter schon gesagt oder geschrieben?«

»Ja.« Concha schaute zur Seite, denn sie konnte ihn nicht ansehen, während sie ihn belog.

»Und was sagte sie?«

»Sie freut sich sehr. Und sie läßt dich grüßen und wünscht dir viel Glück und baldige Gesundheit.«

»Und sie kommt bald?«

»Vielleicht schon in der nächsten Woche.«

Juan zog Concha wieder zu sich und spielte mit seinen langen weißen Fingern in ihren Locken. »Mein Freund, der Contes de la Riogordo, hat mir versprochen, ihr das Fahrgeld zu schicken. Und ihr müßt mir alle versprechen, ihr nicht zu sagen, wie sehr krank ich war. Sie soll sich keine Sorgen mehr machen und einmal sehr stolz auf mich sein . . . Nicht wahr, ihr sagt ihr nichts?«

»Nein, Juan, nein.« Und plötzlich begann sie zu weinen, haltlos, hilflos, sie warf sich über sein Bett und drückte ihren Kopf neben Juan in das Kissen wie ein kleines Mädchen, das mit seiner kindlichen Schuld um Vergebung bittet.

Er legte den Arm um ihre zuckenden Schultern und streichelte sie.

»Nicht weinen«, sagte er leise. »Conchita . . . warum weinst du denn? Du sollst doch lachen und glücklich sein.«

»Ich weine vor Glück«, stammelte sie in das Kissen und krallte die Finger in die Federn. »Ich bin ja so glücklich, Juan . . .«

Fast jeden Tag war sie dann bei Juan. Morgens bis gegen Mittag kam meistens Riogordo und erzählte das Neueste aus der Stadt und aus Toledo, mit dem er telefonisch in Verbindung stand. Nach dem Essen saß dann Conchita an seinem Bett, während die Eltern schon längst abgereist waren, nachdem der Staatsanwalt auf Bitten aller Zeugen davon Abstand genommen hatte, eine Anklage wegen Körperverletzung oder gar Überfall gegen Ricardo Granja zu erheben.

Der Zustand Juans war gut. Sein Herz schlug frei und regelmäßig. Der Herzmuskel, auf den das Geschwür übergegriffen hatte, spürte noch nicht den würgenden Griff des unaufhaltsamen Feindes. Die Transplantation der Herzbeutelhaut und des Herzfleisches schien voll gelungen zu sein . . . eine einmalige

178

Tat in der modernen Chirurgie, ein Griff ins Leben und in die Rechte des Todes, wie es bisher noch kein Arzt gewagt hatte.

Ein gesundes Herz, dem man noch nicht ansah, daß der Herzmuskel die alarmierenden Rötungen und Erweiterungen zeigte, die in zehn Jahren das junge Leben unrettbar auslöschen würden.

Es war im Dezember. Juan war fast geheilt, aber noch sehr schwach. Da erschütterte eines Mittags ein Schrei die Zimmer auf dem unteren Flur, und er war herausgestürzt und gegen die Stationsschwester geprallt, die blaß und verwirrt zu ihm rennen wollte.

»Juan«, stotterte sie. »Juan . . . Mein Gott, Herr Professor . . .«

Moratalla stürzte über den Flur und riß die Tür zu Juans Zimmer auf. Er glaubte, einen Rückfall zu sehen, eine Stockung des Herzens, und ein eisiger Hauch durchwehte ihn, als er ins Zimmer trat. Aber dann stand er plötzlich still und starrte auf Juan, der am Fenster lehnte, blaß, mit weit aufgerissenen Augen, den Mund noch nach dem Schrei geöffnet. In der Hand hielt er eine alte Schürze . . . ein Stück schmutziges Tuch, alt, zerrissen, fleckig, farblos fast . . . und doch erkannte es Moratalla sofort, und er fühlte, wie eine heiße Röte in sein Gesicht stieg.

Juan hielt ihm den Fetzen weit entgegen. Seine Augen flimmerten, als breche der Irrsinn aus ihnen.

»Was . . . was . . . ist das?« stammelte er tonlos.

Moratalla faßte sich schnell und antwortete mit einer Frage. »Woher haben Sie das, Juan?«

»Ich fand es unten im Garten auf dem Abfallhaufen! Ich ging spazieren . . . und da sah ich es liegen, unter Asche und Küchenabfällen . . . Diesen Stoff . . . ich kenne ihn . . . ich kenne ihn . . .« Und plötzlich schnellte er, mit einem Satz wie ein Raubtier, vor und hielt Moratalla den Stoff unter die Augen. »Eine Schürze!« schrie er grell. »Die Schürze meiner Mutter! Meine Mutter! Wo ist meine Mutter?!« Seine Stimme wurde schrill und grell.

»Wie kommt diese Schürze hierher? Was habt ihr mit meiner Mutter getan? Wo ist meine Mutter?!!«

Moratalla nahm ihm den Fetzen Stoff aus der Hand und drückte Juan auf das Bett. Willenlos ließ er es geschehen und schlug die Hände vor die Augen. Schluchzen durchschütterte seinen Körper, der schmal und eingefallen hin und her schwankte.

»Mutter!« stammelte er. »O Mutter . . . Mutter . . .«

Moratalla setzte sich neben ihn, legte den Arm um ihn und drückte ihn an sich, als wäre es sein Sohn, der Trost bei ihm sucht. Seine Stimme war leise und traurig, als er sprach, und was er sprach, wußte er nicht mehr, als er das Zimmer später verließ. Er erzählte alles ... seine tödliche Krankheit, die letzte Rettung, das Opfer der Mutter, die mißglückte Operation ... alles erzählte er, und Juan hörte ihm zu, stumm, nur geschüttelt von seinem Schluchzen. Aber als er geendet hatte, klammerte er sich an Moratalla fest und verbarg seinen Kopf an seiner breiten Brust.

Er gab Juan das Testament Anitas und verließ das Zimmer. Als er die Tür hinter sich schloß, sah er, wie Juan ans Fenster ging und das Blatt entfaltete.

Die Schwester auf dem Gang war bleich und ratlos.

»Stören Sie ihn nicht«, sagte Moratalla ernst. »Er weiß jetzt alles. Und er wird mit dem plötzlichen Wissen auch fertig werden. Sein Herz ist gesund ... es hat den ersten Schreck überlebt ... und das ist wichtig. Wenn er schellt, treten Sie ruhig ein und tun so, als sei es so wie immer. Ich glaube nicht, daß er noch zusammenbrechen wird ...«

Und Moratalla behielt recht. Juan ließ sich nicht sprechen. Seinen Nachmittagskaffee rührte er nicht an, aber als Concha am Abend zu ihm kam, sank er weinend in ihre Arme und umklammerte sie.

Sie tröstete ihn mit ihren Küssen, und er schwieg auch darüber, daß sie ihn bis heute belogen hatte. Den schmutzigen Fetzen, den er aus dem Abfall zog, dieses letzte Stück, das er von seiner Mutter behalten hatte, breitete er auf seinem Bett aus, und Concha wagte nicht, zur Seite zu blicken und es anzusehen.

Ja, so war es, damals im Dezember, vor einem Monat. Moratalla blickte auf. Dr. Manilva trat in den kleinen Raum und war nervös und sehr flatternd mit seinen Händen.

»General Campo ist gekommen«, sagte er. »Man wird Sie gleich in den Saal führen. Fast dreihundert Zuschauer, und die Presse der ganzen Welt ist vertreten. Seien Sie stark, treten Sie als Sieger auf, Herr Professor! Ich plädiere — was auch kommt — auf Freispruch!«

»Mit ehrlichem Herzen?« fragte Moratalla und lächelte.

»Ja! Sie werden sich wundern, was man über Sie sagen wird.

Experten aus allen Ländern sind geladen. Man sagt, daß General Franco seinen persönlichen Berater heimlich im Saal sitzen hat und sich alles sofort berichten läßt.« Es schellte im Nebenraum, in dem großen Saal. Dr. Manilva riß sich zusammen. »Es geht los! Wir sehen uns gleich.« Mit flatterndem Talar rannte er hinaus. Moratalla lächelte ihm nach. Diese Aufregung, dachte er. Bin ich denn wirklich so viel wert? Bin ich mehr als diese arme Anita?

Die uniformierten Polizisten in der Ecke standen auf, drückten ihre Zigaretten aus und klemmten die Karabiner unter den Arm.

»Kommen Sie, Herr Professor«, sagte der eine. Moratalla erhob sich und rückte seine Krawatte zurecht.

Die kleine Tür an der Längswand öffnete sich. Der Kopf des Gerichtsdieners erschien einen Augenblick.

»Angeklagter Moratalla!« brüllte er.

Er schrie es gewohnheitsmäßig, gewöhnt an die Massen der Verbrecher, die er anrief. Er kannte keine Unterschiede, denn ihn kümmerte nichts als der Ruf: »Angeklagter!«

In dem großen Saal war es still, als Moratalla langsam, hoch aufgerichtet, die Holzbarriere betrat.

Zwei Scheinwerfer erfaßten ihn, eine Kamera surrte leise. Er lächelte leicht, als er das Gericht sah, den kurzhaarigen Militärkopf Campos, den langen, schmalen des Generalstaatsanwaltes und im Hintergrund, auf einem Stuhl, als Beobachter nur, die grauen Haare des Justizministers.

Auf den Pressebänken drängten sich die Stenografen und Reporter der Illustrierten. Im Hintergrund, Bankreihe an Bankreihe, saß die schwarze Masse der Zuschauer. Die vorderen zwei Bänke waren frei . . . dort würden die Zeugen sitzen, die man einzeln hereinrief.

Moratalla beugte sich über das Geländer und drückte Dr. Manilva die Hand. Der Anwalt war etwas blaß und sehr erregt. Er hatte von Professor Dalias erfahren, daß der Prozeß einen Präzedenzfall darstellen sollte und die Regierung drängte darauf, zu einem Urteil zu kommen, um späteren Vorfällen die Möglichkeit zu geben, auf diesen Prozeß hinzuweisen.

General Campo, der oberste Richter Madrids, ordnete seine Aktenstücke vor sich und warf einen kurzen Blick auf Moratalla. Dieser Blick war ein Gruß, und Moratalla erwiderte ihn, indem er die Lider kurz senkte.

Noch einmal griff Campo zur Glocke und läutete, obwohl es ganz still im Saal war. Dann verlas er die Personalien Moratallas und fragte ihn danach aus. Es war ein nüchternes Fragen, über das man schnell hinwegging. Der Generalstaatsanwalt erhob sich.

Seine Stimme war nicht ganz frei, als er seine Anklage begann, und die Wochenschau mußte das Mikrofon stärker stellen, um seine Worte auf das Band aufnehmen zu können. Er bezichtigte Moratalla des Mordes.

General Campo blickte zu Moratalla hinüber.

»Was haben Sie darauf zu erwidern, Angeklagter?«

Moratalla zuckte die breiten Schultern. »Da ich von meiner Unschuld überzeugt bin«, sagte er klar und deutlich, »erübrigt es sich, auf die Worte des Herrn Generalstaatsanwalts näher einzugehen.«

Campo blickte ihn an. »Wir werden gleich die internationalen Sachverständigen hören. Die schriftlichen Urteile liegen vor mir — sie sprechen sämtlich von einer Verantwortungslosigkeit und einer Leichtfertigkeit dem Leben eines Menschen gegenüber! Beginnen wir gleich mit dem Zeugenverhör. — Zeuge Professor Dr. Dalias.«

Der Gerichtsdiener rief den Namen auf dem Flur, und Dalias stürzte in den Saal. Er sah Moratalla nicht an, sondern ging bis zum Zeugenstand und blieb dort schweratmend stehen.

»Ich habe zu sagen«, begann er, »daß ich heute morgen mein Amt im Gesundheitsministerium niedergelegt habe! Ich kann mich nicht mit einer Behörde einverstanden erklären, die in unmöglicher kurzsichtiger Form einem der größten Ärzte unserer Welt die Hände binden will, weil er klüger, mutiger und größer ist als sie alle zusammen!«

Im Saal klatschte jemand Beifall. Campo riß die Glocke empor und schellte.

»Sie haben Moratalla auch gewarnt, Herr Professor?« fragte er.

»Zuerst, ja. Aber nicht in meiner Eigenschaft als Arzt, sondern als Mitglied einer verstaubten Behörde! Als Arzt bejahte ich das Vorgehen Moratallas voll und ganz und habe ihm sogar in den letzten Stunden geholfen, Anita Torrico zu retten! Die Operation war einwandfrei und einfach wunderbar!«

»Und der Tod dieser Frau? War er nach Ihrer Ansicht nötig? War er vor dem Eingriff als sicher vorauszusehen?«

»Nein!« sagte Dalias laut.

Auf den Pressebänken sprang man auf. Moratalla beugte sich über seine Barriere vor, als wolle er Dalias besser ins Gesicht sehen.

»Nein?« Campo wischte sich über die Stirn. »Wieso nein?«

»Weil diese Operation zum erstenmal ausgeführt wurde. Wissen Sie, Herr General, wenn Sie einen Feldzug nach einem neuen Plan beginnen, ob er siegreich wird? Moratalla führte dauernd Schlachten ... nicht mit anderen Staaten, sondern mit dem erbarmungslosesten und unsichtbarsten Feind, den wir Menschen haben — mit dem Tod! Und er hat die Schlachten fast immer gewonnen! Auch diese hier ... Juan Torrico lebt! Daß seine Mutter dafür ihr Leben gab, ist ein Opfer, heroischer als das Ausharren unserer Truppen damals im Alkazar! Als er den Eingriff wagte, glaubte er an den Erfolg wie wir alle.«

Der Prozeß um Professor Moratalla dauerte fünf Stunden.

Fünf Stunden wurde darum gerungen, aus Moratalla einen Mörder zu machen. Man holte die Experten herein ... ihre Aussagen waren fast unverständlich vor Fachausdrücken und chirurgischen Auslegungen. Man führte die Röntgenbilder vor ... warf sie mit einem Projektor an eine weiße Leinwand, die man hinter dem Richtertisch an die Wand spannte, und Moratalla erklärte die Krankheit Juans und die Operation in allen Einzelheiten. Dr. Tolax sagte aus ... er schilderte die Operation und die menschlich ergreifende Vorgeschichte, das nächtelange Ringen Moratallas, ob er diesen Eingriff wagen sollte, und das Flehen Anitas, dem er nachgab. Dr. Albanez wurde verhört, die Schwestern, auch Ricardo Granja erzählte seine Geschichte, und Concha stand klein und schüchtern vor den Scheinwerfern und sprach von ihrer Liebe zu Juan und dem Kind, das sie unter dem Herzen trug.

Es war totenstill im Saal, als Dr. Osura auftrat.

Dr. Osura nickte Moratalla zu, und dann sprach auch er ... Er erzählte, daß Anita die Wassersucht hatte, er blickte zurück in all die Jahre, in denen er die Torricos kannte, erzählte von ihrem Leben in den Bergen der Santa Madrona und der Not, aus der strahlend wie ein Stern ein Genie emporschoß, wie es

183

Spanien nie wieder seit dreihundert Jahren besaß ... Juan Torrico, der Bauernjunge, der Bildwerke schuf wie Michelangelo und Praxiteles! Er erzählte von dem Opfer der Mutter, und er weinte dabei, der kleine, alte Landarzt, der nie einen Schritt in die große Welt gewagt hatte und nun der Mittelpunkt eines einmaligen Prozesses wurde.

»Ich habe geschrien, als Anita starb«, sagte er leise. »Ich habe sie lieb gehabt wie meine alte Mutter, obwohl ich nur sechs Jahre jünger bin als sie. Ich habe zu Moratalla geschrien: Sie sind ein Mörder ... Ich muß ihn um Verzeihung bitten ... Heute weiß ich, daß es für Anita kein schöneres Ende gab als ihrem Sohn Juan, ihrem lieben, kleinen Juanito, zum zweitenmal das Leben zu geben.«

Schluchzend ging er zur Zeugenbank und setzte sich, den Kopf tief gesenkt. Campo biß sich auf die Lippen, er fühlte in sich eine fremde Rührung aufquellen ... er sah hinüber zu den Zuhörern und sah sie weinen. Da erfaßte ihn ein Entsetzen, daß er hier saß und richten sollte, wo das Herz längst gesprochen hatte, und er rief die Zeugen auf und wünschte sich nur eins, daß sie alle, alle für Moratalla sprachen.

Fredo Campillo trat ein. Er schilderte die Höhle in den Bergen am Rebollero, die Arbeiten Juans, die große Hoffnung, die dieser Junge für Spanien bildete, und es kamen Ramirez Tortosa und der Contes de la Riogordo, es kamen Frau Sabinar, deren tränenerstickte Stimme man kaum verstehen konnte, und die kecke, hübsche Jacquina, die sich schämte und dann schluchzend neben Frau Sabinar saß, die von ihr abrückte — es kamen der Professor aus Toledo und sein Oberarzt, und sie erklärten Moratalla für den größten Chirurgen, den Spanien habe.

Es war, als säßen im Saal keine dreihundert Menschen, als Juan eintrat, gestützt auf seinen Bruder Pedro.

Juan sah Campo an, und seine Augen waren traurig, als er sprach.

»Ich will nichts sagen. Ich bin so traurig. Aber dem Herrn Professor dürfen Sie nichts tun ... er hat mich gerettet. Und es war der Wunsch meiner Mutter ... Sie ist tot, und ihr Wunsch ist mir heilig ...« Seine Hände zitterten, als er aus der Tasche einen Bogen nahm, das Testament Anitas, und es auffaltete. »Sie hat mir viel gesagt in diesem letzten Brief«, sagte er leise.

»›Mein Leben ist nichts mehr wert. Ich würde es für meinen Sohn opfern. Vielleicht ist wenigstens mein Herz stark genug, seine fürchterliche Krankheit zu heilen ...‹ Das hat sie gesagt, und es sind für mich heilige Worte. Sie wußte, daß sie sterben mußte, und sie tat es für mich.« Er schlug die Hände vor die Augen und weinte.

Pedro, der neben Juan stand, biß die Zähne zusammen. Er hob Juan empor und führte ihn zur Zeugenbank, wo er neben Dalias niedersank, der schützend den Arm um seine Schulter legte.

Als letzter Zeuge kam eine ältere Frau aus Solana del Pino in den Saal. Sie war nicht geladen ... sie hatte sich selbst gemeldet und stand nun in einem alten, schwarzen Kleid mit einer selbstgestrickten Mantilla vor dem Zeugentisch, ein wenig scheu, die Hände ineinander verkrampfend, sich ab und zu umblickend zu den gespannt sie anstarrenden Zuhörern.

General Campo sah die Frau mit zusammengekniffenen Augenbrauen an. Sein Gesicht war mehr erstaunt als ärgerlich — er beugte sich etwas vor, als er sprach, und seine Stimme war hart, abgehackt, befehlsgewohnt.

»Sie haben sich gemeldet, Señora?« fragte er. »Sie haben eine Aussage zu machen?«

»Ja.« Die alte Frau nickte mehrmals und legte die rauhen Hände auf die Barriere des Zeugenstandes. »Ja, Herr Richter.«

»Wer sind Sie?«

»Emilia Barco, Herr Richter. Aus Solana del Pino. Ich bin die Haushälterin des Pfarrers unserer Gemeinde.«

Ein Raunen ging durch den Saal — die Menge beugte sich vor, denn Señora Barco sprach leise, und man wollte kein Wort versäumen in diesem Prozeß.

»Die Haushälterin des Pfarrers? Sie kennen Professor Moratalla?«

Señora Barco blickte kurz zu dem Arzt hinüber, der ein wenig vorgebeugt sie nachdenklich betrachtete.

»Nein. Ich kenne den Herrn Professor nicht. Aber ich kenne die Torricos — ich kannte Anita Torrico sehr gut.« Sie atmete laut und krallte die Hände in das Holz des Zeugenstandes. »Ich habe gelauscht, Herr Richter ... ich habe hinter der Tür gestanden und habe das Ohr an das Schloß gehalten, um besser hören zu können. Damals, als Anita bei dem Herrn Pfarrer war ...«

»Señora Torrico war bei dem Pfarrer?« General Campo wischte sich über die Augen. »Wann war das denn, Señora Barco?«

»Kurz, bevor sie wegging nach Madrid, um sich operieren zu lassen. Damals war sie im Zimmer des Pfarrers, und ich konnte alles hören, was sie sagte. ›Herr Pfarrer‹, hat sie gesagt, ›mein Sohn, der Juanito, ist so krank. Sein Herz ist in Gefahr, ich weiß es . . .‹«

Campos Kopf schnellte vor. »Sie wußte von der Krankheit?« rief er erregt.

»Ja!« schrie Dr. Osura und sprang auf. »Sie hat es mir gesagt, noch bevor ich ahnte, was es war. Als ich es dann selbst wußte und es ihr anvertraute, da nickte sie nur und sagte: ›Ich habe es immer gewußt . . .‹!«

»Es war an einem Sommertag, als sie zu dem Herrn Pfarrer kam«, erzählte Señora Barco weiter. »Und sie fragte den Herrn Pfarrer, ob es strafbar sei, wenn eine Mutter ihr Leben freiwillig für ihren Sohn gibt! Der Herr Pfarrer schimpfte noch mit ihr. ›Das wäre ein Selbstmord!‹ rief er laut — ich konnte es gut hören. ›Und die Kirche verbietet es uns, Selbstmördern die Gnade des Herrn zuteil werden zu lassen! Du würdest sterben ohne Gebet, ohne Absolution, ohne in die geweihte Erde zu kommen!‹ — ›Aber mein Juanito ist so krank!‹ sagte Anita laut. ›Und ich kann ihn retten, wenn ich mein Herz für ihn gebe! Er kann weiterleben! Das wird mir Gott doch verzeihen . . .‹ Doch der Herr Pfarrer blieb hart, er versuchte, es ihr auszureden, und Anita ging wieder aus unserem Haus, ohne Absolution, ohne Segen . . . Und sie hat sich doch geopfert . . .«

Señora Barco bedeckte das Gesicht mit den Händen und weinte. Ihr Schluchzen klang laut in dem stillen Saal, es war, als vergesse die Menge das Atmen.

Campo sah auf seine Hände. »Es war, bevor sie Professor Moratalla kennenlernte?«

»Damals war der Herr Professor für uns alle völlig unbekannt, auch für Anita Torrico. Wir hatten nie von ihm gehört . . . wir haben ja kein Radio und kaum eine Zeitung.«

Campo nickte. »Ich danke Ihnen.« Und die alte Frau setzte sich weinend auf die Zeugenbank, raffte die Mantilla fester um ihre Schulter und verbarg wieder das Gesicht in den Händen,

als schäme sie sich ihrer Neugier, die heute ein Menschen-
leben retten konnte.

Der Generalstaatsanwalt erhob sich und begann sein Plä-
doyer. Es war kurz und nüchtern, und sein Antrag lautete,
Moratalla wegen Mordes zum Tode durch das Beil zu ver-
urteilen.

Als sich Dr. Manilva erhob, ging ein Raunen durch den Saal.
Sechs Stunden dauerte der Prozeß schon, und in das blutige Rot
der untergehenden Sonne hinein, in dieses Blut, das man von
Moratalla forderte, fielen die Worte des Mannes, der bis jetzt
geschwiegen hatte. Hoch aufgerichtet stand Dr. Manilva vor
der Barriere, hinter der Moratalla saß und vor sich zu Boden
blickte.

Der Anwalt sprach langsam, er schilderte noch einmal das Leben des Arztes und die große, die einmalige Operation, mit der
er Spanien und der Welt einen großen Künstler rettete, ein Genie,
das noch gar nicht zu überblicken sei, und dafür ohne seinen
Willen eine alte, kranke Mutter opferte, die dieses Opfer als
die schönste Erfüllung ihres langen Lebens sah.

Campo saß in sich zusammengesunken hinter seinen Akten.
Als Dr. Manilva schwieg, richtete er sich auf, als schmerze ihn
jede Bewegung. Sein Blick irrte hinüber zum Tisch, an dem blaß
der Ankläger saß.

»Haben Sie noch etwas zu sagen?« fragte er leise.

Bleich stand der Generalstaatsanwalt vor dem Fenster, hinter
dem die Sonne glutend unterging. Er hob die Hand, als wolle er
schlagen, aber dann ließ er sie sinken und senkte den Kopf.

»Ja«, sagte er deutlich in die Stille hinein. »Ich beantrage den
Freispruch . . .«

Moratalla sprang auf. Seine Stimme ging unter in dem Jubel,
der ihn wie ein einziger Schrei umgellte. Seine Lippen bewegten
sich, er riß die Arme empor . . . aber niemand hörte ihn. Man
hob ihn aus der Barriere, und die Polizei war machtlos, soviel
Campo auch schellte und mit Strafen drohte.

Auf einmal stand Dalias vor ihm, der kleine, dicke Dalias,
und er drückte Moratalla die Hand und wandte sich ab, weil er
sich schämte, gerührt zu sein.

Als der Freispruch verkündet wurde, stand Moratalla neben
Juan. Er hatte den Jungen umfaßt und an die Brust gedrückt,
und er streichelte seine Wangen und die tränennassen Augen,

187

während Campo las, und er hörte gar nicht die Worte, die ihm galten, denn sein Kopf war leer bis auf einen Satz: »Das Herz einer Mutter ist eines der großen Geheimnisse Gottes . . .«

Und er war traurig, daß er seine Mutter nicht gekannt hatte und er einer der Einsamen war, die durch die Welt gehen.

Denn der Schmerz des Lebens ist die Wiege der Größe . . .

Heinz G. Konsalik

Seine großen Bestseller als Heyne-Taschenbücher

Die Rollbahn (497 / DM 5,80)
Das Herz der 6. Armee
(564 / DM 5,80)
Sie fielen vom Himmel
(582 / DM 4,80)
Der Himmel über Kasakstan
(600 / DM 4,80)
Natascha (615 / DM 5,80)
Strafbataillon 999 (633 / DM 4,80)
Dr. med. Erika Werner
(667 / DM 3,80)
Liebe auf heißem Sand
(717 / DM 4,80)
Liebesnächte in der Taiga
(729 / DM 5,80)
Der rostende Ruhm
(740 / DM 3,80)
Entmündigt (776 / DM 3,80)
Zum Nachtisch wilde Früchte
(788 / DM 4,80)
Der letzte Karpatenwolf
(807 / DM 3,80)
Die Tochter des Teufels
(827 / DM 4,80)
Der Arzt von Stalingrad
(847 / DM 4,80)
Das geschenkte Gesicht
(851 / DM 4,80)
Privatklinik (914 / DM 4,80)
Ich beantrage Todesstrafe
(927 / DM 4,80)
Auf nassen Straßen
(938 / DM 3,80)
Agenten lieben gefährlich
(962 / DM 3,80)
Zerstörter Traum vom Ruhm
(987 / DM 3,80)
Agenten kennen kein Pardon
(999 / DM 3,80)
Der Mann, der sein Leben vergaß
(5020 / DM 3,80)
Fronttheater (5030 / DM 3,80)

Der Wüstendoktor (5048 / DM 4,80)
Ein toter Taucher nimmt kein Gold
(5053 / DM 3,80)
Die Drohung (5069 / DM 5,80)
Eine Urwaldgöttin darf nicht
weinen (5080 / DM 3,80)
Viele Mütter heißen Anita
(5086 / DM 3,80)
Wen die schwarze Göttin ruft
(5105 / DM 3,80)
Ein Komet fällt vom Himmel
(5119 / DM 3,80)
Straße in die Hölle (5145 / DM 3,80)
Ein Mann wie ein Erdbeben
(5154 / DM 5,80)
Diagnose (5155 / DM 4,80)
Ein Sommer mit Danica
(5168 / DM 4,80)
Aus dem Nichts ein neues Leben
(5186 / DM 3,80)
Des Sieges bittere Tränen
(5210 / DM 4,80)
Die Nacht des schwarzen Zaubers
(5229 / DM 3,80)
Alarm! Das Weiberschiff
(5231 / DM 4,80)
Bittersüßes 7. Jahr (5240 / DM 4,80)
Engel der Vergessenen
(5251 / DM 5,80)
Die Verdammten der Taiga
(5304 / DM 5,80)
Das Teufelsweib (5350 / DM 3,80)
Im Tal der bittersüßen Träume
(5388 / DM 5,80)
Liebe ist stärker als der Tod
(5436 / DM 4,80)
Haie an Bord (5490 / DM 4,80)
Niemand lebt von seinen Träumen
(5561 / DM 4,80)
Das Doppelspiel (5621 / DM 6,80)

Wilhelm Heyne Verlag · Türkenstraße 5–7 · 8000 München 2

Heyne
Taschenbücher

Vicki Baum

Hotel Berlin
5194 / DM 4,80

C. C. Bergius

Das Medaillon
5144 / DM 7,80

Oleander, Oleander
5594 / DM 8,80

Will Berthold

Spion für Deutschland
5595 / DM 4,80

Rudolf Braunburg

Piratenkurs
5093 / DM 5,80

Pearl S. Buck

Das geteilte Haus
5269 / DM 5,80

Der Regenbogen
5462 / DM 4,80

Michael Burk

Ein Wunsch bleibt
immer
5602 / DM 6,80

Taylor Caldwell

Die Turnbulls
5401 / DM 7,80

Die Armaghs
5632 / DM 9,80

Alexandra Cordes

Und draußen blüht
der Jacarandabaum
994 / DM 3,80

Und draußen
sang der Wind
5543 / DM 5,80

Utta Danella

Stella Termogen
5310 / DM 8,80

Unter
dem Zauberdach
5593 / DM 5,80

Gwen Davis

Begierden
5399 / DM 7,80

Len Deighton

Nagelprobe
5466 / DM 4,80

Marie Louise Fischer

Die Schatten der
Vergangenheit
5329 / DM 4,80

Mit der Liebe spielt
man nicht
5508 / DM 4,80

Nie wieder arm sein
5639 / DM 4,80

Colin Forbes

Lawinenexpreß
5631 / DM 5,80

Hans Habe

Weg ins Dunkel
5577 / DM 5,80

Das Netz
5656 / DM 6,80

Willi Heinrich

Mittlere Reife
1000 / DM 6,80

In einem Schloß
zu wohnen
5585 / DM 5,80

Victoria Holt

Die Rache der
Pharaonen
5317 / DM 5,80

Henry Jaeger

Der Tod eines Boxers
5418 / DM 4,80

Hans Gustl Kernmayr

Unruhige Nächte
5510 / DM 4,80

Hans Hellmut Kirst

Die Nächte der langen
Messer
5479 / DM 6,80

Das Programm der großen Romane internationaler Bestseller-Autoren.

Der unheimliche Freund
5525 / DM 5,80

Kultura 5 und der Rote Morgen
5403 / DM 5,80

Heinz G. Konsalik

Die Verdammten der Taiga
5304 / DM 5,80

Haie an Bord
5490 / DM 4,80

Das Doppelspiel
5621 / DM 6,80

Niemand lebt von seinen Träumen
(5561 / DM 4,80)

Helen MacInnes

Die Falle des Jägers
5474 / DM 5,80

Alistair MacLean

Golden Gate
5454 / DM 4,80

Circus
5535 / DM 4,80

Meerhexe
5657 / DM 4,80

Hinrich Matthiesen

Tombola
5579 / DM 6,80

James A. Michener

South Pacific
5256 / DM 4,80

Hawaii
5605 / DM 10,80

Rückkehr ins Paradies
5439 / DM 4,80

Robin Moore

Der Parasit
5420 / DM 5,80

Die Versuchung der grünen Teufel
5023 / DM 4,80

Sandra Paretti

Der Winter, der ein Sommer war
5179 / DM 7,80

Die Pächter der Erde
5257 / DM 7,80

Mario Puzo

Die dunkle Arena
5618 / DM 5,80

Frank G. Slaughter

Tagesanbruch
5353 / DM 4,80

Der Ruhm von Morgen
5473 / DM 5,80

Göttliche Geliebte
5642 / DM 5,80

Leon Uris

Exodus
566 / DM 7,80

Trinity
5480 / DM 8,80

Herman Wouk

Ein Mann kam nach New York
908 / DM 9,80

Nie endet der Karneval
949 / DM 7,80

Frank Yerby

Das Haus der Jarretts
5308 / DM 5,80

Spiel mir den Song von der Liebe
5573 / DM 5,80

Wilhelm Heyne Verlag München

DER GROSSE LIEBESROMAN

Diese Heyne-Taschenbuchreihe stellt dem deutschsprachigen Leser einen Romantyp vor, der zur Zeit in Amerika Riesenauflagen erreicht: den großen Liebesroman voll Abenteuer und Leidenschaft aus Historie und Gegenwart, der in seinem neuartigen Stil eine spannungsgeladene Faszination ausstrahlt. – Jeden Monat erscheint ein neuer Band.

Julia Grice
Liebesfeuer
1 / DM 5,80

Patricia Matthews
**Plantage
der Leidenschaft**
2 / DM 5,80

Constance Gluyas
Wildes Verlangen
3 / DM 5,80

Betty Ferm
**Der Traum
vom Glück**
4 / DM 5,80

Annabel Erwin
Geliebte Liliane
5 / DM 5,80

Valerie Sherwood
Liebesqualen
6 / DM 5,80

Anne Powers
Flammen der Liebe
7 / DM 5,80

Natasha Peters
Die weiße Sklavin
8 / DM 5,80

Patricia Matthews
**Die Glut
der Leidenschaft**
9 / DM 5,80

Oliver Patton
Gefangene der Liebe
10 / DM 5,80

P. Campbell-Horton
**Die Geliebte
des Königs**
11 / DM 5,80

Gimone Hall
Stunden des Glücks
12 / DM 5,80

Patricia Phillips
Verlockende Liebe
13 / DM 5,80

Fiona Harrowe
**Das rote Siegel
der Liebe**
14 / DM 5,80

George Feifer
Unvergeßliche Liebe
15 / DM 5,80

Rochelle Larkin
**Herrin
der Leidenschaft**
16 / DM 5,80

Patricia Matthews
**Die große
Liebe meines Lebens**
17 / DM 5,80

Patricia Hagan
Flucht in die Liebe
18 / DM 5,80

Jennifer Wilde
**Die Tänzerin
und die Liebe**
19 / DM 5,80

Patricia Matthews
**Die Geliebte
des Lords**
20 / DM 5,80

Rochelle Larkin
**Geboren für
die Liebe**
21 / DM 5,80

Marilyn Granbek
Wenn die Liebe ruft
22 / DM 5,80

Wilhelm Heyne Verlag München